그 밤의 우리는

그 밤의 우리는

정선임 소설

문학동네

차례

이후, 우리　··· 007

우리가 사랑했던 정원에서　··· 049

아직은 고양이　··· 087

인디언 돌　··· 119

해저로월　··· 151

속삭이는 깃발들　··· 197

바다 가는 날　··· 233

십일월이 지나면　··· 265

해설 | 전청림(문학평론가)

사라지지 않는다, 사라지지 않겠다　··· 303

작가의 말　··· 327

이후, 우리

0

　사람들은 일주일 만에 돌아왔다. 승희가 아는 한 돌아오지 않은 사람은 없었다.

1

　오승희님, 확진입니다. 오늘 오후 4시부터 서울 중구 지부 생활 치료센터에 7일간 입소해주십시오. 자세한 내용은 링크를 통해 확인 바랍니다.

목요일 아침 아홉시, 확진 문자를 받았을 때 승희는 의아함과 함께 어떤 후련함을 느꼈다. 코로나19도 걸린 적이 없어 내심 불안했던 터였다. 계약직과 프리랜서를 전전하다 일을 쉬고 있던 승희는 자신이 이 공동체의 구성원이었음을 비로소 실감했다. 어디에서 무엇을 했는지 추적당하고 기록되고 있었다는 사실이 불쾌할 법도 한데 이상하게도 싫지 않았다. 오히려 든든했다. 아마도 이런 게 일종의 소속감인 모양이라고, 승희는 그 생경한 마음에 붙일 적당한 이름을 찾아냈다.

마스크를 놓고 나오는 바람에 다시 집으로 뛰어들어가지 않아도 되는 날들에 사람들 모두 익숙해지고 있던 차였다. 물론 코로나 이후 새로운 감염병이 등장할 거라는 예상은 있었다. 그러나 이 병은 병명조차 없었다. 예방법도 원인도 밝혀진 바가 없었다. 아니, 밝히지 않았다. 심하지 않은 발열 말고는 별 증상이랄 게 없다거나, 코로나에 감염된 적 없는 사람이 주로 걸린다는 얘기도 있었지만 확인되지 않은 정보였다. 어제 승희는 확진자와의 접촉이 의심되니 PCR 검사를 받아보라는 문자를 받고 보건소를 찾았다. 면봉으로 콧속을 깊이 찌르자 눈물이 찔끔 났다. 질병관리청에서 내놓은 유일한 대응법은 일주일간의 격리였다. 그래서 한때 운영이 중단되었던 생활치료센터가 도로 문을 열었다.

승희는 확진 문자를 받은 뒤 인터넷으로 입소자들의 후기를 검색했다. 감염자 수가 워낙 적어서인지 SNS에서 겨우 두세 개의 글을 찾을 수 있었다. 그마저도 시설 내부와 도시락을 찍은 사진이나 일주일이 지나 집으로 잘 돌아왔다는 싱거운 내용이 전부였다. 승희는 아픈 데가 없었다. 불면증과 체력 저하, 생리 불순은 사십대로서 겪는 일상이었다. 집에서 오래간만에 벗어난다는 생각에 여행용 캐리어를 꺼내 짐을 챙길 때는 살짝 설레기까지 했다. 재작년에 암 수술을 한데다 고령이라 고위험군에 속하는 엄마는 승희가 감염 의심 소식을 전한 이후로 방에서 나오지 않았다.

담당 직원이 알려준 대로 집 앞으로 나가 기다리자 전화가 걸려왔다. 골목이 좁아 차가 들어갈 수 없다며 큰길로 나오라는 담당자의 목소리는 긴장감 없이 느슨했다. 캐리어를 끌고 큰길로 걸어나가자, 건널목 건너편 앰뷸런스 앞에서 방호복을 입은 사람이 승희를 향해 두 팔을 흔들었다. 이렇게 멀쩡한데 앰뷸런스는 오버라는 생각을 하며 승희는 차에 올랐다. 아마도 확진자인 듯한 외국인 남자가 앉아 있었다. 그 남자도 어디가 아파 보이지는 않았다.

요란한 사이렌소리와 함께 출발한 차는 오 분도 채 안 돼 목적지에 도착했다. 승희의 집과 가까운 지하철역 근처의 오래된 호텔이었다. 코로나19로 관광객이 줄면서 경영난에 시달린다는 이야기가 돌았던 곳인데, 지원금을 받고 치료센터로 객실 일부를 내놓은 것이다. 주차장 입구부터 바닥에 비닐이 깔려 있었다. 줄을 서서 기다리고 있는데 방호복을 입은 안내원이 나왔다. 간략하게 주의 사항과 생활 수칙을 설명한 뒤 자세한 내용은 안내서를 참고하라며 책자를 나눠줬다. 외국인 남자는 망설이는 듯하더니 유창한 한국어로 말했다.

라마단 기간이라 아침과 점심은 먹지 못합니다.

개수가 맞아야 하는데요.

잠시 당황하던 안내원은 아침과 점심 도시락을 저녁에 한꺼번에 지급하겠다는 나름 융통성 있는 해결책을 내놨다. 그러고는 남자에게 카드키를 건네며 말했다.

이미 한 분이 먼저 들어와 계실 겁니다.

이를 지켜보던 승희는 놀라 쭈뼛거리며 안내원에게 말을 붙였다.

일 인실을 쓸 수 없을까요?

안내원이 승희를 빤히 쳐다봤다.

제가 좀 많이 예민해서요.

승희가 변명하듯 덧붙이자 그가 나른하게 답했다.

모두 이 인실입니다. 규정이 그래요.

사실은 제가 코를 많이 골아서요.

승희는 다급해졌다. 일주일간 낯선 타인과 한방을 쓰면 없던 병도 생길 것만 같았다.

얼마 전에 혼자 방을 쓰시던 분이 집으로 돌아가지 않겠다고 버티는 문제가 발생해서요.

안내원은 아랑곳하지 않고 카드키를 건네며 말했다. 절망하는 승희의 얼굴을 보며 그가 한마디를 덧붙였다.

다행히 오늘까지는 혼자세요. 더이상 확진자가 없다면요.

승희는 찜찜한 기분으로 외국인 남자와 함께 엘리베이터에 올랐다. 칠층에 도착하자 남자가 먼저 오른편으로 성큼성큼 걸어갔다. 승희의 방은 왼편 복도 끝이었다.

카드키로 문을 열자 나란히 놓인 싱글 침대 두 개가 먼저 눈에 들어왔다. 침대 맞은편에는 55인치 벽걸이 TV가 걸려 있고 구석에 작은 냉장고가 하나 보였다. 냉장고 옆에는 오백 밀리리터 생수병과 컵라면이 상자째로 쌓여 있었다. 비닐장갑과 소독제도 잔뜩 비치되어 있었는데, 일 년은 더 쓰고도 남을 양이었다.

오버야 오버, 너무 과해. 승희는 중얼거리며 창문 앞에 캐리어를 세워두고 블라인드를 올렸다. 시원스러운 전망을 기대했는데 건너편 빌딩에 창문의 삼분의 이가 가려져 있었다. 거리가 가까운데다 빌딩 전체가 통유리로 되어 있어 안이 고스란히 들여다보였다. 사람들의 표정까지는 아니어도 전화를 받거나 컴퓨터를 하고 커피를 마시며 바쁘게 일하는 모습을 전부 볼 수 있었다. 창문 가까이 얼굴을 바짝 대고 고개를 한껏 빼서 올려다보니 창 모서리에 반쯤 걸린 남산타워가 보였다. 승희는 창가 쪽 침대에 다이빙하듯 누웠다. 하얗고 폭신한 침구는 안락하고 향긋했다. 시설은 낡았어도 호텔은 호텔이구나. 이런 게 호캉스라는 건가. 승희는 엎드린 채로 베개에 얼굴을 깊이 묻었다.

여유도 잠시, 갑작스런 전화벨소리에 승희는 벌떡 일어났다. 휴대폰은 아니었다. 뒤늦게 침대와 침대 사이 협탁에 놓인 유선 전화기 한 대가 눈에 들어왔다. 수화기를 집어들자 차분한 저음의 목소리가 흘러나왔다. 그 어떤 감정도 느낄 수 없이 건조했다.

오승희님, 컨디션은 어때요?

좋아요.

증상이 있으면 약을 요청하세요.

어떤 증상이요?

평상시와 다른 증상이요.

목소리는 이어 자가 진단 평가지를 매일 제출해야 한다고 설명했다. 혈압과 체온, 산소 포화도를 측정할 것을 당부하고는 남은 음식물을 처리하는 방법이나 입고 온 옷과 운동화는 돌아갈 때 소독해야 한다는 지침 같은 것을 하나하나 일러주었다.

오후 여섯시가 되자 실내 스피커에서 사이렌이 울렸다. 뒤

이어 흘러나오는 목소리는 명랑했다.

복도에 저녁식사가 준비되어 있습니다. 사랑하는 가족과의 행복한 일상으로 돌아가기 위해 식사를 꼭 챙겨 드세요.

문을 열고 빼꼼 고개를 내밀자 요란한 경보음이 울렸다. 감시 센서를 각 방문에 설치한 듯했다. 다른 방문은 열리지 않았다. 더 살펴보고 싶었지만, 시끄러운 경보음에 불안해진 승희는 얼른 도시락을 집어들고 문을 닫았다. 창가에 있는 탁자 앞에 자리잡고 앉아 도시락을 펼쳤다. 음식이 조금 따뜻하면 좋았겠다고 생각했지만 별 불만 없이 먹었다. 입맛이 좋았다. 아무리 생각해도 아픈 곳이 없었다.

D-6
아침: 달걀부침, 토스트, 바나나 우유
점심: 김치찌개(어제 먹다 남은 것), 밥 반 공기
저녁: 제육볶음, 소시지, 어묵감자조림, 콩나물국, 팥밥

남은 음식물을 처리하고 느긋하게 샤워를 마친 뒤 승희는 블로그 앱을 열어 하루 동안 먹은 것을 적었다. 기록을 시작한 건 삼 년 전부터였다. 마흔을 넘기면서 스스로의 안에서 무언가가 휘발되고 있음을 느꼈다. 매일매일 읽고 보고 경험하거나 배운 것을 꾸준히 기록하는 사람들을 보면서 승희는 자신

이 쓸 수 있는 것은 무엇일지 고민했다. 하루도 빼놓지 않고 하는 일 중 하나가 먹는 거였다. 그날의 기분이라든가 맛에 대한 평가 없이 날짜와 음식 이름만을 적었을 뿐인데도, 지난 기록을 살펴보면 많은 것이 느껴졌다. 김밥 한 줄에서는 허기를 느낄 새도 없이 정신없이 바빴던 날들이 스쳐갔고, 와인 한 잔과 치즈는 누군가와 함께했던 설렘을 상기시켰고, 앙버터는 달콤함이 필요했던 헛헛한 하루를 떠오르게 했다. 아무것도 먹지 못한 날은 없었다.

  승희는 굳게 닫혀 있던 안방 문을 떠올렸다. 확진 판정이 나오기 전에 장을 봐서 냉장고를 가득 채우고 미역국도 잔뜩 끓여놨는데, 그 음식들을 엄마가 과연 제대로 챙겨 먹을지 의문이었다. 가족 단톡방에 실내 사진을 올리고 몸은 괜찮다고, 시설이 너무 좋아 호강한다는 말과 함께 최대한 신나 보이는 이모티콘을 보냈다. 그리고 가끔 엄마가 잘 있는지 통화도 해보고 주말에는 집에 들러달라는 말도 덧붙였다.

  오빠와 여동생이 연달아 'ㅇㅇ'을 올렸고, 엄마는 애교 있는 포즈로 하트를 가득 보내는 이모티콘을 남겼다. 승희는 TV 리모컨으로 채널을 이리저리 돌리다 이내 전원을 꺼버렸다. 고작 일주일인데 별일 없겠지. 승희는 스멀거리는 불안을 다독이곤, 창문 모서리에 걸려 있는 남산타워의 깜박이는 불빛을 바라보다 잠이 들었다.

2

다음 날 아침, 휴대폰 알림음에 눈을 떴다. 자가 진단 평가지가 도착해 있었다. 혈압과 체온, 산소 포화도를 차례로 측정해 앱에 등록했다. 모든 것이 정상 수치였다. 전화벨이 울렸다. 어제보다 높은 톤의, 그러나 여전히 감정을 배제한 목소리가 물었다.

어떠세요?

괜찮아요. 잠도 아주 잘 잤어요.

그렇군요.

목소리는 한숨을 살짝 내쉬었다. 실망한 걸까. 수화기 너머로 분주한 소음들이 들려왔다. 아마도 건너편 건물의 사무실 같은 곳에서 일하고 있으리라고 승희는 짐작했다. 아침 식사를 마치고 커피를 마시며 통창 너머를 바라봤다. 빌딩 안, 분주해 보이는 사람 중 이쪽을 쳐다보는 이는 없었다. 노트북을 꺼내 유튜브 동영상을 이것저것 보다가 블로그를 열었다. 끼니마다 무엇을 먹을까 고민할 필요가 없는 이곳은 먹은 것들을 일기로 남기기에 최적의 장소였다. 식사를 거를 일도, 기록을 누락할 일도 없을 테니까.

D-5

아침: 햄치즈샌드위치, 요거트, 바나나, 샐러드(소스: 발사믹)

여기까지 썼을 때 요란한 경보음과 함께 문이 열리더니 캐리어를 밀며 여자가 들어왔다. 보자마자 든 생각은 '어리다'였다. 대학생이나 됐을까. 승희는 여자와 엉거주춤 마주한 채 묵례로 인사를 나눴다. 자기소개라도 해야 할까. 그래도 먼저 왔으니 공간을 소개해줘야 하나. 승희는 고민했다. 상대방이 어리다고 해서 함부로 말을 놓는 어른이 되고 싶지 않았다. 그래서 승희는 어린아이에게도 늘 존댓말을 썼다. 그런 거리감을 부담스러워하는 사람도 있었지만. 여자는 성큼성큼 창으로 다가오더니 승희가 그랬듯 유리에 고개를 바짝 붙였다. 여자도 모서리에 반쯤 보이는 남산타워를 찾아냈을 것이다. 나이부터 물어보면 꼰대처럼 보일 텐데. 무슨 일을 하는지를 물어볼까. 하지만 그런 대화를 이어가려면 자신도 인적사항을 밝혀야 한다는 점이 내키지 않았다. 대학을 졸업한 후로 가족이나 연인이 아닌 사람과 같은 방을 써본 적이 없었다. 한 공간에 있는 타인과 어느 정도 거리를 유지해야 좋을지 알 수 없었다. 감염병이 유행한 지 얼마 안 됐을 땐 혼자 있는 시간이 늘어가는 게 나쁘지 않았다. 달라질 것도 없었다. 늘 혼자 있어왔으니까. 얇은 칸막이 하나를 사이에 두고 동료들과 다닥다닥 붙어 일할 때도, 엄마와 같이 살고 있으면서도 승희는 늘 혼자라고 느꼈다.

여자도 환자로는 보이지 않았다. 혹시 혼자가 익숙한 사람들을 일주일간의 합숙을 통해 사회화시키는 게 목적인가. 엉뚱한 생각을 하는데 전화벨이 울렸다. 승희는 얼른 수화기를 들었다.

저는 오승희입니다. 서유정씨요?

승희와 여자의 눈이 처음으로 마주쳤다. 어쩌다보니 의도치 않게 통성명을 한 셈이었다. 승희가 유정에게 수화기를 건넸다. 유정은 어제 승희가 입실해서 전화로 들은 것과 같은 이야기를 들었는지, 고개를 갸웃거리며 수화기를 내려놓더니 승희에게 물었다.

언니, 증상은 어때요?

승희는 다짜고짜 언니라고 부르는 유정에게 어깨를 으쓱해 보이며 한 걸음 물러났다. 유정의 목소리는 톤이 수시로 오르락내리락하며 기분을 솔직하게 드러냈다. 잔뜩 쌓인 컵라면을 보고는 흥분을 감추지 못하고 "대박"이라고 중얼거리더니 다시 창가로 다가가 저편을 향해서 힘차게 손을 흔들다가 승희를 보며 말했다.

우리가 안 보이나봐요.

우리, 라는 말에 승희는 한 걸음 더 멀어졌다. 유정이 욕실에 간 사이 결국 내선 번호를 누르고 혹시라도 들릴까봐 속삭이듯 말했다.

도저히 안 되겠어요.

잘 안 들립니다. 몸 상태가 안 좋으신가요?

건조한 목소리는 여전히 감정이 느껴지지 않는 어조로 물었다.

방을 바꿀 수는 없을까요?

안 됩니다.

목소리에 처음으로 감정이 실렸다. 그 단호함에 승희는 체념하고 전화를 끊었다. 욕실에서 나온 유정은 침대에 누워 TV를 틀더니 채널을 이리저리 돌리기 시작했다. 점심시간임을 알리는 사이렌이 울렸다. 사랑하는 가족과의 행복한 일상으로 돌아가기 위해…… 멘트가 채 끝나기 전에 유정이 웃으며 개뿔, 이라고 중얼거렸다. 승희는 문을 열고 도시락 두 개를 챙긴 다음 창가에 있는 탁자를 가리키며 말했다.

의자가 하나밖에 없으니까 먼저 먹어요. 나는 나중에.

유정은 허기졌는지 승희의 권유를 사양하지 않고 의자에 앉았다. 비닐봉지를 풀고 도시락 뚜껑을 여니 방안이 음식냄새로 가득찼다. 아마도 돈가스인 것 같다고 승희는 메뉴를 짐작하며 이어폰을 귀에 꽂고 노트북 화면에서 눈을 떼지 않았다. 이곳에 머무는 동안 밀린 드라마와 영화나 몰아 볼 생각이었다. 어서 남은 날들이 지나가길 바라며.

					3

 반나절 하고도 하룻밤이 지나자 승희와 유정은 서로의 루틴을 어느 정도 파악했다. 유정은 오전에 머리를 감았고, 승희는 잠들기 전에 머리를 감았다. 아침은 일곱시, 점심은 열두시, 저녁은 여섯시에 사이렌이 울린 뒤 지급되었다. 의자가 하나여서 마주앉을 수 없다는 점이 승희에게는 다행한 일이었다. 시차를 두고 탁자 앞에 번갈아 앉아 각자 식사했다. 밥을 다 먹으면 남은 음식물을 봉지에 싸서 내놓고 일회용기는 폐기물 봉투에 모았다.
 유정은 식사시간 이외에도 종종 통창 쪽으로 다가왔다. 티를 내지는 않았지만 승희는 유정이 가까이 다가올 때마다 영역을 침범받은 고양이처럼 신경이 곤두섰다. 아예 침대를 바꿀까도 잠시 생각했으나 창 옆을 사수하기로 마음먹었다. 밤이면 창 끄트머리로 보이는 남산타워의 불빛을 양보하고 싶지 않았다. 유정은 아침을 먹은 뒤 오전 열한시가 되자 오백 밀리리터 생수병 두 개를 들고 팔운동을 시작했다. 자기는 홈트를 꼭 해야 한다고, 묻지도 않은 말을 했다. 운동을 끝낸 유정이 창에 바짝 붙어 손을 흔들었다. 그러고는 승희가 이어폰을 끼고 있는데도 아랑곳 않고 불쑥불쑥 언니라고 부르며 다가왔다.

　언니도 앰뷸런스 타고 왔죠? 아빠가 술 먹고 쓰러져서 앰뷸런스를 부른 적은 있는데, 전 그때 이후로 처음 타봤어요.

　어차피 며칠 후면 보지 않을 사이인데 자세한 가족사를 듣고 싶지 않아 승희는 고개만 끄덕이는 정도로 반응했다. 유정은 다행히 더 말하지 않고, 승희의 몸 상태가 어떤지만 궁금해했다.

　몸이 너무 개운해요. 언니는 어때요?

　사십대가 된 뒤로는 아침에 일어나 개운한 적이 없기는 했지만, 어젯밤엔 특히 잠을 잘 자지 못했다. 유정의 숨소리가 낯선데다 자신이 코를 골까봐 신경을 쓴 탓이었다. 그뿐 아니라 화장실에 들어갈 때도 마음이 편치 않았다. 소리가 나지 않을까, 냄새가 남아 있지는 않나 매번 조심했다. 반면 유정은 욕실을 사용한 뒤에도 정돈하지 않았다. 승희는 씻을 때마다 수챗구멍에서 유정의 긴 머리카락을 걷어내야 했다. 바닥은 미끈거렸고 욕조 밖으로 물이 잔뜩 튀어 있었다. 며칠만 참으면 되는데, 라는 생각에 승희는 흐린 눈을 한 채 어깨만 으쓱했다.

　여기 호텔이잖아요. 남산타워도 보이고, 밥도 잘 나오고, 몸도 멀쩡해요. 엄마야말로 잘 챙겨 드세요.

승희가 엄마와 통화를 마치자 유정이 말했다.

엄마랑 친한가봐요. 다정하네요, 언니는.

그 말을 들은 뒤로 승희는 되도록이면 욕실로 들어가 통화했다. 반면 유정은 통화할 때도 승희를 신경쓰지 않았다.

안녕하세요. 저 없어요. 백 살까지요? 대단하네요. 그런데 제가 그때까지 살 수 있을까요? 네, 맞아요. 미리 조심해야죠. 걱정해주셔서 감사합니다. 보험은 들지 않으려고요. 사실은 못 들어요. 보험료 낼 형편이 안 돼서요. 죄송합니다. 즐거운 하루 보내세요.

어떤 내용인지 충분히 짐작할 수 있었다. 보험 권유 전화를 저렇게나 정성스럽게 받다니. 그런 통화를 할 때 유정의 목소리는 일관된 솔 톤으로 밝고 친절했다. 승희는 유정에게 처음으로 호감을 느꼈다.

삼 년 전까지 승희는 콜센터에서 일했다. 전자제품 AS센터, 홈쇼핑 회사, 카드사 등에서 일하다 마지막으로는 보험회사에서 상담 업무를 맡았다. 고장이 난 기계에 대한 분노나 너무 크거나 작은 옷에 대한 불만, 혹은 대출 한도에 관해 묻는 근심 가득한 목소리를 듣는 일보다는 미래를 이야기할 수 있어서 좋았다. 그러나 가족과 지인들은 부담스러워했다. 혹시라도 보험을 권유할지 몰라 그런다는 것을 알지만 내심 서운했다. 승희는 목소리의 톤과 온도로 사람을 파악했다. 제일 싫었던 건 막말하는 사람의 무례함보다는 다정하지만 우아한 무시였다. 유정의 목소리는 다소 경박하긴 해도 진심을 담고 있었다. 누군가와 얘기하고 싶어하는 외로움과 절박함도. 목소리만으로 짐작되는 것들이 있다. 상대방이 지금 여유가 있는지, 조급한지, 고독한지, 행복한지, 가난한지. 승희는 그런 기미를 예민하게 감지했다. 그래서 전화를 걸거나 받을 때면 최대한 감정을 드러내지 않으려고 노력했다. 어쩌면 유정이 솔 톤을 유지하며 밝게 전화를 받는 것도 감추고 싶은 게 있어서일지 몰랐다.

땅이요? 저 정말 관심 많아요.

유정이 반색을 하며 상대방에게 말했다.

어디쯤 있는데요? 제 고향이랑 가깝네요. 정말 좋을 것 같아요. 제 꿈이에요. 한적한 곳에 마당 있는 집 짓고 작은 텃밭에 감자랑 파, 상추도 심어놓고요. 역이 들어선다고요? 레저타운까지요? 그럼, 조용하지는 않겠네요. 땅값이야 오르겠지만 먼 훗날의 이야기겠죠. 아주 나중요. 지금은 여유가 없어요. 아주 나중에 살게요. 다음에 꼭 다시 전화해주세요.

그렇지만 유정이 모든 전화를 밝고 성실하게 받는 것은 아니었다. 오후 늦게 걸려온 전화에 대고는 낮은 어조로 빠르게 속삭였다.

내 번호 어떻게 알았어요? 다시는 전화하지 마세요.

전화를 끊고도 한참을 씩씩거리며 방안을 돌아다니던 유정은 침대로 들어가 이불을 머리끝까지 뒤집어쓰고 한동안 미동 없이 누워 있었다. 워낙 가냘픈 체구가 누우면 더 부피감이 없어져, 이불을 들춰도 그 아래 아무도 없을 것 같아 신경이 쓰였다. 승희는 노트북 화면에서 눈을 떼지 않으면서도 유정이 이불 속에서 고개를 내미는 순간을 내심 기다렸다.

4

와이파이는 따로 없고 옆집 것을 사용하고 있어요. 결합 상품이요? 집에 TV가 없어요. 그건 얼마나 하는데요. 비싸네요. 제가 유튜버를 하고 있는데 아직 구독자 수가 열 명도 안 돼서 벌이가 시원치 않아서요. 혹시 구독해주실래요? 여보세요? 여보세요?

유정은 연신 정성스럽게 전화를 받느라 바빴다. 상대방이 먼저 전화를 끊어버렸는지 유정은 할말이 더 있었다며 아쉬워했다. 그때 승희의 휴대폰이 울렸다. 오빠였다. 승희는 서둘러 욕실 안으로 들어가 전화를 받았다. 웬일로 걱정이 돼서 연락했나 싶어 반가웠는데, 볼멘소리가 들려왔다.

너는 주말에 엄마 혼자 두고 어디를 간 거야?

승희는 목소리를 낮춰 답했다.

격리중이야. 아프다고 했잖아.

아프다고 말해놓고 나니 실제로도 아픈 것 같았다.

왜 너는 남들 아플 때 멀쩡하다 이제야……

엄마가 왜? 어떤데? 어제도 통화했는데.

네가 없으니까 며칠 약을 안 먹은 거 같더라. 이럴 때 어느 병원으로 가야 하지?

오빠의 목소리 너머로 엄마의 목소리가 겹쳐 들렸다. 깔깔거리는 웃음소리와 한층 높아진 톤과 빨라진 속도. 심장이 덜컥 내려앉았다. 승희의 목소리가 평정을 잃고 높아졌다.

번호 알려줄게. 전화해봐. 주말이라 입원은 어려울 텐데.

엄마는 지금은 곁에 없는 것을 바라보며 살았다. 절제해버린 가슴을, 들어낸 자궁을, 빛났던 미모를, 멀쩡했던 다리를, 죽은 남편을, 그리고 딸보다 살가웠던 아들을. 그러다 조증과 울증을 오갔다. 차라리 울증일 땐 감당할 수 있었지만 조증이 올 때면 강제로 폐쇄 병동에 입원시켜야 했다.

되도록 강압적으로는 하지 말고.

네가 나올 순 없어? 사정을 얘기해봐. 이런 상황에서까지 꼭 규정을 지켜야 하는 건 아니잖아.

승희는 요즘 반차 쓰는 것도 눈치 보인다는 오빠의 말을 묵묵히 들었다. 오빠는 승진을 앞두고 있었고 여동생은 둘째를 임신했다. 십 년 전 아빠가 돌아가신 뒤 승희가 엄마와 함께 살게 된 건 당연한 수순이었다. 그때도 오빠와 동생에게는 가족이 있었고 승희는 혼자였으니까. 삼 년 넘게 뇌출혈로 투병한 아빠는 엄마 외에 다른 사람이 자신을 간병하는 걸 원하지 않았다. 긴 간병에 지친 엄마는 이전과 달라졌다. 엄마가 건강하고 젊었을 땐 집이 깨끗했고 밥솥에 항상 밥이 있었고 반찬은 짜지도 맵지도 않아 간이 알맞았다. 과하지도 부족하지도 않고 모든 것이 적당했다. 승희는 자신이 세상에서 소중하게 생각하는 가치들을 지키며 살고 싶었다. 그런 것을 잊어버리는 어른이 되고 싶지 않았다. 엄마는 평생 가족을 돌봤는데 엄마를 돌보는 가족이 없다는 건 이상한 일이니까. 그건 결국 승희의 선택이기도 했다.

아니다. 아픈데 나와봐야 뭐하니. 짐만 되지. 우리가 어떻게든 알아서 할게. 엄마, 대체 뭐하는 거야.

뭔가 부서지는 소리가 나더니 오빠가 목소리를 높이면서 전화를 끊었다.

가족들이 모인 단톡방 안에서 오가는 이야기를 볼 때마다 승희는 '우리'라는 교집합 안에 자신이 없다고 느꼈다. 그럼에도 줄곧 그 우리 안에 있기를 원했다. 우리를 벗어나는 게 두려웠다. 그런데 방금 순식간에 우리에서 배제되고 짐으로 전락한 것이다. 통화 내용이 밖에서도 들렸을 것 같았다. 유정을 마주할 자신이 없었다. 승희는 변기 뚜껑을 덮고 그 위에 앉아 한참 동안 나가지 못했다.

저녁이 도착했다는 사이렌이 울렸다. '사랑하는 가족과의 행복한 일상으로……' 유정은 지금쯤 개뿔이라고 비웃고 있겠지. 승희는 벌떡 일어나 욕실에서 나가자마자 말없이 캐리어에 짐을 욱여넣었다. 문을 열자 경보음이 요란하게 울렸다. 언니! 당황한 유정이 승희를 불렀다.

705호는 저녁 도시락을 가져간 후 문을 닫아주세요.

경보음이 계속되자 방송이 나오더니 전화벨까지 울렸다. 승희는 문을 닫지도, 복도로 나가지도 못하고 문 앞에 멈춰 있었다. 유정이 다가오더니 평상시와 다르게 차분한 어조로 물었다.

언니, 지금 이게 맞아요?

승희는 그 와중에도 비닐에 싸여 있는 저녁 도시락 메뉴가 무엇인지 궁금했다. 그리고 엉뚱하게도 옛 연인이었던 현준을 떠올렸다. 일주일에 한 번씩 그와 마라탕을 먹던 시절이 있었다. 승희는 매운 음식을 잘 먹지 못했지만, 현준이 좋아했으니까. 승희에게 사랑이란 어깨가 끊어질 듯 무거운 책임감과 코를 찌르는 악취, 남부끄러운 소리와 추한 행동 같은 것들까지도 기꺼이 껴안는 것이었다. 그러니 입맛에 맞지 않는 음식쯤은 별거 아니었다. 정작 승희는 상대방이 자신의 소리와 냄새를 견디기를 바라지 않았다. 사랑이라 여겼던 것들이 어느 순간 무거운 짐이 되어버린다는 것을 알아버렸기 때문이다. 목적지에 도착하기만 하면 서둘러 내려놓고, 가벼워지고 싶은. 승희는 이 방에서 나가기 싫었다. 집으로, 일상으로 돌아가고 싶지 않았다. 그런 마음을 들키지 않으려 애썼다. 다른 누구보다도 자신에게. 다시금 욕실로 뛰어들어간 승희는 길게 울었다. 우는 내내 유정이 틀어놓은 음악소리가 들렸다.

5

 늦잠을 잔 승희가 눈을 떠보니 유정이 〈동물농장〉을 보며 킥킥거리고 있었다. 그러고 보니 일요일이었다. 기척을 느낀 유정이 미안한 듯 뒤를 돌아봤다.
 제가 꼭 챙겨 보는 거여서요.
 탁자 위에 아침 도시락이 놓여 있었다. 승희는 식사를 하는 둥 마는 둥 하고 침대에 누워 유정과 함께 그 무해한 영상을 봤다. 집사의 말을 잘 듣지 않는 고양이들에 웃다가 도로 위에서 자신을 버린 보호자를 처량하게 기다리는 개들에 눈시울을 붉혔다. 어제의 일들이 모두 꿈인 것처럼 평화로웠다.

일요일인데 출근한 사람들이 있어요.

TV를 보다 말고 유정이 창가로 다가가더니 손을 힘껏 흔들었다.

저 사람들 말이에요. 우리가 진짜 보이지 않는 걸까요? 마치 일부러 안 보이는 척하는 거 같아요.

승희도 그게 궁금했던 때가 있었다. 어쩌면 내가 보이지 않게 된 건 아닐까. 수화기 너머의 사람들은 기계가 응답하고 있다고 착각하고 있는 건 아닐까. 차라리 정말 그렇기를 바랐다. 상대를 그들과 같은 사람이라고 여긴다면 할 수 없을 말들이었으니까. 그런데 언젠가부터는 자신이 엄마를 못 본 척하기 시작했다. 엄마가 말을 걸어올까봐 무서워 일찍 잠든 척했고, 거실을 서성이는 발소리를 듣지 못한 척했다. 눈을 마주치지 않으려 애쓰고 대화를 길게 이어가지 않았다. 가족 단톡방은 아직 잠잠했다.

〈동물농장〉이 끝나고 시작된 뉴스 채널에서 감염병 관련 보도가 흘러나왔다. 코로나 변종 바이러스이긴 하지만 확진자 수도 적고 증상도 가벼워 감염 원인이나 경로에 대한 연구는 예산 낭비라는 지적이 이어졌다. 재발률은 높아도 치사율 0퍼센트인, 감기보다도 위험하지 않은 병 때문에 생활치료센터를 운영하는 것은 혈세 낭비라는 것이 요지였다. 반면 입소자 수가 비록 소수여도 꾸준히 늘고 있으니 이들을 관리하고 병의 원인을 하루빨리 밝혀야 한다는 원론적인 견해도 있었다. 그러나 겨우 살아나고 있는 내수 시장과 외국인 관광객 유치를 위해서라도 감염병에 대한 공포를 심어주는 것은 바람직하지 않다는 쪽이 우세한 듯 보였다.

　우리가 여기에 있는 거죠?

　유정이 화면으로 다가가 높이가 한 눈금도 안 되는 막대그래프를 가리켰다. 자신이 느꼈던 소속감이라는 것이 참으로 짤막하다고 생각하고 있는데, 갑자기 머리가 어지럽고 숨이 가빠졌다. 멀쩡하던 사람도 병원에 가면 환자가 된다는 엄마 말이 생각났다. 정말 그런 걸까. 진짜로 아픈 것 같았다. TV를 끈 뒤 승희는 천장을 보고 바로 누웠다. 유정도 컨디션이 좋지 않은지 평소라면 생수병을 들고 운동을 할 시간인데 침대에 드러누웠다.

　각자도생하라는 얘기 같은데요. 그런데 전 정말 어쩌다 걸린 걸까요? 친구도 없는데.

　승희 역시 마찬가지였다. 생활치료센터. 전부터 참 이상한 말이라고 생각했다. 생활을, 일상을 치료한다는 뜻일까. 일상으로 돌아가기 위해 생활이 바뀌어야 한다는 건가. 그렇다면 돌아간 뒤에는 어떻게 살아야 된다는 걸까. 승희는 확진 문자를 받기 직전의 생활을 떠올려봤다.

　혹시 하루 세끼를 허겁지겁 때우던 사람들이 걸리는 건가?

언니, 나는 밥을 진짜 천천히 먹어요. 아님 활동량이 적은 사람들이 걸리는 병일까요?

유정은 갑자기 휴대폰을 확인하더니 말했다.

제 걸음 수는 평균 백오 보거든요.

승희는 어이가 없었다. 그래도 내심 궁금해져 휴대폰 건강 앱을 살폈다.

나는 평균 오천이십 보.

언니는 저보다 훨씬 많이 걸었네요. 평균 독서량은 얼마나 돼요?

유정은 십대 때부터 책을 한 권도 읽지 않았다고 했다. 점점 이야기의 초점이 엇나가는 것 같아 대답하지 않고 고개를 돌려보니 유정의 앞머리가 땀으로 젖어 있었다. 승희의 등도 어느새 식은땀으로 푹 젖었다. 너무 더웠고, 판단력이 흐릿해지는 기분이었다. 남들 다 걸릴 때 걸리지 않고 뭐했냐던 오빠의 말이 떠올랐다.

나잇값을 못해서일까.

딸이 있으니 좋네. 딸이 몇 살이에요? 결혼을 안 했어요? 어쩐지 애 같더라. 승희는 엄마를 따라다니며 그런 무수한 말들을 묵묵히 들었다. 코로나로 콜센터가 폐쇄되고 마침 엄마가 암 수술을 하게 되면서 승희가 간병을 도맡았다. 혼자 산다고 해서 제대로 이룬 것도 없잖아. 소변 통을 비우고 병실로 들어오는 승희에게 어느 날 엄마가 말했다. 엄마는 늘 결혼을 재촉했다. 혼자 살면 뭔가를 꼭 이루어야 하는 걸까. 혼잣말하듯 중얼거리는 말인데도 유정은 놓치지 않고 꼬박꼬박 대답했다.

언니, 저는 또래보다 앞서서 했어요. 뭐든지 다. 아직 돈은 많이 못 벌고 있지만요.

삼 년 전까지 승희는 일을 쉬지 않았다. 실직하고 간병을 하는 동안엔 오빠와 여동생이 카카오톡으로 간병비를 송금해줬다. 받기 완료 버튼을 누를 때마다 작아지는 듯한 기분이 들었다. 처음에 간병을 도맡겨 미안해하던 오빠와 여동생은 액수가 누적될수록 당당해졌다.

학교에도 가족에도 그 어디에도 속하고 싶지 않다면 그건 잘못된 걸까요?

유정도 점점 더 질문이라기보다는 혼잣말에 가까운 말을 중얼거리고 있었다.

그렇게 도망가다보면 끝이 없어.

도망이 아니에요. 다르게 살기 위한 도전이죠.

자신도 모르는 사이 유정에게 말을 놓았다는 것을 깨달은 승희는 사과하려 유정의 얼굴을 보았다가 깜짝 놀랐다.

괜찮아? 지금 얼굴이 너무 빨개.

언니도요.

승희는 몸을 일으켜 체온계를 꺼냈다. 승희도 유정도 체온이 39도가 넘었다. 전화를 걸었다.

우리, 약이 필요해요.

약 올려보낼게요.

여전히 건조한 목소리는 심드렁하면서도 어딘가 안도한 듯 들렸다. 잠시 후 노크 소리에 문을 열자 죽과 함께 약봉지가 바닥에 놓여 있었다.

오승희(여, 44) / 서유정(여, 18)

승희는 약봉지에 적힌 나이를 보고 놀랐다. 유정은 나이를 들킨 게 못내 부끄러운 듯했다. 아픈 와중에도 조금 놀리고 싶었다.

뭐, 언니? 첫사랑에 실패하지만 않았어도 내가 너만한……

나이 알면 이럴 줄 알았다니까.

유정은 질색하며 약을 삼키더니 몸을 누이고 이불을 머리끝까지 뒤집어썼다. 승희도 약을 먹고 옆 침대에 나란히 누웠다.

언니, 혹시 제가 과거만 생각하며 살고 있어서일까요?

유정이 이불 속에서 말했다. 웅웅대는 목소리가 마치 여기가 아닌 먼 과거에서 들려오는 소리 같았다. 엄마가 지금 곁에 없는 사람들에 대해 이야기할 때면 같이 무기력해지곤 했다. 과거를 떠올리면 후회가 가득하고 미래를 생각하면 불안해서, 승희는 되도록 오늘만을 생각했다. 약기운 때문인지 몽롱해지는 가운데 유정에게 물었다.

우리 이런 질문은 언제까지 해야 할까?

계속해야죠. 의문을 가진 채 앞을 향해 나아갈 수는 없으니까요.

유정의 목소리가 아득하게 멀어졌다. 승희가 다음 질문을 이어가려는데 고통이 시작됐다.

6

이틀을 꼬박 앓았다. 새벽에 겨우 잠든 승희는 화요일 늦은 오후가 다 되어서야 눈을 떴다. 가끔 열을 재는 듯 이마에 얹히는 손, 침대 주위를 서성이는 발소리 같은 것들을 꿈결처럼 느꼈다.

밥 먹고 약 먹어야 해요. 그래야 나아요.

유정은 중간중간 승희를 깨워 죽을 먹이고 약을 챙겨주었다. 자신은 약을 먹은 이후로 어제 점심부터 열이 금방 내렸다고 했다.

언니, 괜찮아요? 어때요, 십대의 체력은 다르죠?

유정은 생수병을 위아래로 휘두르며 말했다. 승희도 어쩐지 몸이 가뿐해 생수병 두 개를 들고 유정을 따라 스트레칭을 했다. 잠시 뒤 전화벨이 울렸다. 오늘 엑스레이 촬영이 있으니,

함께 지하 일층으로 내려오라고 했다. 방마다 순서가 있는지 가는 길에 다른 방 사람들과는 마주치지 않았다. 엑스레이실은 주차장 입구 안쪽에 간이로 마련되어 있었다. 촬영을 마치고 돌아가는 길에 유정은 주차장 바깥쪽을 주의깊게 살폈다. 빨리 나가고 싶은 모양이라고, 승희는 단순하게 생각했다.

오늘 뭔가 좀 다르지 않아요?

방으로 돌아온 유정이 말했다. 마침 저녁 도시락을 가져가라는 방송이 나왔고, 문을 열고 도시락을 집어든 유정은 승희를 보며 환하게 웃었다.

알았어요. 경보음이 안 울려요.

그러고 보니 정말 잠잠했다. 엑스레이를 찍는 날이어서 각 방문에 달린 감시 센서를 일제히 꺼두고는 도로 켜는 것을 잊은 모양이었다. 역시 이곳은 너무 과하거나 부족하다니까. 어차피 곧 나갈 텐데 유정이 왜 저리 신나 있는지 승희는 이해할 수 없었다. 저녁은 또 죽이었다. 유정과 여느 때처럼 번갈아서 밥을 먹었다. 증상이 없으면 약은 그만 먹어도 된다고 해서 둘 다 먹지 않았다.

거의 다 왔대요.

밤 열시쯤, 한동안 휴대폰만 들여다보고 있던 유정이 말했다.

치킨 시켰어요.

실시간 배달 현황을 보여주며 유정이 들뜬 표정으로 채근했다.

몇 끼를 죽만 먹었더니 너무 배고파요. 빨리 나가요.

승희는 상황 파악을 못한 채로 물었다.

나도?

언니가 꼭 같이 있어야 해요.

왜?

맥주도 살 거니까요. 망볼 사람이 있어야 하고.

너는 아직 청소년이고 우리는 환자이지 않냐는 어른스러운 말을 해야 하는데 승희는 자신도 모르게 침을 꼴깍 삼켰다.

언니는 오늘이 마지막 밤이잖아요.

유정의 말에 승희는 약해졌다. 생각해보면 한 번도 마주앉아 같이 밥을 먹은 적이 없었다. 둘은 마스크를 바짝 올려 쓰고 문을 열었다. 어두운 복도는 고요했다. 재빨리 엘리베이터를 타고 주차장으로 내려가니 배달원이 기다리고 있었다. 치킨을 받아든 뒤 바로 맞은편에 있는 편의점에서 맥주 네 캔을 얼른 사서 엘리베이터를 탔다. 아무와도 마주치지 않았다. 유정과 승희는 안도의 숨을 내쉬었다. 이윽고 칠층에서 엘리베이터 문이 열리고 방으로 돌아가려는데, 유정이 다짜고짜 승희를 잡아끌더니 달리기 시작했다.

언니, 뛰어요.

왜?

저쪽에 누가 있어요.

힐끗 돌아보니 어둡고 조용한 복도 저편에서 초록 불빛이 다가오고 있었다. 승희는 이곳이 너무 과하거나 부족하다고 비웃었던 말을 취소해야 할 것 같다는 생각을 하며, 끝 방으로 무작정 달려갔다. 숨을 몰아쉬며 카드키를 몇 번씩 갖다댔으나 문이 열리지 않았다. 낭패였다. 그런데 안에서 문이 열리더니, 외국인 남자가 나타났다. 잠시 놀랐던 승희는 이내 그가 앰뷸런스를 같이 타고 온 남자임을 깨달았다. 그리고 그들이 왼편이 아닌 오른편으로 달렸다는 것도. 승희가 다급하게 말했다.

잠시만 들어가도 될까요?

남자는 조금 놀란 듯했지만 여유 있게 웃으며 말했다.

셋 다 들어올 건가요?

셋이요?

뒤를 돌아보자 불빛의 정체가 모습을 드러냈다. AI 방역 로봇이었다. 긴 원통 모양으로 된 몸 중앙에는 '공기와 바닥을 살균중입니다'라고 적힌 스티커 문구가 붙어 있었다. 길을 비켜주니 로봇은 우아하게 턴을 돌아 다시 복도 저편으로 향했다.

들어오세요. 같이 방을 쓰던 사람이 나가서 이틀 전부터 혼자 있었어요.

　잠시 망설였지만, 문제가 해결됐으니 이제 돌아가겠다고 하는 건 예의가 아닌 듯싶었다. 더욱이 치킨 냄새가 진동해서 존재감을 숨길 수가 없었다. 유정이 파티 같다며 신나서 방으로 뛰어들어갔다.

　남자의 이름은 하산. 튀르키예에서 온 유학생이라고 했다. 방에는 촛불이 켜져 있었다. 하산은 베개를 침대 위에 올려놓으며, 이마를 땅에 대고 기도할 때 썼다고 설명했다. 하산의 방에도 의자는 하나밖에 없었다. 셋은 치킨과 맥주를 가운데 놓고 바닥에 동그랗게 둘러앉았다. 하산은 그렇지 않아도 라마단 마지막날이라 맛있는 음식을 먹고 싶었는데 잘됐다고 말했다.

　술은 자정이 지나 라마단이 완전히 끝나면 마시겠습니다.

　그럼 치킨부터 먹고 맥주는 기다렸다가 다 같이 마셔요. 약은 드셨어요?

　하산이 고개를 끄덕이며 자신도 매우 아팠다고 말했다. 유정과 승희는 아플 때 서로 나눈 이야기를 들려줬다. 원인을 탐구하다 결국 서로의 공통점 찾기가 되어버렸다고. 하산은 흥미로운 듯 말했다.

　우리 셋은 공통점이 없어 보이네요.

　유정이 불쑥 말했다.

저는 매일 영상을 찍어요.

승희도 망설이다 고백하듯 말했다.

저는 매일 블로그를 해요.

하산은 수줍게 말했다.

저는 매일 시를 써요.

한국어로 시를 쓴다는 말에 유정은 대박이라며, 우리 셋의 공통점을 찾았다고 환호했다. 돈도 안 되는 일을 매일 열심히 하는 것뿐이라는 말에 함께 웃었다. 승희도 그 마음을 알 것 같았다. 세끼를 다 적은 날은 괜스레 뿌듯했으니까. 그건 살아 있다는 것을 확인하는 행위였다.

유정은 마음이 쓰인다며 벌떡 일어나 문을 열고 나가더니 혼자서 복도를 배회하고 있는 AI 방역 로봇을 데리고 들어왔다. 길을 막아 몰고 왔다고 했다. 방에 들어온 로봇은 불빛을 내뿜으며 왔다갔다하면서 바닥을 소독하고 살균했다. 휴지통처럼 커다란 원통 모양에 눈, 코, 입도 없는데 스스로 움직인다는 것만으로 살아 있는 존재처럼 느껴졌다. 그들은 원을 좁혀 로봇이 지나다닐 공간을 만들어주었다.

어제도 많이 아팠을 텐데 기도한 거예요?

짧아진 초를 바라보던 승희가 묻자 하산이 대답했다.

라마단이 끝날 무렵의 열흘 중에 라일라트 알 카드르, 운명의 밤이라고 부르는 하룻밤이 있어요. 축복이 가장 많은 밤,

천 개월보다 나은 하룻밤이라고도 해요. 그런데 그게 열흘 중 어느 날인지는 일부러 알려주지 않아요. 사람들이 그날만 기도할까봐. 그래서 열흘 내내 기도해야 해요. 그 밤이 오늘밤일 수도 있으니까요.

근사한 말이라며 유정이 감탄했다. AI 로봇을 바라보며 오늘이 운명의 밤일지는 확실치 않지만, 적어도 제일 클린한 밤인 건 확실하다는 농담도 덧붙였다. 어쩌다보니 치킨은 다리 두 개만 남아 있었다.

내일 퇴소하는 두 분이 다리 하나씩 드세요.

유정이 승희와 하산에게 치킨 박스를 밀어주었다.

남는 사람이 먹어야지. 우리는 이제 집으로 돌아가면 실컷 먹을 수 있어.

승희가 다시 치킨을 유정 쪽으로 밀었다. 유정은 그래도 집으로는 돌아가고 싶지 않아, 라고 고개를 흔들더니 떠나는 사람이 먹어야 한다며 도로 승희에게 밀어주었다. 옥신각신하는 둘을 지켜보던 하산은 자신에겐 돌아가고 싶어도 이제 갈 집이 없다고 했고, 승희는 자신은 꼭 집으로 돌아가야만 한다고 다짐하듯 말했다. 최종적으로 하산은 유정의 앞에 치킨을 밀어놓으며 말했다.

오늘 같은 밤에는 원래 손님을 대접해야 하는데 지금은 드릴 게 이것밖에 없네요.

몇 번 양보를 거듭한 끝에 결국에는 승희와 유정이 다리 하나씩을 먹었다. 그러다 자정이 되었고, 맥주는 모두 네 캔인데 누가 한 캔을 더 마실 거냐는 논의가 시작됐다. 유정이 청소년도 배제하지 말고 공평해야 한다고 주장해서 한 캔은 삼분의 일씩 똑같이 나눠 마셨다. AI 로봇이 열심히 살균 소독을 하는 가운데 하산이 우리말로 산에서 내려간다는 의미인 거 알아요? 우리는 그만 하산하도록 할게요, 따위의 어쭙잖은 농담이 오고갔다. 오늘 쓴 시를 들려달라는 유정의 부탁에 하산은 그건 안 된다고 단박에 거절했다. 대신 자신이 좋아하는 시인의 시를 낭독해줬다. 나도 모를 아픔을 오래 참다 처음으로 이곳에 찾아왔다. 승희는 그 구절을 입속말로 따라 해보았다.

  그때, 갑자기 사이렌이 울리더니 방송이 나왔다. 701호에 계신 분들은 신속하게 제자리로 돌아가주십시오. 이어 전화벨이 울렸다. 아무도 받지 않으니, 얼마 후 방호복을 입은 사람이 방으로 찾아왔다. 그는 표정이 읽히지 않는 얼굴로 이제 그만 방으로 돌아가라고 지시했다.

  역시나 이곳은 너무 과하거나 부족하다고 생각하며 승희는 유정과 함께 방으로 돌아왔다.

  유정은 방에 들어서자마자 창가로 다가가더니 한동안 어딘가를 응시했다. 그러다 여느 때처럼 손을 흔들었다.

  이 밤엔 아무도 없어. 불빛도 없잖아.

승희의 말에 유정이 뒤를 돌아보더니 웃으며 말했다.

오늘밤이 바로 그 밤일지도 모르잖아요.

D-day

이른 새벽: 차가운 치킨, 맥주 1과 3분의 1캔

7

오승희님, 일주일이 지나 완치되었습니다. 오전 11시 전까지 퇴실해주세요.

승희는 허겁지겁 짐을 챙겼다. 유정과 연락처를 주고받지는 않았다. 어쩌면 밥 약속을 한두 번은 할 수도 있었을 것이다. 그러나 만남이 지속되지 못할 것을 승희도 유정도 알았다.

먼저 갈게.

방문을 열기 전 승희는 이불을 머리끝까지 뒤집어쓰고 잠들어 있는 유정을 향해 속삭이듯 말했다. 유정은 미동 없이 누워 있었다. 승희는 조금 서운하기도 했지만 한편으로 다행이라고 생각했다. 엘리베이터는 오늘 돌아가는 사람들로 만원이었다. 이렇게 많은 사람이 있는데 한 번도 마주치지 않았다니. 하산과는 눈인사만을 나눴다. 잠시 이야기를 나누고 싶었는데, 문 앞에 오빠가 기다리고 있어 하는 수 없었다. 하산을 비롯한 사람들은 눈 깜짝할 사이에 거리로 들어가 뒤섞이고 흩어졌다.

오빠가 캐리어를 들고는 앞장섰다. 메뉴도 물어보지 않고 중국집으로 향하더니 깐쇼새우를 시켰다. 그러고는 무덤덤한 목소리로 말했다.

네가 새우를 좋아하잖아.

승희는 오빠가 사과하고 있다는 것을 알았다. 사실 뜨끈한 순대국밥이 먹고 싶었지만, 오빠가 자꾸만 앞으로 밀어주는 새우를 마다하지 않고 꾸역꾸역 먹었다. 차갑게 식어버린 치킨 다리와 김빠진 맥주가 그리웠다.

7+1

유정의 유튜브 계정을 찾아낸 건 알고리즘 덕분이었다. 추천으로 뜬 브이로그를 틀어봤더니, 어떤 내용이든 배경음악이 똑같았다. 막스 리히터의 〈Sleep〉. 그때까지만 해도 계정 주인이 유정일 수도 있다는 생각은 했으나 확신이 없었다. 소란하던 유정과 달리 브이로그는 고요했다. 내레이션도 없이 구석에 날짜만 적혀 있었다.

언니를 찍어도 돼요?

어느 밤 유정이 물어서 승희는 고개를 끄덕였다. 그러나 한 번도 승희에게 카메라를 들이민 적은 없었다. 승희는 동영상 목록으로 들어가 날짜를 거슬러올라가며 하나하나 클릭해보았다. 아무도 없는 빈방, 국화가 놓여 있는 책상, 텅 빈 사물함, 책이 꽂혀 있지 않은 책장, 인적이 드문 어느 골목길, 승객이 없는 버스 정류장, 고양이 털이 묻어 있는 방석 같은 것에 카메라는 오래 머물렀다. 정적과 빈자리를 담고 있었다. 지루한 영상이었다. 그래서인지 구독자 수도 조회 수도 형편없었다. 어느덧 승희가 퇴소한 날짜에 이르렀다. 창가에 놓여 있는 의자 하나, 승희가 누웠던 침대, 그리고 긴 울음을 터뜨렸던 욕실 문 앞을 카메라는 오래오래 응시했다. 승희는 영상 안에서 유정이 그 방에서 그랬듯 자신에게 질문하고 있음을 깨달았다. 침묵으로.

지하철역을 오갈 때마다 그 오래된 호텔을 마주쳤다. 생활치료센터 운영이 중단된 뒤 리모델링을 거쳐 다시 문을 열겠다던 호텔은 얼마 후 영업을 종료했다.

0+1

 어두컴컴한 복도 저편에서 파란 빛과 초록 빛이 번갈아 반짝거리며 다가오고 있었다. 승희는 그것의 정체를 금방 알아챘다. AI 방역 로봇이었다. 반가운 마음으로 바라보던 승희는 가족 단톡방에 엄마 수술 잘 끝났고 이제 주무신다고 소식을 남겼다. 이내 고생했어, 혼자서 애썼다, 기도할게 등등의 답변이 올라왔다. 엄마는 무릎 인공관절 수술을 받았다. 앞으로 한 달 동안은 거동이 어려울 거라고 했다. 어제 승희는 PCR 검사를 받았다. 면봉으로 콧속을 깊이 찌르자 눈물이 찔끔 났다. 일 년 만이었다. 놀이공원에라도 입장하듯 병원 입구에서 손목에 채워준 종이 팔찌에는 '보호자'라고 적혀 있었다.

 김밥 한 줄, 밀크커피 한 잔(feat. 병원 자판기)

 승희는 블로그 앱을 열고 글을 적다가 급격한 허기를 느꼈다. 편의점에 가서 컵라면이라도 하나 먹어야겠다는 생각에 의자에서 일어나, 장난스레 로봇 앞을 가로막았다. 로봇은 버둥거리더니 위쪽에 붙어 있는 동그란 LED 화면에 메시지를 송출했다.
 길이 막혔어요. 로봇이 길을 찾을 수 있도록 로봇이 가는 경로에 있는 장애물을 치워주시거나 로봇을 밀어서 위치를 변경해주세요.

더 나아가지 못하고 버둥거리던 로봇이 다음 메시지를 송출했다.

여전히 문제가 발생하나요?

그 문장을 되뇌다 승희는 유정의 질문을 떠올렸다.

언니, 지금 이게 맞아요?

유튜브 알림이 떴다. 새로운 브이로그가 올라왔다. 카메라는 빈 나뭇가지를 오래 바라보고 있었다. 꽃이 진 자리를. 승희는 좋아요를 눌렀다.

사람들은 일주일 만에 돌아왔다. 그러나 모두가 집으로 돌아온 것은 아니라는 걸 이제 안다. 오늘밤이 바로 그 밤이길 바라며 승희는 어딘가를 향해 가만히 손을 흔들었다.

우리가 사랑했던 정원에서

유월의 마지막 일요일 아침, 음식물과 재활용 쓰레기를 버리러 나가던 길이었다. 계단을 내려가니 일층 빌라 입구 유리문에 누군가 등을 기대고 앉아 있는 게 보였다. 염색할 때가 지났는지 정수리 쪽 삼분의 일은 검고 나머지는 밝은 갈색인 단발. 낡은 자줏빛 배낭에 달랑거리는 노란 리본까지, 낯익은 뒷모습. 설마 하는 마음으로 다가가자 그가 기척을 느꼈는지 뒤를 돌았다. 정아였다.

송, 옥상을 좀 쓸 수 있을까?

오 년 전과 다를 바 없는 모습으로 나타나 건넨 첫마디였다. 정신을 차려보니 어느새 정아를 도와 주홍색 페인트로 칠해진 정체불명의 원목 상자를 옮기고 있었다. 성인 한 명이 몸을 반쯤 접고 누울 수 있을 정도의 크기여서, 아무것도 담겨 있지 않은데도 꽤 무거웠다. 상자에는 바퀴가 네 개 달려 있었다.

이동이 가능한 거야.

정아가 자랑하듯 말했지만 바퀴는 엘리베이터가 없는 빌라 옥상까지 올라가는 데 그리 쓸모가 없었다. 우리는 이층과 삼층 사이 계단참에 상자를 내려놓고 잠시 쉬었다. 고개를 숙이고 숨을 고르는데 눈앞에 정아의 정수리가 보였다. 정아의 머리카락은 늘 빨리 자랐다. 단발로 잘라도 금방 어깨까지 내려오는 바람에 미용실에 자주 가야 했다. 하지만 염색만은 미용실에서 하지 않았다. 그래서 내가 종종 뿌리 염색을 해줬다. '잿빛 밝은 갈색 5.1'. 정아가 자신의 눈동자와 같은 색이라며 좋아하는 제품이었다. 이 경계가 생기기 전에는 누가 염색을 해줬을까. 그 누군가와 이제는 만나지 않는 건가. 경계가 만들어지기까지 걸렸을 시간을 가늠해보고, 그사이 일어났을 법한 일들을 짐작해보려는데 호흡을 고른 정아가 고개를 들고 말했다.

이제 다시 가볼까.

사층인 우리집 현관문 옆쪽에 옥상으로 나가는 철문이 있었다. 민재와 함께 살 집으로 여기를 고른 이유는 월세가 싼데다 옥상을 거의 단독으로 쓸 수 있기 때문이었다. 초록색으로 칠해진 바닥과 장독 몇 개와 녹이 슨 빨래 건조대. 주위 다른 빌라들의 옥상 풍경과 비슷했다. 조금 다른 것이 있다면 민재의 텐트였다. 홈플러스에서 삼만구천원을 주고 사온 카키색 원터치 접이식 텐트는 한 번만 펴져서 원터치였던 건지 다시는 접히질 않았다. 그 옆에는 캠핑 의자 두 개와 테이블, 코펠 세트 등 역시 민재가 하나하나 구입한 캠핑 용품이 놓여 있었다. 빌라 일층에 사는 주인집이 이불을 널러 가끔 올라오는 게 다라 옥상은 거의 민재의 아지트였다. 주인집은 편히 쓰라며 뭐라도 심으면 좋겠지, 라고까지 말했으나 텃밭을 가꿀 엄두는 나지 않았다. 저세상으로 보내버린 식물이 너무 많았고 최근 선인장까지 말려 죽인 후에는 아무것도 키우고 싶지 않았다. 정아가 난간으로 다가가 아래를 내려다봤다. 나는 녹초가 되어 캠핑 의자에 털썩 주저앉았다. 이윽고 정아가 나를 돌아보더니 상자의 정체를 밝혔다.

플랜터 베드야.

뭘 심을 거야?

음.

정아는 실없는 얘기를 할 때는 수다스럽지만 정작 중요한 걸 물어보면 바로 대답하지 않고 잠시 시간텀을 두곤 했다.

글쎄.

그러고는 입을 굳게 다물었다. 여전했다. 사람 속 터지게 하는 저 말투는. 정아는 내일 또 오겠다며 돌아갔다.

그러니까 오랜만에 만난 옛친구가 우리집에 커다란 화분을 하나 가져왔다는 거잖아?

일을 마치고 온 민재는 정아가 가져다놓은 플랜터 베드를 살펴보더니, 여느 때처럼 캠핑 의자에 자리잡고 앉아 코펠 냄비에 라면 물을 올렸다. '옛친구'라는 세 글자를 듣자 복잡하던 내 머릿속이 단순해졌다. 옛친구에게 옥상 한구석을 내어준 것뿐이다. 곤란해지면 옮겨버리면 될 일이다.

이 년 전, 내가 민재와의 결혼을 결심한 이유는 결코 낙담하지 않는 그의 성격 때문이었다. 민재는 계획대로 일이 진행되지 않아도 좌절하는 법이 없었다. 당황하지 않고 상황에 맞춰 다음 플랜을 세웠다. 내가 일을 그만두어 수입이 줄자 바로 그 주말부터 배달 일을 시작했듯이.

민재는 주말 알바를 마친 일요일 저녁마다 옥상에서 진라면 순한맛에 달걀을 풀어 끓여먹었다. 라면을 먹는 동안 늘 유튜브를 틀어놓았다. 십 년 안에 서울에 내 집 마련하는 법, 소액으로 투자해 성공하는 법 같은 것들.

아직도 그냥 있더라.

화면에서 눈을 떼지 않고 민재는 예의 그 캠핑카 이야기를 꺼냈다. 민재가 배달을 자주 가는 아파트 단지 주차장에 세워져 있다는 캠핑카였다. 배달을 갈 때마다 항상 같은 자리를 지키고 있다고. 처음에는 부러워서 기웃거렸단다. 그런데 생각해보니 주말에도 캠핑카를 그냥 주차해둔 주인이 불쌍해졌다고 했다. 캠핑카가 사라지면 마음이 후련할 것 같다고 민재는 말했지만 오늘도 있더라, 라고 말하는 그의 얼굴은 어쩐지 조금 기뻐 보였다.

 다음날, 정아는 흙이 잔뜩 담긴 이십 리터짜리 자루를 열 포대나 들고 왔다. 이 또한 마주잡고 하나하나 계단으로 옮겨야 했다.
 정아와 같이 이삿짐을 날랐던 기억이 떠올랐다. 그때도 엘리베이터가 없고 계단이 많은 빌라였다. 침대 매트리스를, 책상을, 옷장을 양쪽에서 잡고 하나하나 끌고 올라갔다. 지금처럼 계단참에 놓고 틈틈이 쉬면서. 돈이 생길 때마다 밥과 국을 담을 공기, 냄비, 프라이팬, 머그컵, 접시, 티스푼, 토스트기를 비롯해 곰 인형까지 사들이며 집안을 조금씩 채워갔었다.
 부엽토, 훈탄, 마사토, 피트모스.
 정아는 흙의 종류를 하나씩 읊어가며 진지하게 설명했다.
 정원가는 식물이 아니라 흙을 가꾸는 사람이야. 식물들이 잘 자라기 위해서는 무엇보다 건강한 흙이 중요해. 모든 것은 흙에서 시작돼.
 나는 정아의 설명을 제대로 듣지 않고 불평하듯 한숨을 쉬며 말했다.

흙도 돈을 주고 사야 하는구나.

흙을 섞던 정아도 한숨을 쉬었다.

그니까. 꽤 비싸.

슬쩍 만져보니 촉감도, 냄새도 나쁘지 않았다.

정말 나 여기 써도 되는 거지?

정아가 갑자기 눈치보듯 물어서, 나는 흔쾌히 대답했다.

괜찮지, 물론.

인색하게 굴고 싶지 않았다. 내가 보증금이 부족했을 때 정아는 기꺼이 나에게 방을 내어줬으니까. 당시에 나는 기숙사에서 나와야 했는데, 취업은 요원했고 가진 돈으로는 자취방을 구하기 어려웠다. 대학 동기들과 모인 술자리에서 막막함을 털어놓자 누군가는 어깨를 두드렸고 누군가는 안주를 가까이 놓아주었다. 그리 친하지 않았던 정아만이 맥주잔을 부딪쳐오며 이렇게 말했다.

나, 방이 두 개야.

민재가 축약해준 '옛친구' 앞에 '신세를 졌던'이라는 수식어를 놓아봤다. 빚진 기분에서 벗어날 기회 같았다.

송송, 너 성공했다. 이런 옥상을 다 쓸 수 있다니 멋지다.

정아가 생각하는 성공의 기준이 너무도 소박해 웃음이 났다. 방이 두 개라고 자랑스럽게 말하던 그때 그 시절처럼 정아는 특유의 해맑은 미소를 지었다. '송'은 정아가 나를 부르는 애칭이었다. 한 유명 감독이 절친한 배우를 부르는 것을 보더니 나를 송이나 송송, 때론 송소송소옹이라고 음을 붙여 길게 늘여서 불렀다. 나는 저엉이라고 부르거나, 기분이 좋으면 종종조옹이라고 화답했다.

우리집은 어떻게 알았어?

네가 알려줬잖아.

내가 언제?

정아는 단톡방을 보여줬다. 대학 동기들이 모인 채팅방이었다. 누군가 내게 결혼식을 올리지 않았으니 축하 선물이라도 보내주겠다고 해서 주소를 올린 적이 있는데, 그때 저장해두었다고 했다.

내가 없으면 어쩌려고 왔어?

사실은 왜 온 거냐고 묻고 싶었다. 그 말에 대답하지 않고 정아는 물었다.

요즘 일 안 해?

쉬고 있어.

정아는 고개를 끄덕였다. 왜냐고 이유를 묻진 않았다. 실은 이제는 글을 쓰지 않느냐고 묻고 싶었던 건 아닐까. 내가 정아에게 묻고 싶었던 것도 그것이었으니까. 정아는 흙을 정리하더니 내일을 기약했다.

내일은 식물을 가져올게.

약속대로 다음날 정아는 모종을 들고 나타났다. 하늘하늘한 가우라와 버들마편초, 루드베키아와 같은 꽃모종과 바질, 타임, 라벤더와 같은 허브 종류에 로메인과 무청도 있었다. 나는 래디시와 당근 씨앗을 파종하는 정아를 보다가 물었다.

봄도 지났는데 이미 늦은 거 아냐?

지금 심어야 더 좋은 것도 있어.

작업하는 내내 빌라 사람 중 누구도 올라오지 않았다. 세입자 대부분이 맞벌이부부였다. 다들 이 낡은 빌라를 벗어나기 위해 노력중이었다. 아이들이 있는 집은 더 치열했다. 주인집은 남편과 함께 하는 가게 일로 바빴다. 사층의 좋은 점은 사람들이 잘 올라오지 않아 마주칠 일이 거의 없다는 것이었다. 나쁜 점은 내려가는 길에 운이 좋지 않으면 빌라 사람들을 다 만날 수 있다는 거였는데, 다행히 평일 오전에 한가한 사람은 정아와 나뿐인 듯했다.

며칠 후 정아가 플랜터 베드를 하나 더 끌고 왔다. 그 역시 마주잡고 옥상까지 옮겼다.

너도 여기에 뭐 심어볼래?

원래 있던 플랜터 베드 곁에 들고 온 것을 나란히 놓으며 정아가 내게 말했다. 나는 숨을 몰아쉬며 플랜터 베드 두 개를 바라봤다. 마치 정아의 큰방에 나란히 놓였던 싱글 침대 같았다.

정아의 말대로 방은 두 개였다. 하나는 큰데 하나는 너무 작았다. 작은방을 옷방으로 하고, 거실에는 책상 두 개를, 큰방에는 싱글 침대 두 개를 나란히 놓고 생활했다. 임용고사 준비와 방송국 아르바이트를 병행하느라 밤낮으로 바빴던 나와 달리 정아는 홀로 집에서 꽤 많은 시간을 보냈다. 돌아와보면 늘 침대에 누워 있곤 했다. 두번째 임용고사에서 떨어진 날, 도서관에 가지 않고 집에 일찍 들어가보니 정아가 책상 앞에 앉아서 노트북 키보드를 두드리고 있었다. 내가 온 줄도 모르고 열중해 있는 정아는 즐거워 보였다. 다가가 뭘 하느냐고 묻자 정아가 무얼 설정하는가 싶더니, 이내 휴대폰으로 알림이 왔다.

'황정아님이 윤송희님을 공동 작업자로 설정했습니다. 문서가 공유되었습니다.'

링크를 클릭하자 아무것도 적혀 있지 않은 빈 문서가 열렸다.

연동시켰어. 너도 여기에 같이 써볼래?

뭘?

정아는 잠시 침묵하다 말했다.

글쎄. 아무거나.

밤에 문서를 다시 열어보니 정아의 문장으로 페이지가 채워져 있었다.

항상 햇빛이 문제야.

엄마는 입버릇처럼 말했다. 아버지가 돌아가신 뒤 엄마와 내가 구한 아파트는 남향이었다. 하지만 앞 건물에 가려져 오전 열시 삼십분부터 한 시간 정도 짧은 햇살이 들어오는 게 전부였다. 그래서 대낮에도 전등을 켜놓아야 했다. 아빠 무덤에 심은 풀이 잘 자라지 않아 걱정할 때도 엄마는 말했다. 항상 햇빛이 문제라고. 그게 제일 중요하다고. 만일 햇빛이 집안 구석구석 환하게 스며들었다면. 아빠 무덤이 초록으로 뒤덮였다면. 엄마가 자신의 어둠을 그렇게 오랫동안 응시하는 일은 없었을까. 어쨌든 나는 최대한 조심스럽게 어둠의 가장자리를 걷기로 했다. 잘못해서 발을 헛디디면 나도 엄마처럼 어둠 속으로 추락할지도 모른다.

일기인지 소설인지 알 수 없었다. 다음날 도서관에서 그 문서를 다시 열어 한참 들여다보다가, 문제집을 덮고 정아가 만들어놓은 세계에 처음으로 문장을 이어보았다.

엄마 말대로 햇빛이 문제라고, 나는 눈살을 찌푸리며 생각했다. 도서관은 볕이 잘 들었다. 더욱이 매점과 휴게실이 있는 사층은 사방이 통유리였다. 햇빛이 강한 대낮에는 더운데다가 눈이 부셨다.

나는 밤에, 정아는 주로 낮에 글을 썼다. 자연스레 이어 쓰기가 되었다. 이야기가 어떻게 전개되어도, 앞뒤가 맞지 않아도 상관하지 않았다. 누군가 '끝'이라고 쓰면 그간 써온 글은 그대로 남겨진 채 다음 이야기가 시작됐다.

세번째 임용고사에 떨어진 뒤에는 한 선배의 소개로 방송국에서 구성작가 일을 시작했다. 막내일 때 정아의 집에서 나왔고 서브를 거쳐서 민재와 결혼할 즈음에는 한 라디오 프로그램 메인 작가를 맡게 됐다. 디제이는 왕년에 잘나가던 가수였다. 점잖던 그가 언젠가부터 내가 쓴 문장 하나하나에 흠을 잡았다. 오탈자 하나 없이 수정하느라 밤을 새워도, 돌려받은 원고에는 늘 빨간 줄이 그어져 있었다.

'청취자'라는 말이 누군가에겐 얼마나 어려운 말인지 알아?

그의 말이 아주 틀린 것도 아니어서 나는 그뒤로 청취자라는 말을 '지금 듣고 계신 여러분' 혹은 '함께하고 계신 여러분'으로, '애청해주세요'를 '많이 들어주세요' '즐겨 들어주세요'로 고쳐썼다. 몇 달 뒤, 그가 원고를 구겨서 던져버리기에 펼쳐보았는데 빨간 줄이 하나도 없었다. 어느 문장이 그의 심기를 건드렸을까. 아무런 표시가 없어 수정할 수가 없었다. 피디도 선배들도 출연자들도, 늘 있는 일인 듯 당연히 여겼다. 이 바닥은 원래 이런 곳이니까, 그 사람은 원래 그런 사람이니까 버텨내야 한다고 했다. 메인 작가 자리가 쉽게 나는 게 아니라고. 나는 버티지 않기로 했다. 대신 그가 존대해주는 청취자가, 듣는 사람이 되기로 했다. 가끔씩 방송에 소개될 만한 사연을 문자로 보내기도 했다. 닉네임은 청취자로. 앞으로도 애청할게요, 같은 말을 꼭 붙여 보냈고 그가 그 문장을 읽어줄 때면 숨을 죽이고 웃었다.

라디오를 듣거나 문자를 보낼 때를 제외하면 나는 주로 침대에 가만히 누워 있었다. 그러다보면 예전에 나를 기다리며 혼자 집에 있던 정아는 무슨 생각을 했을지 궁금해지기도 했다. 한낮에 암막 커튼을 치고 어두컴컴한 방안에 있으면 나 혼자만 밤인 것 같았다. 사이렌소리, 하교하는 아이들 소리, 다투는 소리, 동네 개가 짖는 소리를 비롯해 온갖 한낮의 소리가 들려왔다. 정아도 이 소리들을 고스란히 듣고 있었을까.

언젠가 정아가 마당의 지저귀는 새 울음소리에서 시작해 세상의 모든 소리를 기보했다는 음악가 이야기를 들려준 적이 있었다.

연못에 떨어지는 빗방울 소리랑 잽싸게 사라지는 슬리퍼 소리, 원피스가 구겨지는 소리까지도 기보했대.

아마도 그 음악가는 낮에 할일도 갈 곳도 없었던 것 아닐까. 정아는 죽은 친구의 발소리가 들리는 이야기를 쓰기도 했다.

은의 발소리는 특이했다. 은의 발은 235. 하지만 은의 갈색 구두 사이즈는 240이었다. 삼 센티미터의 낮은 굽은 몇 번이나 수리한 흔적이 남아 있었고 가죽은 늘어날 대로 늘어나 있었다. 운동장을 가로지를 때도. 매점으로 뛰어갈 때도. 복도를 천천히 걸어갈 때도 구두가 반쯤 벗겨져 은은 거의 끌다시피 했다. 그래서 또각또각이 아니라 달그락달그락하는 소리가 났다. 마치 주인을 기다리는 강아지처럼 은의 발소리에 귀를 쫑긋 세우던 시절이 있었다. 그런 은의 발소리가 다시 들리기 시작한 건 두 달 전부터였다.

내가 이어 썼지만 결말을 맺지는 못했다. 우리의 문서함에는 중단된 이야기들이 쌓여갔다. 누군가 '끝'이라고 쓰면 그 이야기는 끝났지만 그건 결말을 맺어서가 아니라 더이상 어떻게 이어가야 할지 몰라서였다. 종종 내 인생도 '끝'이라고 쓰고 싶어졌다. 정아의 문장대로 이 모든 게 햇빛이 부족하기 때문일지도 모른다는 생각이 들어 커튼을 조금 열어보기도 했다.

모종을 심고 씨를 뿌린 뒤, 정아는 수시로 옥상을 들락날락거렸다. 나는 가만히 누워 있다가 계단을 올라오는 정아의 발소리나 철문을 여는 소리가 들리면 몸을 일으켜 옥상으로 나갔다.

바질 잎은 금세 풍성해졌고 상추도 훌쩍 자랐다. 파종한 래디시와 당근이 발아해 떡잎을 틔웠고, 가우라와 버들마편초도 새로운 꽃을 피웠다. 특히 무청은 무서울 정도로 쑥쑥 자라 플랜터 베드의 삼분의 일쯤을 뒤덮었다. 무는 시장에서 파는 것보다 작았지만 시원하고 달았다. 래디시와 바질로 샐러드와 스파게티를 만들어주니 민재는 만족해했다. 직접 키워서 그런지 파는 것과는 맛이 다르다고. 너무 여려서 먹기 미안할 정도라고. 민재는 꽃만 피우는 것보다는 수확해 먹을 수 있는 것들에 관심을 가졌다. 어느샌가 나보다 더 정원을 챙기기 시작했다. 플랜터 베드 두 개를 햇빛이 잘 드는 곳으로 이리저리 옮겨놓기도 했다.

그사이 정아의 머리는 더 길어져서 검은 머리 반, 갈색 머리 반이 되었다. 나는 잿빛 밝은 갈색 5.1을 주문했다. 옥상에서 정아의 머리를 염색해주고 있는데, 평소보다 이른 퇴근을 한 민재가 올라왔다. 진라면 순한맛 두 봉지와 달걀 두 개를 품에 안고 있었다. 둘의 첫 만남이었다. 민재는 머리에 랩을 둘러쓴 정아를 보고는 그대로 뒤돌아 나가더니, 잠시 후 라면과 달걀 하나씩을 더 가져왔다. 소주와 맥주 몇 병도 함께. 정아는 진라면 순한맛을 먹는 사람은 처음 본다며 불평하면서도 잘 먹었다. 둘은 편안해 보였다. 오래전부터 서로를 이미 알고 있던 것처럼. 의아한 눈길로 바라보자 정아가 입을 열었다.

전에 봤어. 몇 번.

한밤중에 귀신인 줄 알았다니까.

말을 거든 민재가 다시 생각해도 무섭다며 몸서리를 쳤다.

밤중에 물을 주러 왔었거든.

정아가 하는 말이 귀에 잘 들어오지 않았다. 둘이서 어디까지 얘기했을까. 불안한 마음에 나는 소주와 맥주를 섞어 원샷해버렸다.

같이 살았다며. 단순히 옛친구는 아니네.

나에게 하는 말이었지만, 민재의 눈은 정아를 보고 있었다. 그러곤 이어 말했다.

뭐, 친구까지는 괜찮습니다. 저희가 서로의 가족은 공유하지 않기로 했거든요.

사실 나에겐 남은 가족이 없었다. 부모님은 일찍 돌아가셨고 오빠네 가족은 이민을 갔으니까. 민재는 그 점이 매력적이라고 했다. 그러니까 서로의 가족이란 민재의 가족을 뜻했다. 조현병에 걸린 어머니와 뇌졸중으로 쓰러진 아버지, 사업 자금을 빌려달라고 수시로 연락해오는 형. 민재는 나에게 책임을 지우지 않고 혼자 가족들을 돌보러 가고는 했다.

그러면서도 가족이 되겠다고 혼인신고를 했어요. 모순 같지만 가족을 지키기 위해서죠.

민재가 취기 오른 얼굴로 비장하게 고백하듯 말했다. 정아는 심각한 얘기중에 미안하지만 이십 분이 훨씬 지났으니 머리를 감고 오겠다고 했다. 정아가 자리를 비운 사이 나는 우리 사이에 대해 민재에게 좀더 설명해야겠다고 생각했다. 그러나 민재가 먼저 말했다.

들었어. 교환 일기 같은 걸 썼다며? 보통 사이가 아닌 거지.

실은 우리가 어떻게 연동되어 있었는지, 상대방에 의해 수정되고 다시 쓰이기도 하면서 어떻게 영향을 주고받았는지 더 자세히 얘기하고 싶었다. 그러나 교환 일기라는 말보다 더 나은 설명을 찾지 못했다. 무성해진 상추를 보며 민재는 다음에는 고기를 구워먹자고 했다.

민재가 홈플러스에서 캠핑 의자를 하나 더 사온 뒤로, 정아는 더 자주 찾아왔다. 과음을 한 날이면 안방 침대에 누워 자고 가기도 했다. 그럴 때면 민재는 텐트에서 잤다. 원래도 종종 텐트에서 자는 걸 좋아했다. 가볍게 코를 골며 자는 정아의 가슴이 오르락내리락했다. 예전의 정아는 방안에만 있어서인지 머리를 잘 감지 않았다. 그래도 고양이처럼 깨끗했고, 햇볕에 잘 마른 흙 냄새가 나곤 했다. 정아는 공기청정기 때문이라고 설명했다. 공기가 맑아서 그런 거야. 청정 지역에 사는 아이들은 씻지 않아도 괜찮대. 다시 만난 정아에게서는 샤워를 한 후인데도 여전히 흙냄새와 마른 낙엽 냄새 같은 것이 났다.

오늘도 그 캠핑카를 봤어.

민재가 기쁜 얼굴로 불판 위에 삼겹살을 올리며 말했다. 민재는 일요일 배달 일을 일찍 마치고 옥상에서 보내는 시간을 늘려갔다. 처음에는 신경이 쓰였지만 나는 점차 셋이서 함께 옥상에 있는 일에 익숙해졌다. 캠핑카 이야기를 흘려들으며 정아와 나는 씨감자를 심었다. 예전에 정아와 나는 둘 다 감자를 좋아해서 잔뜩 삶아놓고 밥 대신 먹고는 했다. 어느새 팔월이었고, 절기상 입추인데도 날이 무더웠다.

너무 늦은 거 아니야?

가을 감자 수확이 좀 어렵긴 하지만, 잘 돌보면 늦가을에는 할 수 있어.

어떤 것을 심든 그것이 싹을 틔우고 꽃을 피우고 열매를 맺기까지는 시간이 걸렸다. 마냥 기다린다고 되는 게 아니었다. 바람과 폭우에 꺾인 줄기를 세우고, 잡초를 제거하고, 해충으로 병든 잎을 잘라주고, 더위에 바짝 마르지 않도록 물을 흠뻑 줬다. 플랜터 베드 두 개를 합쳐 겨우 한 평인데도 할일이 많았다. 정성껏 살펴도 비실비실 생기가 없거나 꽃도 열매도 맺지 못하는 식물도 있었다.

필요 없는 것들은 뽑아야 해. 흙의 영양분만 축내고 다른 애들이 자라는 걸 방해해.

정아의 말을 듣고 있으니 라디오 디제이가 구겨 던졌던 원고가 생각났다. 그래서 그도 나를 뽑아버리려고 했던 걸까. 어

우리가 사랑했던 정원에서

차피 제 역할도 못하고 제대로 자라지도 못할 것 같아서. 그의 정원에 어울리지 않아서.

그래도 그냥 둬볼까?

굳어진 내 표정을 읽었는지 정아가 말했다. 같은 무리 중 유독 축 늘어진 무청 줄기의 노랗게 변한 잎사귀를 따주고 지지대를 세운 뒤 주변에 흙을 돋우고 고르게 펴주었다.

내일 거름도 줄게. 더 살 수 있을 거야.

그때 철문이 벌컥 열렸다. 우리 셋 다 옥상에 있으니 올 사람이 없는데. 유령이라도 본 듯 모두 놀라 문 쪽을 쳐다봤다. 주인집이었다. 이불 빨래가 든 바구니를 든 채, 주인집은 피죤 냄새를 풍기며 건조대로 다가갔다.

고기 냄새도 나고 사람 사는 것 같네.

주인집은 흐뭇하게 웃다가 민재가 풍성하게 쌓아올린 상추 탑을 보고는 말했다.

채솟값이 많이 올랐던데.

민재가 플랜터 베드를 가리키며 자랑스레 말했다.

저거 하나면 한 가족은 충분히 먹어요.

주인집은 고개를 끄덕이더니 플랜터 베드를 유심히 들여다보고 떠났다. 긴장했던 나는 그제야 안도했다. 그런데 얼마 지나지 않아 주인집이 큰 화분을 하나 들고 다시 올라왔다. 마른 흙에 상추 모종 몇 포기가 심겨 있었다.

물 줄 때 여기도 생각나면 줘. 나도 틈틈이 올게.

주인집이 다시 떠난 뒤 민재가 장난스럽게 우리를 쳐다보며 말했다.

너희들 소작농이 된 거 같다.

그후 민재의 말대로 주인집은 종종 자신의 밭을 살피는 지주처럼 옥상을 방문해서 우리를 격려했다.

감자에 싹이 나고 잎이 나고 꽃이 피는 동안 소문이 퍼졌다. 옥상에 구경을 오는 빌라 사람들이 늘었다. 편한 차림으로 텐트 안에 누워 있던 민재가 기웃거리는 사람들 때문에 쫓기듯 집으로 들어오는 일도 생겼다.

이윽고 빌라 사람들이 화분을 하나둘 가져다놓기 시작했다. 너무 크거나 처치 곤란한 화초를 맡기기도 했고, 정아에게 키우는 방법을 물어 무나 상추, 토마토를 심기도 했다. 그때마다 정아는 친절하게 설명해줬다. 사람들이 드나들면서 좀 불편해지긴 했지만 진짜 초록으로 변한 옥상이 꽤 근사했다. 돈나무, 섬개야광나무와 같은 관목과 배롱나무, 석류나무와 같은 아교목 덕분에 정원은 더 정원다워졌다. 서로의 화분에 심어둔 작물이 자라거나 꽃을 피우면 자랑도 하고 축하도 해줬다. 꽃이 늘어나자 벌이 찾아오기 시작했다. 무서워하는 사람들에게 정아는 웃음을 잃지 않고 일일이 설명했다.

건드리지 않으면 공격하지 않아요. 침을 잃으면 자기들이 죽는다는 걸 알고 있으니까요.

나는 붕붕거리며 날아다니는 벌들보다 정아의 그 웃음이 더 걱정되었다. 내 우려와는 달리 정아와 빌라 사람들 간의 공존은 제법 평화롭게 지속되었다. 예쁘게 핀 꽃을 집안에서 보고 싶다며 남의 화분을 가져가기도 하고, 좋은 자리를 차지하려고 화분의 위치를 바꿔놓다가 말다툼이 벌어질 때도 있었지만 다 해결 가능한 것들이었다. 다만 물뿌리개가, 꽃가위와 모종삽이 아무렇게나 방치되고 원예 장갑이 여기저기 굴러다니기 시작했다. 휴가나 출장으로, 야근으로 바쁘다며 정원을 돌봐달라는 이들이 늘어나 할일이 많아졌다.

점점 점령당하는 것 같아.

캠핑 의자에 앉아 있는 사람들을 보며 민재가 불만 섞인 어조로 말했다.

봉선화와 백일홍, 금계화 같은 여름꽃이 지고 구절초와 코스모스를 비롯한 가을꽃이 피어났다. 하얗고 우아하던 감자꽃이 떨어지고 감자를 수확하는 날이 되어 빌라 사람들 모두가 옥상에 모였다. 가을 감자는 정아 말대로 수확이 어려워서, 기대했던 것보다 양이 적었다. 장작불로 구운 감자에 허브 솔트, 맛소금, 설탕을 뿌려 각자의 취향대로 나눠 먹었다. 옥상에서 키운 허브와 채소로 샐러드도 만들어 곁들였다. 감자는 금방

동이 났지만 음식이 부족하진 않았다. 한 명씩 슬쩍 사라졌다가 나타날 때마다 손에는 삼겹살이, 잡채가, 방어회가, 떡볶이가, 아끼던 위스키와 와인이 들려 있었다. 파티가 열린 것 같았다. 진짜 초록으로 변한 우리의 정원에서.

오늘이 우리 정원의 절정인 것 같아.

정아가 속삭인 말처럼 오늘이 절정이었으면 했다. 정원에서 겪은 소소한 갈등은 한철 위기였기를, 내 마음에는 들지 않았지만 모두가 행복한 결말을 맞길 바랐다. 반전을 예고하는 복선도, 불길한 징조도 없었다. 볕이 잘 드는 자리를 고르셨네요, 빛이 좋아서 잘 자랐어요, 라는 정아의 말에 주인집 눈빛이 묘해진 것 외에는.

갈등은 항시 사소한 것에서 시작해 눈덩이처럼 불어나기 마련이다. 모두가 만족하는 결말이란 없다. 우리의 글이 그랬던 것처럼. 언젠가부터 공유 문서에서 정아가 사용하는 폰트가 맘에 들지 않았다. 정아의 문장에 손이 오그라들었다. 쉼표 대신 마침표를 찍는 습관도 거슬렸다. 이건 너무 동화 같아, 라고 말하며 내가 지우면 정아는 또다시 동화 같은 내용을 썼다. 나와 함께 공유한 기억과 감정들을 정아는 쉴새없이 기록했다. 나는 내 이야기를 뺏겼다고 생각했다.

실은 정아의 이야기가 마음에 들지 않는 근본적인 이유를 알고 있었다. 이야기의 결말을 바꾸고 싶었지만 정아가 시작할 때 잡아놓은 흐름을 거스를 방법이 보이질 않았다. 내 지분이 턱없이 부족했다. 그 불균형을 감당할 수 없을 즈음 나는 이야기를 강제로 중단시켰다.

감자 파티 이후로 정원은 날이 갈수록 스산해졌다. 꽃이 하나둘 지고, 노랗게 혹은 붉게 변한 잎들은 힘없이 떨어졌다. 정원을 찾아오는 발길도 뜸해졌다. 초록이었던 정원은 정아의 머리색처럼 빛바랜 갈색으로 변해갔다. 맥빠진 결말로 향해가는 이야기처럼 심심했지만, 안전했다.

여느 때처럼 정아와 나, 민재 셋이 캠핑 의자에 나란히 앉았다. 날이 쌀쌀했지만 불을 피우고 있으니 따듯했다. 마트에서 감자를 사다가 조림과 수프를 만들어 먹었다. 민재가 사 온 와인을 나눠 마신 후라 다들 적당히 취기가 올라 있었다. 유튜브를 들여다보고 있는 민재에게 정아가 뭘 그리 열심히 보냐고 묻자 민재가 되물었다.

정아씨, 갭 투자라는 말 알아요?

정아는 고개를 저었고, 이어지는 설명을 듣고 난 뒤 물었다.

지금 당장은 못 해요?

보증금 오천에 적금을 깨면 삼천, 합쳐서 팔천이 있어요.

부자네요.

정아가 천진하게 응수했다.

"서울 안에서 갭투자로 성공하려면 최소 삼억은 있어야 해요. 지금 가진 돈으로는 작은 빌라 원룸도 어려워서, 빚을 내는 수밖에 없어요."

그의 말에 정아는 고개를 끄덕이곤 더 천진하게 물었다.

이왕이면 이 빌라를 사면 어때요?

그럴까요?

민재가 호기롭게 말했다. 그만한 빚을 갚으려면 민재가 평일 내내 배달 일을 해도, 내가 다시 일을 시작해도 무리였다. 둘의 대화를 더 들을 수 없어 나는 냉정하게 말했다.

계약 기간이 곧 끝나. 연장 못하면 이사가야 해.

거기도 옥상이 있으면 좋겠다.

정아는 해맑게 웃으며 덧붙였다. 나는 정아에게서 마음이 멀어졌던 그날처럼, 지치는 기분이 들었다.

함께 도서관을 찾은 날이었다. 정아와 내가 자주 앉았던 이층 비상문 앞은 상대적으로 사람들이 덜 찾는 자리였다. 막내 작가였던 나는 방송국에서 하루종일 잔심부름을 하고 녹초가 되어 퇴근한 뒤에도 도서관에 들러 자료를 찾고 다음날 쓸 원고를 준비해야 했다. 그날 정아는 내 귀가가 늦어지자 도서관으로 찾아와 맞은편에서 글을 쓰고 있었다. 그러던 중 벌떡 일어나 비상문으로 다가가더니 뭔가를 유심히 들여다보는 것이었다. 문에 붙은 A4 용지에는 '출입 금지'라는 글자와 함께

'나가면 다시 들어올 수 없습니다'라는 경고 문구가 쓰여 있었다. 정아가 망설임 없이 그 문을 열었다. 나는 주변의 눈치를 살피느라 작게 말했다.

대체 왜 그래?

정아는 싱긋 웃었다.

잘 있어.

나는 정아의 그런 싱거운 장난을 받아줄 수 없을 만큼 지쳐 있었다. 시간이 아까웠다. 그래서 굳은 얼굴로 말했다.

그래, 넌 참 한가하구나.

정아는 가만히 나를 바라보다가 이내 특유의 해맑은 미소를 짓더니 손을 흔들었다. 그리고 문밖으로 나갔다. 그대로 철문이 닫혔다.

철컥.

그 소리에 학생 몇몇이 고개를 들고 주변을 살폈지만, 정아는 이미 감쪽같이 사라진 뒤였다.

나는 자리에서 일어나지 않고 그날 해야 할 일을 다 마친 뒤에 집으로 돌아왔다. 씻고 잠이 들었는데, 얼마 지나지 않아 정아가 들어와 눕는 소리가 들렸다. 우리는 그 일로 다투지 않았다. 몇 달 뒤 내가 집을 구해 나갈 때까지 평소처럼 지냈다. 그런데 왜 그날이 나에게는 정아와의 마지막 같을까.

지금의 정아는 그때와 똑같았다. 옷차림도, 머리 색깔도. 정아의 시간이 마치 거기서 멈춘 것만 같았다. 혹시 그때 도서관 비상문으로 나갔던 정아가 미래의 나를 만나러 온 건 아닐까 하는 말도 안 되는 생각까지 들었다. 그동안 정아가 어떻게 살았는지 듣지 못했고 물어보지 않았다. 알고 싶지 않았다. 우리 집에서 자지 않을 때는 어디로 가는지. 혹시 그 집에서 아직도 사는 건지.

저엉.

나는 정말 오랜만에 애칭으로 정아를 불러보았다. 간절함을 담아.

너도 이제 변해도 돼. 변하지 않는 게 힘들어서 다들 변하는 거야.

민재가 어리둥절한 얼굴로 나를 바라봤다. 정아는 내 말이 무슨 뜻인지 헤아려보는 듯하더니, 이내 슬픈 표정으로 말했다.

송, 정원을 갖고 싶어했잖아.

내가? 언제?

그랬어.

어쩌면 그랬을 수도 있을 것이다. 많은 것을 갖고 싶다고 했겠지. 정아에게. 기억나지 않는 수많은 것을 갖고 싶다고 말했겠지. 아직 많은 것을 가질 수 있다고 믿었던 때니까.

침묵하는 나와 정아 곁에서 민재는 애꿎은 장작불만 뒤적였다. 생각에 잠겨 있던 정아가 예전보다 마르고 색은 변했지만 아직 가지에 붙어 있는 섬개야광나무의 잎을 가리키며 말했다.

 겨울이 돼서 잎이 다 떨어지면 저 나무의 원래 형태가 더 잘 보일 거야. 그리고 곧 겨울이 되면 정원가는 한가해질 거야. 송, 계속 한가할 예정이니?

 정아의 뜬금없는 물음에 나는 얼떨결에 고개를 끄덕였다.

 그럼 우리 같이 글이나 쏠까. 예전처럼.

 뜻밖의 말에 나는 고개를 돌려 정아를 바라봤다. 대꾸할 사이도 없이 민재가 끼어들었다.

 이왕이면 일기 말고 대박이 날 이야기를 써봐. 나도 집에서 쉬고 싶어.

 정아는 우리의 이야기가 어떤 식으로 끝나버렸는지 다 잊어버린 걸까. 어느새 그저 태연하게 감자조림을 손으로 집어먹고는 손가락을 쪽쪽 빨고 있었다. 검은색의 지분이 눈에 띄게 늘어난 머리를 한 채.

 며칠 뒤 일요일, 옥상에서 유튜브를 보는 민재의 옆에 앉아 정아의 머리를 염색해주고 있는데 문이 벌컥 열렸다. 주인집이었다. 나는 염색약이 잔뜩 묻은 위생 장갑을 낀 채, 정아는 머리에 염색약이 발린 채 어정쩡하게 주인집을 맞았다. 염색

약을 '적빛 갈색 5.6'으로 잘못 주문해 정아의 머리도, 내 손도 시뻘겠다.

주인집은 우리를 보고 당황했지만 이내 지주다운 위엄을 되찾고 민재를 향해 말했다. 옥상까지 쓰려면 월세를 더 내라고. 그러곤 덧붙였다.

따져보면 옥상이 사층 소유는 아니잖아요.

그렇긴 하죠. 하지만 옥상은 공동소유로 알고 있습니다.

민재는 당당하게 대꾸했다.

벌레가 예전보다 더 많이 꼬이는 것 같고.

주인집은 정아를 힐끗 바라봤다.

저분까지 있으니 수도세도 더 나오고.

정아가 이곳을 가꾸고 돌봐주고 있잖아요.

나는 항변하듯 말했다.

다들 일하니까, 한가한 사람이 돌봐주면 좋지.

주인집의 말에 정아가 흥분한 어조로 말했다.

저도 일하고 있어요.

나는 그 말에는 선뜻 동조해주지 못했다. 주인집이 비웃듯 대꾸했다.

그러게 왜 쓸데없는 일을 벌여요. 애초에 시작하지 않았으면 이런 일도 없었죠. 저걸 다 대체 어쩔 생각인지.

저희는 그동안 관리비도 냈습니다.

이번에는 민재가 말했다. 주인집이 대꾸할 말을 찾지 못해 혀를 쯧 차고 돌아간 뒤, 공기가 태풍 전야처럼 고요해졌다. 침묵을 깨고 정아가 물었다.

나 이제 머리 감아도 될까?

실제로 태풍이 왔다. 이례적이었다. 이미 여러 개의 태풍이 별 피해 없이 지나간 뒤라 모두 안심하고 있었다. 개연성 없는 날벼락에 아무런 대비도 하지 못했다. 민재의 텐트가 날아간 게 시작이었다. 그리고 화분이 깨지고, 바퀴가 달린 플랜터 베드가 굴러가더니 엎어졌다. 우리는 비바람을 뚫고 화분 몇 개와 도망간 플랜터 베드를 집안으로 간신히 옮겼다. 흠뻑 젖은 정아의 머리는 더욱 붉어 보였다. 땅에 떨어진 낙엽처럼 초라해 보였다. 정아는 수건으로 얼굴을 닦다가 중얼거렸다.

왜 우리는 또 이렇게 됐을까. 왜 매번 이렇게 될까.

무엇을 말하는 걸까. 우리가 함께 썼던 글을 뜻하는 걸까. 혹은 우리의 동거, 아니면 옥상의 정원? 그것도 아니면 이 모든 것을 말하는 걸까?

정아가 주저앉은 채로 말했다.

이제 없어.

왜 없어. 저기 있잖아.

없어 이제.

정아는 나를 바라보지도 않고 힘없이 반복해서 중얼거렸다.

너도 알잖아.

고개를 끄덕이지 않았지만, 나는 내심 이것이 우리 정원에 어울리는 결말일지 모른다고 생각했다. 우리가 함께 썼던 글처럼. 처음에는 그냥 쓰는 일 자체에만 관심이 있었다. 그러다 나는 그 글쓰기가 생산적인 활동이 되길 원하게 되었다. 그래서 정아의 글을 고치기 시작했다. '그래서'를 '그러나'로 바꾸고 '고양이'를 '강아지'로, 일인칭시점을 삼인칭으로 바꿔 썼다. 때로는 문장을 통째로 지워버리기도 했다. 처음에는 삭제한 이유를 썼다. 그러다 점점 이유도 대지 않게 됐다. 내가 지우자고 했던 문장 중에는 스스로 삶을 중지해버린 정아의 어머니에 관한 것도 있었다. 나는 정아가 감정을 절제하지 못했다고 생각했다.

현실에서 불가능한 일이야.

내가 다 겪은 건데?

우리가 쓰는 건 사실이 아니야. 소설이든 시나리오든, 픽션이야. 겪은 이야기를 그대로 쓸 순 없어. 그런 이야기는 설득력이 부족해.

그렇구나. 현실적이지 못하구나.

인과관계가 허술해.

더이상 아프지 않았으면 좋겠어서.

그런다고 죽은 엄마가 돌아오는 결말은 너무 빤해.

내 말에 정아는 토해내듯 쓴 이만오천 자를 모두 지웠다. 나는 실시간으로 사라지는 글자들을 바라봤다. 마치 태풍이 쓸어가듯 지워지는 속도가 너무 빨라 눈으로 따라갈 수 없었다. 며칠 후 정아는 새 이야기의 도입부를 보내왔다.

정아가 아이처럼 엉엉 울기 시작했다. 예전엔 지금처럼 정아가 격렬한 감정을 내보일 때면 손발이 오그라들고 부끄러웠었다. 하지만 이번에는 그렇지 않았다. 대신 슬픔이 차올랐다. 나도 울고 싶었다.

흠뻑 젖은 민재가 집안으로 뛰어들어와 울고 있는 정아와 나를 쳐다봤다.

캠핑카가 사라졌어.

민재도 우리 못지않게 울고 싶은 얼굴이었다. 폭우가 내리는데도 단지 안 주차장을 다 뒤지고 다녔다고 했다. 민재의 이야기를 듣다가 셋이서 잠이 들었는데, 아침에 일어나자 정아가 보이지 않았다. 다음날도, 그다음날도 정아는 오지 않았다.

더이상 돌보는 사람이 없자 정원엔 잡초가 수북해졌다. 내가 종종 올라가 살피고 물을 주긴 했지만 태풍에 꺾인 꽃대들은 버려진 문장들과 중단된 이야기처럼 생기를 잃었다. 얼마 뒤에는 분쟁까지 생겼다. 옥상에서 담배를 피우던 삼층 남자를 말벌이 공격한 것이다. 병원에 가서 전치 사 주 진단을 받아온 남자는 우리에게 손해배상을 청구했다. 가족들을 돌보며 갈등을 해결하는 데 익숙해진 민재는 협의를 통해 그 일을 무마했다. 옥상이 실외 공간이라고는 해도 건물 부지 내에서는 흡연 자체가 불법이며, 과태료까지 부과될 일이라는 점을 강조했다고 민재는 자랑스럽게 설명했다.

정아씨는 가족은 아니지만 송희한테 가족 같은 친구니까.

그럼에도 우리의 정원은 폐쇄됐다. 태풍 때문도, 벌 때문도, 수도세 때문도 아니었다. 빌라의 주인이 바뀌었다. 주인집은 우리뿐 아니라 다른 세입자들에게도 갑작스레 월세나 전세 보증금을 올려달라는 이야기를 꺼낸 모양이었다. 빚 때문이었다. 결국 빌라를 헐값에 넘겼다. 새 주인은 낡은 빌라를 허물고 새 건물을 지을 생각이라고 했다. 옥상 철문이 폐쇄됐고 출입이 금지됐다. 모두가 떠나고 싶어했던 곳이었지만 그런 식으로 떠나게 될 줄은 몰랐다. 빌라 사람들은 계단에서 마주치면 말없이 계단 난간과 벽 쪽으로 각각 붙어서 서로를 비껴갔다. 정원이 없었을 때처럼.

옥상으로 들어가는 문에 자물쇠가 채워졌다. 그 너머에는 이제 아무것도 없었다. 없다는 것을 알면서도, 때때로 정아가 있을 것만 같았다.

출입 금지. 굵고 진한 고딕체의 네 글자가 회색빛 철문 중앙에 붙어 있었다. 아랫줄에는 그보다 작은 크기와 부드러운 폰트—아마도 엽서체—로 (나가면 다시 들어오지 못함)이라는 문장이 적혀 있었다. 글씨체는 귀여웠지만 송은 문을 열고 나가게 됐을 때의 결과를 알려주는 그 문장이 '출입 금지'라는 말보다 냉정하다고 느꼈다. 정아가 그 문을 열었다. 정아는 고개를 돌려 송을 한 번 쳐다보고는 그대로 나가버렸다. 철컥 소리를 내며 무거운 철문이 닫혔다.

정아와 헤어지기 직전, 정아가 마지막으로 공유한 문서를 오 년 만에 열어보았다. 새로운 이야기의 시작이었지만 나는 다음 문장을 이어가지 않고 '끝'이라고 적었다. 열심히 일해서 보증금이 어느 정도 모였기 때문이었다. 정아와 더이상 같이 살 이유가 없었다. 언제까지 둘이서 지낼 거냐, 아직도 그렇게 사느냐는 동기들의 물음 때문만은 아니었다. 그저 자연스러운 결말이었다. 우리의 이야기는 거기에서 끝났고 정아도 더이상 새 문서를 공유해오지 않았다.

그때처럼 우리가 다시 한번 자연스러운 결말을 맞은 거라고 생각했다. 하지만 나는 도서관의 그 문이 어떤 문인지 알고 있었다. 안에서 누군가 열어줘야만 열리는 문이고, 밖은 벽으로 막혀 있어 어디로도 이어지지 않는다. 정아는 그곳에서 무슨 생각을 했을까. 기다렸을까. 내가 문을 열어주기를. 끝까지 쓰는 것을 포기해 흐지부지한 결말을 만든 건, 이야기를 감당하지 못하고 매번 중단시킨 건 그때도, 지금도 나였다. 가상의 이야기 안에서조차 어둠을 바라볼 용기도, 죽은 친구를 마주할 자신도, 다른 사람들의 시선을 감당하며 문을 열고 이야기를 이어갈 끈기도 없었다.

정아의 문장들을 거듭 읽고 있는데 휴대폰이 울렸다. 민재였다. 빌라 앞으로 잠시 내려오라고 했다. 일층으로 내려가자 출입문 너머로 캠핑카가 한 대 서 있는 것이 보였다. 그 안에서 민재가 내렸다. 떠난 줄 알았던 캠핑카 주인을 만났다고 했다. 늘 있던 자리에 세워진 캠핑카를 발견하고 반가운 마음에 가까이 다가갔는데, 마침 사람이 있기에 여행 다녀오시나봐요, 라고 인사를 건넸다고.

막상 팔려니 억울해서 여행을 갔다 왔다고 하더라. 그리 멀리 가지도 못하고 돌아왔대. 그러더니 혹시 이거 사지 않을래요? 하고 묻는 거야.

그래서 산 거야?

살 돈이 어디 있어.

그럼?

렌트했지. 몇 달만, 집을 구할 동안만 여기서 지내자.

민재는 낙담하지 않고 이미 다음으로 나아가 있었다. 캠핑카 내부를 보여주는 민재의 얼굴이 조금 기뻐 보였다. 하지만 정아가 찾아오면 어떡하지. 내가 빌라 옥상을 올려다보자 민재가 내 시선을 따라가더니 말했다.

정아씨 걱정은 하지 마. 송희야, 멸종 위기종을 지키는 가장 좋은 방법이 뭔지 알아?

내 대답을 기다리지 않고 민재는 말을 이어갔다.

사람이 가까이에 살지 않는 거야.

빌라 사람들이 하나둘 떠나는 사이 나는 한동안 버리는 일에 몰두했다. 캠핑카에서 지내려면 짐부터 줄여야 했다. 빌라 앞 분리수거장을 자주 찾았다. '아름다운 우리 마을을 깨끗하게'라는 표지판 아래 구겨진 종이컵과 테이프를 제거하지 않은 종이 상자, 페트병 따위가 함부로 나뒹굴고 있었다. 그리고 사람들이 더이상 쓰지 않아 두고 간 물건들도 쌓여 있었다. 필요한 이들이 가져가도록. 주홍색 플랜터 베드를 그곳에 두었다. 골목에 떨어져 있는 텐트도 발견하고 그 옆에 두었는데 누군가 가져갔는지 금세 사라졌다. 오고갈 때마다 사라지지 않는 주홍색 플랜터 베드가 눈에 띄었다. 흙 위에 담배꽁초와 쓰레기들이 쌓여갔다.

빌라를 떠나는 날 마지막으로 그곳을 찾았을 때, 누군가 고개를 숙이고 주홍색 플랜터 베드 앞에 서 있었다. 희끗희끗한

긴 머리카락을 아무렇게나 묶은 여자였다. 여자는 허리를 구부려 플랜터 베드에 버려진 쓰레기를 걷어내고 낙엽을 모아 흙 위에 덮어주었다. 처음 보는 얼굴이었다. 여자가 손으로 플랜터 베드 안쪽을 가리켰다. 죽어 앙상해진 가지들과 마른 풀 사이로 하얀 양파 같은 것이 고개를 내밀고 있었다. 그 끝에 고깔모자를 쓴 것처럼 올라와 있는 연둣빛 싹이 보였다.

여기에 구근을 심어뒀네요. 무슨 꽃인지는 모르겠지만, 겨울을 잘 보내면 봄이 되기 전에 꽃이 필 거예요. 가을에 미리 심어둔 구근은 겨울과 봄을 연결해주는 통로 같은 거죠.

환하게 웃으며 말하는 여자의 모습이 이상하게도 정아와 닮아 보였다. 그런데 여기는 볕이 잘 들지 않을 텐데. 그렇게 말하는 여자의 얼굴이 어두워졌다. 여자가 떠난 뒤 나는 재활용품 더미를 뒤져 육개장 컵라면 용기를 찾아냈다. 구근 주위의 흙을 맨손으로 팠다. 얼어서 잘 파지지 않았다. 손이 시리고 아팠지만 개의치 않았다. 구근의 잔뿌리가 다치지 않게 살살 뽑아내 컵라면 용기에 담은 뒤 흙을 퍼서 고르게 덮었다.

우리에게도 아직 남아 있는 문장이 어딘가에 있을까.

송희야, 그만 가자.

민재가 캠핑카 안에서 나를 불렀다. 조수석에 올라탔다. 우리가 사랑했던 정원과 멀어지고 있었다. 나는 어떤 꽃을 피울지 모를 구근이 담긴 컵라면 용기를 품에 꼭 끌어안았다. 우리의 긴 이야기를 들려줄 준비라도 하듯.

* 소설의 제목은 파스칼 키냐르의 희곡 『우리가 사랑했던 정원에서』(송의경 옮김, 프란츠, 2019)에서 빌려왔다.

아직은 고양이

"아무래도 은재가 변한 거 같아."

수진이 이 말을 처음 꺼냈을 때, 우리는 책방 앞 목련나무 아래 벤치에 나란히 앉아 있었다. 노랗게 변해 머리 위로 뚝뚝 떨어지는 꽃잎을 털어내며.

다음주면 입하였다. 바닥에 이미 떨어진 꽃잎이 수북했고 나뭇가지에는 활짝 피다못해 축 늘어진 목련 몇 송이만 남아 있었다.

나는 수진의 말이 귀에 들어오지 않았다. 상큼한 연둣빛 커버의 시집에 초점을 맞추고 앙상하게 남은 가지는 아웃포커싱 되도록 사진을 찍는 일에 골몰해 있었으니까.

목련이 뚝뚝. 봄이 가기 전에, 꽃이 다 지기 전에 책방에 들러주

세요. #마지막잎새아닌마지막목련 #목련책방 #곧여름 #여름은
독서의계절

  책방 SNS 계정에 게시물을 올린 뒤 반응을 살폈다. 조회 수
와 좋아요, 팔로워 수는 꾸준히 늘고 있었다. 그런데 왜 손님
은 오지 않을까. 처음 책방을 시작할 땐 그냥 먹고살 만큼만
벌면 된다는 안이함이 있었다. 그러나 일 년도 되지 않아 통장
잔액이 바닥났다. 얼마 남지 않은 퇴직금 일부로는 주식을 샀
다. 매일 시세를 살필 때마다 기분도 함께 오르락내리락했다.

  주식 창은 며칠째 파랬다. 목련이고 매상이고 주식이고 모
든 것이 다 떨어지는 나날이 계속되고 있었다. 은재는 수진의
일곱번째 남자친구였다. 나는 나름 업무중이라 남의 연애사를
들어줄 여유가 없어 심상하게 대꾸했다.

  "연애하다보면 다 그렇지 뭐."

  "그런 게 아니야."

  수진은 고개를 저었다. 그러곤 주위를 둘러보다 속삭였다.

  "은재가 고양이로 변한 거 같아."

  이건 또 무슨 신박한 이야기인가. 한때 유행하던 '만약에 내
가 바퀴벌레로 변하면 어떻게 할 거야?'란 질문과 비슷한 계
보인 건가.

  "뭐로 변했다고?"

  "고양이."

수진은 한 글자 한 글자 힘주어 발음했다. 우리는 초중고를 함께 다녔다. 서로 다른 대학에 진학했고 취업을 하고도 간간이 만남을 이어왔지만 어느 순간 소원해졌다. 다시 만난 건 일년 전, 책방 오픈 준비를 하다가 목련나무 아래 앉아 쉬고 있을 때였다. 꽃이 다 떨어지고 연두색 잎만 무성할 무렵, 함께 스쿠터를 타고 지나가던 커플과 눈이 마주쳤다. 그대로 지나가나 싶던 스쿠터가 다시 돌아와 내 앞에 멈춰 섰다. 남자의 허리를 팔로 감고 있던 여자가 내리더니 헬멧을 벗고 다가왔다. 수진이었다. 수진은 내 손을 덥석 잡고 흔들면서 오른팔을 쭉 뻗더니 책방 위쪽으로 이어지는 언덕 너머를 가리켰다. 그쪽 근방의 빌라에 오 년째 살고 있다고 했다. 직장을 그만두고 이 년 전부터 시나리오를 쓰고 있다며 근황을 밝히더니 스쿠터 앞에 서 있는 남자를 가리켰다.

"은재도 며칠 전에 이사왔어. 우리집으로."

　은재는 가까이 오지 않고 고개를 가볍게 숙여 인사했다가, 수진과 내가 대화를 계속하자 나무 아래 서 있는 우리 곁으로 다가왔었다. 조금씩 천천히, 마치 고양이처럼.

"의심스럽긴 했어. 나 그때도 고양이 소리를 들었거든."

　수진이 말한 '그때'란 수진과 은재가 미술관에서 처음 만난 날을 의미했다. 수진은 미술관 홍보팀에서 일하던 선배의 제의로 미술관 투어 가이드 원고를 작성하는 아르바이트를 하게 됐다. 전문적인 미술 지식이 담긴 기존의 오디오 가이드와 달리 화가와 작품에 얽힌 재미있는 일화를 소개하고, 인지도 있는 배우와 셀럽들을 해설로 참여시켜 미술관 문턱을 낮추자는 취지였다. 수진은 취재를 위해 전시장을 찾았다. 그림 캔버스와 설치 작품들은 아직 자리를 잡지 못하고 벽에 기대어 있거나 바닥에 널브러져 있었다. 인부들 틈에서 겨우 찾아낸 학예관이 두서없이 얘기해주는 화가의 생애를 받아 적었다. 마흔 살의 나이에 요절한 작가로, 생전에는 주목받지 못해 남겨진 기록도 얼마 없었다. 그래도 미술을 좀 아는 사람들과 선후배 사이에서는 인정받고 회자되는 화가였는데, 그의 비극적인 생애가 한 드라마를 통해 알려지면서 갑자기 주목받게 되었다.

투어 가이드에는 관람 동선이 들어가야 했다. 예를 들면 관람객에게 왼쪽이나 오른쪽으로, 혹은 중앙으로 이동해 작품을 감상하도록 안내하는 것이다. 그러므로 전시 순서가 제대로 정해지지 않은 상황에서 원고를 완성하기는 무리였다. 학예관은 사흘 후부터는 동선을 체크할 수 있을 거라고 했다.

수진이 미술관을 다시 찾은 그날은 공교롭게도 일요일이었고 관계자들 없이 경비원뿐이었다. 수진은 자신이 관계자임을 어렵게 증명한 뒤에야 휴대폰과 가방을 맡기고 전시실 안으로 들어갈 수 있었다. 가이드 원고를 점검하며 동선을 파악한 뒤 들어왔던 입구로 돌아왔는데, 문이 굳게 닫혀 있었다. 철문을 두드리고 흔들어도 보았지만 아무런 반응이 없었다. 두려운 와중에도 최소 몇백만원에서 몇천만원까지 호가한다는 작품들에 몸이 닿지 않도록 주의했다. 누군가 CCTV로 지켜보고 있길 바라며 깜박이는 불빛을 향해 애타게 손을 흔들었다. 마름모꼴 문양의 이국적인 철제 창살이 달린 창문 너머로 미술관 정문을 장식한 분수대가 보였다. 아직 이른봄이라 물은 뿜지 않고 있었다. 그때 어디선가 고양이 울음소리와 함께 발톱 긁는 소리가 들리더니 뒤이어 출입문이 열렸다. 문을 열어준 사람은 경비원이 아닌 은재였다. 은재는 아마도 경비원이 깜박하고 문을 잠근 채 밥을 먹으러 간 모양이라며, 괜찮냐고 걱정스럽게 물었다. 잠깐의 대화를 통해 은재가 대학에서 회화를 전공했고 큐레이터로 실습중인 인턴임을 알게 됐다. 그뒤로 원고에 대한 도움을 받을 겸 연락을 주고받았다. 은재는 그 전시를 탐탁지 않아했다. 생전 화가의 성정을 생각하면 이렇게 화려한 전시를 좋아하진 않았을 거라고, 마치 화가를 만나본 것처럼 말하더니 수진에게 당부했다. "이런 말은 쓰면 안 돼요."

분수대가 물을 뿜는 계절에 그들은 같이 살기 시작했다. 수진은 눈을 반짝이며 운명적인 만남이었음을 강조했다. 맞아, 박수진은 이런 애였지. 항상 연애중이거나 짝사랑에 빠져 있던 아이. 맨 앞자리면서, 단지 재미있는 이야기를 들려주기 위해 교실 뒤편의 내 자리까지 불쑥 찾아오던 아이. 들려주는 이야기마다 현실과 상상의 경계가 모호해 당황스러웠지만, 나는 열심히 대꾸해주었다. 수진의 이야기를 듣는 게 좋았다. 읽고 있으면 유치해서 한심하긴 하지만 결말을 알고 싶어 덮기 힘든 책처럼. 오랜만에 만나도 변함없는 수진의 모습은 꽤 길었던 시간의 공백을 뛰어넘을 수 있게 해줬다. 그리고 다음주면 또 한번의 여름이 시작되는데 수진은 여전히 천진한 모습 그대로였다.

내가 믿어주지 않자 수진은 은재가 고양이로 변한 듯한 정황을 이것저것 늘어놓기 시작했다.

"일단 잠을 너무 많이 자."

"원래 그렇게 부지런한 타입은 아니지 않아?"

"저번에는 〈동물농장〉을 보다가 내가 다음 생에는 고양이로 태어나겠다고 했거든. 고양이는 편할 거 같아서. 그러니까 뭐랬는 줄 알아?"

내 대답을 기다리지 않고 수진은 말을 이어갔다.

"은재가 한숨을 푹 쉬더니 고양이도 사는 거 힘들어, 하는 거야. 이상하지? 자기가 마치 고양이로 살아본 것처럼."

대단한 얘기가 나오나 싶어 한껏 기대했던 나도 한숨을 푹 쉬었다.

"그리고 딱딱하던 발바닥도 말랑말랑 부드러워졌다고."

"굳은살 제거를 열심히 했나보네."

"어디서 뒹굴다 오는지 집에 나뭇잎을 달고 와. 자꾸 옷장에 들어가고, 높은 데도 잘 올라가."

"꼬리는 아직 안 생긴 거지?"

놀리려고 한 질문이라는 걸 모르는지 수진은 진지하게 고개를 끄덕였다.

"아직은."

그러더니 은재의 목덜미를 살살 간질이면 머리를 손에 비비면서 몸을 배배 꼰다고 했다. 기분이 좋으면 누워서 배를 보여주고 혀로 자꾸 핥아주는데 촉감이 까슬까슬하다고.

"박수진, 너 지금 자랑하는 거지."

나는 수진이 상기된 얼굴로 쏟아내는 말을 막고 물었다.

"혹시 밤이 되면 사라져?"

"어떻게 알았어?"

수진이 눈을 동그랗게 떴다. 그렇게 안 봤는데 바람이라도 난 걸까. 기척 없이 유연하던 은재의 몸짓이 생각났다. 처음 만난 날 경계하듯 움츠리고 낯을 가리던 모습과 햇빛 아래서 더욱 선명하게 빛나던 호박색 눈동자도. 그날 은재는 목련나무 꼭대기에 뭔가 있는 듯이 한참 바라보더니 물었다.

"여기가 원래 어떤 곳이었는지 알아요?"

수진이 가끔 지나다닐 때마다 본 바에 의하면 이곳은 늘 비어 있었다. 계약서를 쓰던 날, 집주인 할머니는 결혼은 했냐고 묻더니 나처럼 혼자 사는 여자가 한동안 있다가 잘돼서 나갔다고 했다. 가끔 찾아오는 손님들은 책방을 둘러보다 혼잣말처럼 중얼거렸다. "여기가 이렇게 됐네." 원래 어떤 곳이었는지 내가 물어보면 본래는 빵집이었다는 사람도 있었고 꽃집이나 오뎅 바로 기억하는 사람도 있었다. 만화방이었다고 하는 사람도 있었는데, 그들에게 공통점이 있다면 여자 혼자 고양이를 키웠었지, 라고 말하면서 말끝을 묘하게 흐린다는 것이었다.

나는 은재가 그리 마음에 들지 않았다. 일 년 내내 검은 옷을 입는 게 어두워 보였고, 수진은 우아하다고 하는 은재의 조용한 몸짓도 어딘가 음흉해 보였다. 나는 수진이 남자보다는 자기 일에 더 몰두하기를 바랐다.

"전에 공모전에 냈던 시나리오는 어떻게 됐어?"

수진은 공모전은 떨어졌지만 시나리오를 재밌게 봤다며 한 프로덕션에서 연락이 왔다고 대답했다.

"주인공을 남자로 하고 결말을 바꿔달래."

"바꿔줘."

"그렇게 되면 내용이 달라지잖아."

"일단 시작하는 게 중요하지."

"요구 사항 하나씩 들어주다보면 끝도 없을걸."

"그건 오만한 거야, 수진아."

실은 나한테 해주고 싶은 말이었다. 책방을 열어 재밌게 읽은 책만 팔겠다는 신념이 있었다. 그러나 개업한 이래 한 권도 제대로 읽지 못했다. 인스타와 트위터, 페이스북 등 각종 SNS 계정에 어떻게 예쁜 사진을 올릴까만 고민하다 잘 팔릴 법한 책들의 추천사나 해설 중 일부를 발췌해 올렸다. 수진과 은재도 나와 비슷한 처지였다. 내가 책 대신 휴대폰만 들여다보고 있듯 수진은 온갖 아르바이트를 하느라 시나리오를 쓸 시간이 없었고 은재도 미술관에서 인턴 업무를 하느라 그림을 그리지 못했다.

아르바이트 갈 시간이 되었다며 수진이 일어선 뒤에도 손님은 한 명도 없었다. 책방을 계약한 건 이 목련나무 때문이었다. 야근을 마치고 지하철을 반대로 타는 바람에 잘못 내린 날이었다. 막차였고, 택시는 잡히지 않았다. 이 벤치에 앉아 고개를 젖히니 붓을 닮은 꽃눈이 가지마다 전구를 매달아놓은 것처럼 영롱하게 빛나고 있었다. 문득 앞으로도 목련이 피고 지는 것을 보면서 살고 싶다고 생각했다. 그런 건 아무리 반복해 보아도 지겹지 않을 것 같았다. 택시가 잡힐 때까지 기다리는 나를 나무가 지켜봐주는 듯해 무섭지 않고 든든했다. 그때 목련나무 바로 옆 건물, 비어 있는 일층 가게가 눈에 들어왔다. 문 앞에 임대 문의 전화번호가 붙어 있었다.

나중에 알고 보니 목련나무는 꽃보다는 고양이로 유명했다. 고양이가 열리는 거 아닌가 싶을 정도로 주변에 항상 고양이들이 모여들고 기존의 고양이들이 떠나면 어디선가 새로운 고양이들이 끊임없이 나타난다고 했다. 오늘은 고등어 한 마리, 턱시도 두 마리, 그리고 치즈 두 마리가 뒹굴뒹굴 놀고 있었다. 책방 입간판과 고양이들에 초점을 맞춰 사진을 찍은 뒤 SNS에 올렸다. '책방과 고양이'라는 무해하고도 귀여운 조합을 사람들은 꽤 좋아했다. 역시나 게시물을 올리자마자 빠른 속도로 좋아요 숫자가 늘어나고 '귀엽다'는 감탄과 함께 댓글이 달렸다. 답글을 달다가 고개를 들어보니 주인집 할머니가 걸어오는 것이 보였다. 벌써 행차 시간인가. 주인집 할머니는 매일 점심을 먹은 뒤 동네를 한 바퀴 돌았다. 이 일대 웬만한 건물은 다 할머니 소유라는 사실을 알게 된 뒤 산책보다 행차라는 말이 더 어울리겠단 생각이 들었다. 할머니가 다가오자 나무 아래 고양이들이 순식간에 흩어졌다. 할머니는 인자한 얼굴로 "요즘 고양이가 부쩍 많아진 것 같지?"라며 말을 붙여 왔다. 참 귀엽죠?라고 대답하려는 순간 할머니가 "그래서 문제야, 너무 많아" 하더니 혀를 끌끌 찼다. 나는 어색하게 웃으며 발끝으로 고양이 밥그릇과 물그릇을 밀어 수풀 사이로 숨겼다.

"고양이가 왜 자꾸만 늘어나는 거지."

할머니는 혼잣말하듯 중얼거리며 목련나무 주변을 살폈다. 마치 나무에게 책임이 있다는 듯이.

"먹이 같은 거 주지 말고. 그런 것에 정 주면 결혼 못 해."

할머니 심기를 거스르고 싶지 않았다. 권리금 없이 월세가 이만큼 싼 곳이 어디 흔하겠는가. 멀어지는 할머니에게 공손하게 인사를 하고 허리를 폈는데 우듬지에서 내려다보는 시선이 느껴졌다. 올려다보니 몸집이 커다란 검은 고양이가 나무 꼭대기에 앉아 있었다. 워낙 까매서 눈을 감은 건지 뜬 건지 알 수 없었다. 근방에서 못 보던 녀석인데, 언제부터 저기 있었지? 손을 흔들어 인사하자 고양이가 훌쩍 뛰어내렸다. 그나마 몇 개 남아 있던 목련 꽃송이가 함께 떨어졌다. 고양이는 나를 지그시 쳐다보더니 언덕 쪽으로 뛰어가 이내 시야에서 사라졌다.

꽃이 모두 지고 나자 목련나무에 연두색 잎이 돋아나더니 날마다 우거졌다. 그늘에서 김밥을 먹는데 고양이들이 달려들었고 그 모습을 찍어 '#냥아치들' 태그를 달아 스토리에 올렸다. 왜 팔로워 수가 늘어나도 손님은 늘지 않을까. 이제 여름방학과 휴가철이 시작될 텐데. 사람들은 과연 쉴 때 책을 읽을까. 여름밤에는 늦게까지 문을 열어야 하나 고민하고 있는데, 누군가 다가와 물었다. "책방 열었나요?" 나는 먹던 김밥을 은박지로 말아놓고 일어나 손님을 맞았다.

"어서 오세요. 천천히 보시고 필요한 것 있으면 말씀해주세요."

책방 구석구석을 구경하던 손님이 카운터 겸 작은 책상 앞에 앉아 있는 나에게 성큼성큼 다가왔다.

"이거 돈 벌려고 하는 일은 아니죠?"

나는 좀 당황했지만 이내 대꾸했다.

"아닌데요. 아파트 사려고 하는 건데요."

뜻밖의 대답이었는지 손님은 "취미로 하시는 줄 알았네요"라며 말끝을 흐렸다. 그러고는 책을 한 권도 사지 않고 가버렸다.

왠지 분한 마음이 되어 남은 김밥을 입에 욱여넣고 꼭꼭 씹어 먹었다. 돈을 많이 벌려고 시작한 일은 아니니 틀린 말도 아닌데 왜 나는 수치심을 느꼈을까. 너무 한가하게 운영하는 걸로 보이나. 다른 책방의 SNS를 염탐하듯 살펴봤다. 그러는 동안 수진이 코앞에 다가온 줄도 몰랐다. 수진은 캔맥주가 가득 담긴 비닐봉지를 내밀었다. 안 그래도 요즘 뜸하다고 생각하던 참이었다. 수진이 하는 일은 대부분 재택 아르바이트였고, 한 달에 두 번쯤 직장에 출근했다. 그렇게 집밖으로 나오는 날이면 퇴근길에 책방으로 이렇게 불쑥 찾아왔다. 맥주라든가 아이스크림 같은 것을 들고 와서 먹고 마시자며.

"은재가 쥐라도 잡아 왔어?"

농담이랍시고 한 말에 수진의 눈에서 후드득 눈물이 떨어졌다.

"싸운 거야?"

"은재가 사라졌어. 사흘째 집에 들어오질 않아."

한숨을 내쉬며 말하는데 희미하게 술 내음이 풍겼다. 이미 많이 마시다 온 것 같았다. 이은재, 잠수 이별이라도 한 건가. 마음에 들지는 않았지만 그렇게 최악으로는 안 보였는데. 그렇게 생각하면서도 수진을 진정시키려고 나는 일부러 모질게 말했다.

"그런 새끼는 잊어버려. 개새끼네."

"고양이라니까."

"알았어. 냥아치네."

수진은 울음을 멈추곤 걱정을 하기 시작했다.

"사고라도 당한 거면 어떡해? 교통사고라든가. 싸워서 다쳤거나 이상한 거라도 주워 먹은 거면? 밥은 제대로 먹고 다니는 걸까?"

"은재가 애냐?"

"고양이라니까."

"미술관에 출근은 할 거 아냐?"

"큐레이터 일 그만뒀어. 아니 잘렸어. 은재가 전시 작품에 손을 댔어."

 손을 대다니. 훔쳤다는 걸까. 훼손했다는 걸까. 수진이 이어서 설명했다. 학예관이 작품 앞에서 전시 기획 의도를 설명하고 있는데 은재가 갑자기 손을 쭉 뻗었다고 했다.

 "자꾸 작품에 손을 대고 싶은 마음이 드는데 그걸 억제할 수가 없었대. 어떻게 겨우겨우 참았는데 일주일 전에는 기어코 손으로 톡, 하고 밀어버렸나봐. 그것도 학예관님 눈을 빤히 쳐다보면서."

 주전자 형태의 작품이었는데, 전시대에서 떨어져서 구석까지 데굴데굴 굴러갔단다. 청동이라 다행히 깨지지는 않았다. 약간 찌그러지긴 했지만, 이라고 수진은 작게 덧붙였다. 은재는 곧 인턴이 끝나면 정규직으로 채용될 거라고 했었다. 나는 아무것도 이룬 것 없이 가능성만 남아 있는 삶이 지겨웠다. 그 가능성이란 건 더 나은 쪽으로 나아갈 수도 있지만 생각해보면 한없이 더 나빠질 수도 있다는 뜻이니까.

 "차라리 잘됐다. 헤어져."

 수진의 연애 패턴은 늘 비슷했다. 이별할 때마다 헤어지지 않겠다고 매달리는 쪽이었다. 상대방에게 여러 가지 문제가 있어도, 타인이 보기에 무책임하거나 폭력적이거나 무능하고 상식이 부족한 상대여도 수진은 먼저 헤어지자는 법 없이 늘 영원한 사랑을 꿈꿨다. 남자 보는 눈도 연애 방식도 변하지 않은 모양이었다.

"그런데 너는 은재가 정말 고양이여도 괜찮아?"

"괜찮지, 은재인데. 어떻게 변해도 은재는 은재잖아."

수진이 그럴 때마다 이 시대에 보기 드문 순애보라고 비웃으면서도 한편으로 부러운 마음도 들었는데, 이유는 알 수 없었다. 낮술에 취기가 올랐고 잊고 있었던 꿈이 떠올랐다. 내용은 기억나지 않는 어떤 책 제목처럼, 나는 시간이 아주 많은 어른이 되고 싶었다. 소중한 사람의 말에 언제나 귀 기울여주고 어디든지 동행할 수 있는 사람. 한자리에서 누군가를 오래 바라보고 변함없이 기다려주는 사람. 입시만 끝나면, 취업만 되면 그렇게 살겠다고 다짐했었다. 그리고 어쩌면 책방을 열면 그렇게 살 수 있으리라 생각했던 건지도 모른다. 적어도 지금 수진에게는 그런 사람이 되어주고 싶었다.

"은재든, 고양이든 같이 찾으러 가자."

수진은 내가 적극적으로 나서자 당황하면서도 신이 난 것 같았다. 나로서는 일단 충동적으로 내뱉긴 했으나 어디서부터 시작해야 할지 막막했다.

"그런데 은재를 어떻게 알아봐?"

"발톱에 매니큐어를 발라뒀어."

같은 색이라며 수진은 자기 발을 가리켰다. 플립플롭을 신은 수진의 발톱 열 개에 은색 펄 매니큐어가 곱게 발려 있었다. 수진은 동네 고양이 발톱을 하나하나 다 확인해볼 작정인 듯했다. 나는 내뱉은 말을 주워 담고 싶었지만 한숨을 쉬고 책방 문 앞에 잠깐 자리를 비운다는 내용과 연락처가 담긴 메모를 붙였다. 그때 수진이 무언가를 보고 놀란 듯 눈을 크게 뜨더니 황급히 나무 위쪽을 가리켰다. 몸을 돌려보니 검은 고양이가 앉아 있었다.

"쟤 또 왔네. 한 달 전부터인가 자주 오더라."

"은재야, 은재."

"어떻게 알아?"

"은재랑 머리 스타일이 똑같아. 리프 커트. 그리고 눈이 호박색이잖아."

수진은 손을 크게 흔들었다.

"은재야, 나야."

수진이 외치자 고양이는 훌쩍 뛰어내려 달아났다. 수진은 무작정 쫓아가기 시작했다. '이건 아닌 거 같은데'라는 생각을 하면서도 나도 덩달아 뛰고 있었다.

"은재가 아무리 고양이가 됐어도 널 보고 도망가겠어?"

"고양이가 되면 본능적으로 그렇게 행동하지 않을까?"

오랜만에 숨이 차도록 뛰니 토할 것 같았다. 이내 막다른 골목에 다다랐다. 어둠 속에 트럭이 한 대 세워져 있었다. 저 안으로 들어갔다며 수진이 뒤늦게 도착한 나에게 그 트럭의 짐칸을 가리켰다. 짐칸에는 인디언 텐트가 설치되어 있었다. 입구에 '사주와 타로'라고 손글씨로 성의 없이 적어 붙여놓은 종이가 바람에 펄럭였다. 사다리 계단을 올라 텐트 안으로 들어가자 백발과 흑발이 반반씩 뒤섞인 머리를 곱게 묶은 남자가 테이블 앞에 앉아 있었다. 타로 마스터인 듯했다. 그리고 그 곁에 검은 고양이가 마스터의 손길을 느끼며 식빵 굽는 자세로 엎드려 골골거렸다. 나는 성급하게 다가서려는 수진을 제지하고 물었다.

"키우시는 고양이인가요?"

"오늘 처음 봤는데."

반말은 별로라는 생각이 들었지만 아쉬운 건 우리 쪽이었다.

"저희가 고양이를 찾고 있는데, 한번 확인해봐도 될까요?"

타로 마스터는 고개를 끄덕였다. 정중하게 인사를 한 뒤 내가 뒤에서 고양이를 안고 수진이 말랑말랑한 발바닥을 꾹 눌렀다. 발톱이 튀어나왔다. 매니큐어가 칠해져 있지 않았다. 수진이 아쉬운 듯 한숨을 쉬었다. 나는 "미안"이라고 말하며 버둥거리는 고양이를 놓아주었다. 굴욕적이라 느꼈는지, 분이 안 풀린 듯 고양이는 우리 주위를 돌며 한동안 냥냥거렸다. 술기운이 가심과 동시에 수치심이 몰려왔다. '돈 벌려고 하는 거 아니죠?'라고 손님이 물었을 때와 비슷한 기분이었지만 그때만큼 분하지는 않았다. 머쓱해진 내가 타로라도 보고 가야 예의일까를 생각하고 있는데, 타로 마스터가 수진을 보더니 말했다.

"남자가 변했군."

그러지 말라는 눈치를 줬지만 수진은 이미 솔깃해서 의자를 당겨 앉았다. 나는 수진의 귀에 속삭였다.

"은재가 고양이로 변했다는 말은 하지 마."

수진은 고개를 끄덕였다. 타로 마스터는 카드를 펼쳤다.

"외양이 변했지만 마음은 그대로야. 어떻게 해결하면 좋을까? 여기서 한 장 뽑아봐."

수진이 고른 건 마을 그림이 그려진 카드였는데, 그중에 한 집에만 불이 켜져 있었다.

"사정이 생긴 것 같으니 기다려줘. 영원히 함께하고 싶다면 버려야 할 것이 생길 거야."

저런 말을 누가 못 하냐는 생각으로 듣고 있는데, 수진은 연신 고개를 끄덕이더니 만원을 냈다. 가려고 일어서자 타로 마스터가 이번에는 나에게 말을 건넸다.

"좋아하는 일을 계속하려면 다른 데서 돈을 벌어야 할 것 같은데. 한 장 골라봐."

나도 모르게 크게 고개를 끄덕이며 의자를 당겨 앉아 신중하게 카드 한 장을 골랐다. 내가 고른 카드에는 홀로 고개를 숙인 채 군중과는 떨어져 서 있는 사람이 그려져 있었다.

"돈을 벌 가능성이 보여. 자질이 있어. 이쪽보다는."

타로 마스터는 수진을 힐긋 보며 말했다. 그거야 누구든지 그렇게 보일 거다.

"타협할 필요가 있겠는데."

그러더니 종이를 꺼내 글자를 적어주었다.

"읽어봐."

두 글자였다. 쉽사리 입을 떼지 못하자 타로 마스터가 재촉해, 나는 마지못해 소리 내 읽었다.

"순응."

"알았지? 오늘부터 마음에 새겨. 그러면 돈 벌 수 있어."

타로 마스터가 건네는 종이쪽지를 받고 나는 만원을 냈다. 수진은 순순히 빌라로 돌아갔다. 책방에 도착하자 날이 어둑어둑했다. 오늘은 그냥 공치는 날이구나. 목련나무 아래 고양이들이 옹기종기 앉아 있었다. 그 위, 나무 줄기에 종이가 한 장 붙어 있었다. 빨간색 매직으로 휘갈겨 쓴 글씨가 보였다.

고양이에게 밥을 주지 마시오.

빙 둘러앉은 고양이들이 바람에 나부끼는 종이를 앞발로 건드렸다. 나는 그걸 떼서 구겨버렸다. 그사이 수진에게서 문자가 도착했다.

─은재가 정말 집에 와 있었어.

신나서 방방 뛰는 이모티콘을 보며 나는 피식 웃었다.

―잘됐네. 다행이야. 이제 싸우지 말고 잘 지내.

그나저나 진짜 용한가보다. 나는 주머니에서 쪽지를 꺼내 거기 적힌 글자를 다시금 소리 내어 읽어봤다. 순응.

책방 계정의 팔로워 수가 배로 늘었다. 며칠 전 마스크로 가렸지만 한눈에 보기에도 범상치 않은 외모의 손님이 다녀갔다. 요즘 뜨고 있는 아이돌 그룹의 멤버라는 것을 나중에 알게 됐다. 고맙게도 구매한 책 사진을 찍고 책방 계정을 태그해서 SNS에 글을 올려줬다. 한동안 그 책만 팔렸다. 한꺼번에 여러 권을 사 가는 사람도 있었다. 그 덕에 골치 아픈 일도 생겼다. 책방에 혹시라도 그 아이돌이 다시 올까 싶어, 얼굴이라도 한 번 보려고 죽치고 있는 사람들이 생긴 것이다.

팔로워 수가 수익으로 이어지지는 않았다. 책을 마구 뒤적이거나 음료수를 들고 와서 책 위에 올려놓는 사람이 많았다. 최대한 정중하게 자제할 것을 요청했더니 책방 주인이 까다롭다는 리뷰가 올라왔다. 이례적인 긴 장마가 시작되자 그런 손님마저도 오지 않는 날이 계속됐다. 하수구가 역류하는 일도 있었고 택배로 주문한 책이 젖어 있어 반품하기도 했다. 축축한 날씨만큼 불쾌한 나날이 이어지다가, 모처럼 해가 나서 목련나무 아래 앉았다. 용감하게 들이대는 고양이들을 물리치면서 김밥을 먹었다. 그러다 문득 수진을 본 지 오래됐다는 생각이 들었다.

  톡이라도 보내볼까. 그사이 수진의 카톡 프로필 사진이 검은 고양이와 함께 다정하게 찍은 사진으로 바뀌어 있었다. 수진은 활짝 웃는 얼굴이었다.

  —고양이 키워?

  —은재잖아.

  메시지를 보내자 곧장 답장과 함께 매니큐어가 칠해진 발톱 사진이 도착했다. 까만 솜뭉치 속에서 반짝이는 은색 발톱이었다. 그날, 은재는 현관문 앞에서 수진을 얌전히 기다리고 있었다고 했다. 수진의 입장에서는 그렇게 생각하는 편이 마음 편할 거다. 나는 은재가 끝내 돌아오지 않은 거라고 생각했다. 그리고 수진의 일곱번째 연애가 이렇게 끝났다고 내 맘대로 결론을 내렸다. 수진은 그동안 은재 곁에 있느라 집에서 나가지 않았다고 했다. 아르바이트도 모두 재택근무로 바꿨다고.

  —은재 코가 엄청 촉촉해.

  —비가 오니까 은재가 나가지 않고 내 곁에만 있어.

  —은재 말이야. 얼마나 멋있는지 몰라. 털에 윤기도 흐르고.

  은재에 대한 자랑이 연달아 도착했다. 그래, 네가 행복하면 됐다. 얼마 지나지 않아 수진이 아이스크림을 들고 책방으로 찾아왔다. 메고 온 배낭에 깃털 달린 낚싯대가 삐쭉 나와 있어 고양이들이 몰려와 자꾸 건드렸다. 수진은 손을 휘휘 저으며 말했다.

"우리 은재 거야. 건드리지 마."

얼마 전 캣 타워도 주문했다는 수진에게 물었다.

"중성화는 시켰어? 그래야 안 나갈 텐데."

"고양이 대하듯 하지 마. 은재는 사람이라고."

"저번에는 고양이라더니."

수진은 다 좋은데, 은재가 유난히 물을 싫어해서 씻기는 일이 어렵다고 했다.

"씻지 않아도 깨끗하긴 해. 좋은 냄새만 나고."

"오죽하겠니."

장마가 길어지다보니 귀한 해가 비칠 때마다 고양이들이 우르르 나타나 뛰어놀았다. 수진은 부러운 듯 그 모습을 쳐다봤다.

"나도 햇볕 아래서 놀고 싶다. 은재랑 온종일 서로 핥아주면서."

집에서 나오지도 못하고 온갖 아르바이트를 하느라 수진의 얼굴이 노랗게 떠 있었다. 수진은 배낭에서 시나리오 뭉치를 꺼냈다. 몇 장 넘겨 보여주는데, 빨간 펜으로 여기저기 수정이 가해져 있었다.

"이제는 이게 누구 이야기인지 모르겠어."

꼭 돈 벌려고 쓴 건 아닌데. 작게 중얼거리는 수진의 얼굴이 조금 슬퍼 보였다. 장난감 낚싯대를 달랑거리며 집으로 돌아간 수진은 다음날, 고양이 이동장을 들고 나타났다.

"은재랑 같이 왔어?"

반색하며 다가갔지만 이동장 안은 텅 비어 있었다.

"또 사라졌어."

수진이 힘없이 말했다. 중성화 수술을 하러 병원에 가는 길이었는데 도망가버렸다고 했다.

"내 잘못이야. 밤 외출도 시키지 않고 내내 가둬놨거든."

"그게 맞잖아. 사고라도 당하면 어쩌려고."

은재가 외출했다 들어오면 새나 쥐를 잡아 오기도 하고, 다른 고양이들과 세력 다툼을 하는지 상처를 입은 적도 있다고 수진이 했던 말이 기억났다.

"그보단 여전히 나를 사랑할까, 다른 고양이를 핥아주는 건 아닐까 하는 의심이 드는 거야. 그래서 미치겠어."

은재는 이리저리 구르며 배를 보여주고, 방 전체가 잘 보이는 높은 곳으로 올라가 수진을 뚫어지게 바라보고, 수진의 몸에 머리를 비비며 자신의 냄새를 수시로 묻혔다. 은재야, 하고 몇 번이나 불러도 못 들은 척하다가 손만 대면 스르르 쓰러져 품안으로 파고들 때의 행복에 대해서 수진은 얘기하곤 했다. 그런 행복이 사라질까봐 두려워 수진은 은재가 창밖을 못 보게 아예 막아버렸다. 고양이가 좋아하는 유튜브 영상을 틀어주고 간식으로 관심을 돌렸다. 자책하듯 말하는 수진의 페디큐어가 벗겨져 있었다. 은재의 것도 이미 벗겨졌겠지.

"그래도 사람인 게 좀더 낫지 않을까. 은재보고 그만 돌아오라고 해."

나는 애써 밝게 말했다. 수진의 말을 믿지 않으면서, 반드시 돌아올 거라고 위로해주었다. 수진은 카오스 고양이 한 마리가 가까이 다가오자 "처음 보는 애네"라며 츄르를 꺼내 건넸다. 경계심이 강한 고양이는 앞발로 연달아 펀치를 날리더니 수진의 손가락을 꽉 물어버렸다. 고양이 이빨이 남긴 작은 구멍에서 피가 퐁퐁 솟았다. 수진이 비명을 지르며 손가락을 움켜잡았다. 빨리 병원에 가자는 내 말을 듣지 못했는지 손가락을 꼭 움켜쥔 채 수진이 말했다. 마치 기도하듯이, 아니 선언하듯이.

"나도 고양이가 되고 싶어."

은재는 돌아오지 않았다. 수진은 은재가 사라진 뒤로, 아니 은재로 추정되는 고양이가 사라진 뒤로 잠만 잤다. 아르바이트도 모두 그만둔 듯했다. 이대로는 안 될 것 같아 나는 수진을 밖으로 불러내려고 애썼다. 대신 책방을 봐달라고 부르기도 하고 과일을 너무 많이 샀으니 반씩 나누자고도 했다. 그래도 나오질 않았다. 책방 앞에 은재를 닮은 검은 고양이가 출몰했다는 거짓 문자도 보내보았다. 치트 키를 쓰고 기대했음에도 수진은 나타나지 않았다. 왜 안 오지. 또 자는 걸까. 그때 나뭇잎 하나가 머리 위로 떨어졌다. 올려다보니 수진이 있었다. 목련나무 중턱, 초록색으로 짙어지고 넓어진 잎사귀들 사이에 기척도 없이 웅크리고 있었다. 나는 기겁을 하며 놀랐다.

"깜짝이야. 거기 언제 올라갔어?"

"나도 몰라."

"내려올 수 있겠어?"

수진이 자신 없는 듯 고개를 흔들었다.

"내려가지는 못해."

나는 책방에서 쓰는 사다리를 들고 왔다. 올라가 손을 내밀자 수진은 겁먹은 얼굴로 천천히, 하지만 우아하게 나를 잡고 지상으로 내려왔다. 나는 방금까지 수진이 있던 자리를 올려다봤다. 한낮의 햇살에 눈이 부셨다. 내가 알고 있는 수진의 운동신경으로는 불가능한 일이었다.

"대체 저기까지 어떻게 올라간 거야?"

"보여줄까?"

수진은 날렵하게 몸을 움직이는가 싶더니 순식간에 목련나무 꼭대기까지 올라갔다. 너무도 가볍게. 나는 사다리로 올라가 수진을 데리고 다시 내려와서 찬찬히 얼굴을 살폈다. 수진이 어딘가 변했다는 것을 알 수 있었다. 갈색 눈은 좀더 투명해졌고 햇빛 아래 동공이 세로로 가늘어졌다. 냄새를 묻히듯 내 어깨에 머리와 코를 문질렀다. 고양이에게 물린 손가락에 아직 붕대를 감고 있었는데, 손바닥이 분홍빛에 말랑말랑했다. 이러다 수진도 고양이가 되어버리는 건 아닐까. 수진은 벤치로 가더니 누워버렸다. 그때였다. 불현듯 주인집 할머니가 행차했다. 벤치에 누워 있는 수진을 보고는 누구냐고 묻기에 친구라고 대답하자, 한심한 표정으로 쳐다보더니 가방에서 종이를 꺼내 나무에 붙였다.

고양이에게 밥을 주지 마시오.

수진이 벌떡 일어나더니 할머니 눈을 빤히 쳐다보면서 종이를 떼어버렸다.

"누가 자꾸 떼나 했더니."

평정을 잃은 듯 할머니의 목소리가 커졌다.

"이건 너무 무서운 말이에요. 잔인하고."

수진은 낮은 목소리로 침착하게 대꾸했다.

"자연의 순리를 지키면서 살아야지!"

할머니가 내뱉은 '순리'라는 말에 주머니 속에 있는 '순응' 두 글자가 떠올랐다. 나는 대치하듯 서 있는 두 사람 사이에 끼어들었다.

"친구가 좀 아파요. 죄송합니다."

나는 할머니에게 거듭 고개를 조아리며 사과했다.

"밤마다 시끄럽고 냄새난다고. 은혜도 모르는 것들한테 시간 낭비하지 마라."

할머니는 분이 안 풀리는지 한마디 더 하고는 돌아갔다. 나는 한숨을 내쉬고 이번에는 수진을 달래려고 다가갔지만, 털을 바짝 세운 고양이처럼 경계하며 수진은 한 걸음 물러섰다.

"너는 한 번도 내 말을 믿은 적이 없어."

그러고는 뒤돌아 빠른 속도로 나에게서 멀어졌다.

며칠째 폭우가 계속됐다. 비가 잦아들기를 기다리다가 수진의 빌라로 찾아갔다. 전화를 받지 않아 불길한 예감이 들어서였다.

빌라 입구 쪽에 가전제품과 가구와 옷가지들이 어수선하게 널브러져 있었다. 이렇게 비가 오는 날 누가 이사라도 하나 싶어 다가갔더니 익숙한 것들이 보였다. 수진이 자주 메던 배낭과 시나리오 뭉치, 은재의 이젤과 고양이 낚싯대가 빗속에 아무렇게나 뒹굴고 있었다. 그것들을 망연히 보고 있는데 근처를 오고가던 이웃들이 한마디씩 던지는 말들이 들려왔다. 매번 남자친구가 바뀌었다면서. 멀쩡한데 일도 안 하고 둘이 하루종일 집에 있었대. 옷장 안에는 죽은 새와 쥐가 잔뜩 쌓여 있었다지. 집안 꼴이 엉망이었대. 냄새가 얼마나 지독하던지.

문을 여니까 고양이 두 마리가 황급히 도망쳤다던데. 고양이 털만 잔뜩 남기고 월세도 밀린 채 그냥 사라지다니 이런 민폐가 어디 있냐고.

나는 그들에게 화를 낼 수 없었다. 같은 이유로 수진을 한심해했으니까.

멍하니 서 있던 나는 그들에게 혹시 고양이들이 어떻게 생겼냐고 물었지만 잘 모르겠다는 대답만 돌아왔다. 연락을 받은 수진의 부모님이 짐을 수습하기 위해 도착했다. 실종 신고를 해야 한다면서, 수진이 자주 입던 옷차림을 묻는 그들에게 나는 고양이 실종 신고도 같이 해야 한다고 말했다가 경멸어린 눈빛을 받았다.

요즘 부쩍 잠이 많아졌다. 어제는 너무 졸려서 책방 문을 닫고 종일 잤다. 한밤중에 알 수 없는 번호로 전화가 걸려왔다. 매미가 시끄럽게 울었다. 이곳에서 우는 건지 수화기 너머에서 우는 건지 알 수 없었다. 상대방은 아무 말도 하지 않았다. 수진아, 하고 부르자 희미하게 고양이 울음소리가 들리는 것도 같았다. 그렇다고 믿고 싶었던 건지도 모르겠지만. 나는 또 한번 불렀다. 수진아, 여름이 끝나가고 있어. 나는 자꾸만 나무 그늘 아래서 실컷 잠을 자고 싶어. 서가의 책을 가지런히 정리하다가도 톡 건드려서 다 떨어뜨려버리고 싶어. 그럴 때면 주머니 속의 쪽지를 만지작거려. 그러니까 나는 고양이가 되지 않을 거야. 아직은.

* 소설 속에 등장하는 고양이의 특성은 캣랩 매거진, 연희문학창작촌과 길에서 만난 고양이들, 친구의 고양이들, 그리고 고양이 별로 떠난 꺼실이(2007. 9. 4.~2020. 3. 8.)의 생을 참고했음을 밝힙니다.

인디언 돌

어항 안에 손을 넣어 바닥을 이리저리 휘젓는다. 목을 빼고 일광욕을 즐기던 거북이들이 당황한 듯 등딱지 안으로 머리와 발을 숨긴다. 밑바닥에서 건져낸 돌은 축축하다. 손안에 쏙 들어오는 돌을 꼭 쥐고 밖으로 나간다. 거의 한 달 만의 외출이다. 폭염주의보가 해제됐지만 거리에 사람은 보이지 않는다. 아파트 단지 근처에 있는 버스 정류장에서 학교로 가는 버스를 기다린다. 햇빛을 직접 받으니 녹아버릴 것 같다. 아스팔트에서 복사열이 지글지글 올라와 숨이 턱턱 막히고, 금세 땀으로 온몸이 흠뻑 젖는다. 그늘을 찾아야 한다.

***

아희와 처음 만난 날도 그늘을 찾아다니던 중이었다. 미션 스쿨이라 일주일에 한 번은 강당에서 전교생이 모여 예배를 드려야 했다. 나는 중간에 몰래 빠져나와 운동장으로 향했다. 산을 깎아 만든 학교라 주변에 오래된 나무가 많았다. 스탠드 오른쪽 화단에는 커다란 우산 모양의 나무들이 군집해 있었는데, 그 사이로 숨을 생각이었다. 고등학교 입학식 전날 왼쪽 발목이 부러졌다. 철심을 박는 수술을 하는 바람에 삼 주 정도 등교가 늦어졌다. 아직 통깁스에 목발 신세인 나를 빼놓고 이미 몇몇 무리가 만들어져 있었다. 나는 홀로 다녔다. 맘만 먹으면 합류할 수 있었지만 부러 노력하지 않았다. 팬데믹으로 비대면 수업을 받는 악조건에도 친구를 사귀는 기술을 일찍이 터득했지만, 굳이 발휘하고 싶지 않았다. 무해한 눈빛으로 도움을 청하면서 말을 걸고 공통 관심사를 찾아 나도 그거 좋아해, 하고 끼어들면 쉽게 절친이 될 수 있다. 그러나 나는 아무것도 하지 않았다. 어떻게 다쳤냐는 질문에 일찌감치 지쳐버린 탓인지도 모른다.

학교에 가면 어두운 곳, 사람이 없는 곳, 구석진 곳을 찾아다녔다. 다친 고양이가 몸을 숨기듯. 그런데 나무 그늘 아래 널찍한 반석을, 어둠 속 가장 좋은 그 자리를 이미 차지해버린 누군가가 있었다. 그 아이가 바로 아희였다. 그땐 이름은 모르고 같은 1학년이라는 것만 알고 있었다. 나도 모르게 볼멘소리로 물었다.

"왜 여기 있어?"

아희는 느긋하게 대답했다.

"말리는 중이야."

대체 뭘?이라고 되묻기 전에 아희가 말했다.

"응달에서 말려야 갈라지지 않으니까."

이상한 녀석 같아 엮이기 전에 뒤로 물러서려는데 아희가 덧붙였다.

"우리도 흙에서 왔다잖아."

참 재미없는 농담이었다. 설교를 듣다 나온 티를 내는 걸까. 아희가 내 왼쪽 발목을 가리켰다.

"핑크네."

낙서해줄 친구가 없는 탓에 깁스는 깨끗했다. 다음 질문을 기다렸다. 왜 다쳤냐고 물어올 테니까. 그런데 이상하게도 아무 말이 없었다. 나는 변명하듯 말했다.

"초록색도 있었는데……"

사실 선택권은 없었다. 묻지도 않고 치료사는 내 다리에 핑크색 석고붕대를 둘둘 말았다. 왠지 모르게 내가 원해서 고른 색이 아니라는 점을 어필하고 싶었던 것 같다. 그런데 아희는

인디언 돌 123

내 말을 엉뚱하게 받았다.

"나도 핑크가 좋아."

그 말을 남기고 아희는 자리를 양보하듯 그늘 밖으로 나갔다. 아마도 다른 그늘을 찾아가려는 것 같았다. 그러나 더 좋은 그늘을 찾지 못했는지, 그뒤로도 예배 시간이면 종종 마주쳤다. 서로의 이름도 모른 채 같은 그늘을 공유하며 시간을 때웠다.

아희의 이름을 알게 된 건 몇 주 뒤 열린 백일장에서였다. 별다른 특기도 취미도 없는 내가 책 읽는 걸 좋아한다는 이유만으로 엄마는 글쓰기 학원에 등록해줬다. 내신만으로는 좋은 대학에 가기 어려우니 실기가 있는 문예창작과에 지원해 일단 '인서울' 하자는 전략이었다. 학원 선생님은 입시 가산점을 주는 백일장이 있다며, 주말에 서울에서 열리니 나가보라고 했다. 목발은 더이상 짚지 않았지만, 아직 반깁스를 하고 있어서 엄마가 행사장까지 데려다주었다.

뜻밖에도 그곳에 아희가 있었다. 그날 나는 동상을 받았고 아희는 아무것도 받지 못했다. 왜 그랬는지 모르겠지만, 나는 엄마를 기다리지 않고 아희를 따라 인천으로 돌아가는 지하철을 탔다. 아희는 옆자리에 앉아 연습지에 적은 산문을 불쑥 내밀며 물었다.

"송수미, 뭐가 문제 같아?"

연습지에는 이아희, 라는 이름이 또박또박 적혀 있었다. 나는 종이를 받아들었다. 아희의 글은 감정이 그득그득해서 금방이라도 넘칠 것 같았다. 나는 잘 조절해야 한다고 조언했다. 뭐든지 과하면 안 된다고. 슬픔도, 기쁨도, 분노는 물론 사랑조차도. 건조하고 간결하게 쓰되, 설명하지 말고 장면으로 보여주라고. 돌아가는 내내 거의 한 시간 동안 학원에서 배운 대로 주워섬기는 내 옆에서 아희는 고개를 끄덕였다. 동인천역에 도착했다. 빠른 걸음의 아희를 놓칠까봐 나는 절룩이며 서둘러 따라 내렸다.

아희는 내 말을 잘 지켰다. 슬픔과 기쁨과 분노를 적절하게 조절했고 다음에 혼자 나간 백일장에서는 입선했다. 입시에 도움이 될 만한 백일장이 아니어서 나는 나가지 않았다. 아희는 몹시 실망했는데, 입선이라 상금이 없어서였다.

"뭘 사려고?"

"생리대. 나 양이 많거든."

아이패드라든가 아이돌 굿즈 같은 거겠지, 하고 지레짐작했는데 뜻밖이었다. 의아한 얼굴로 바라보자 아희는 덧붙였다.

"이왕이면 유기농으로 사고 싶어."

나는 대꾸할 말을 찾지 못한 채 마침 가방에 있던 생리대를 건넸고 아희는 순순히 받았다. 목표는 서로 달랐지만, 우리는 그뒤로 함께 백일장 정보를 모으고 당선작들을 분석하고 시제를 예상해보곤 했다. 아희는 상금이 없으면 참가하지 않았지만 나는 가산점이 없어도 아희를 따라갔다. 엄마는 의욕 없던 내가 모처럼 즐거워 보인다고 했다. 글쓰는 게 신나 보인다고, 적성을 찾은 거 같다고 기뻐했다. 그러다 생각이 많아진 얼굴로 "설마 직업으로 생각하는 건 아니지?"라고 물어보긴 했지만.

점차 아희만 상을 받는 횟수가 늘었으나 질투는 나지 않았다. 그 돈으로 아희가 유기농 생리대를 마음껏 살 수 있겠구나, 생각했을 뿐이다. 신기한 일이었다. 아희가 있다는 것만으로 학교는 더이상 답답한 곳이 아니었다. 책이나 영화에서 본 것처럼 친구로 인해 세상이 바뀌는 일이 마침내 나에게도 일어난 것이다. 쉬는 시간이면 교실 문을 열고 아희가 나를 불렀다. 둘이 사귀냐는 놀림을 받아도 어깨를 으쓱해버리고 말았다. 나무 밑 반석에 앉아 끝도 없이 얘기를 나눴다. 가끔 다투기도 했지만 곧 화해했다. 서로에게 이야기할 게 너무 많아서. 아주 사소한 감정도, 별일 아닌 일상도 아희에게 말해야만 개운해졌다.

아희가 돌을 꺼낸 건 우리가 서로의 말을 듣지 않고 동시에 말하기 시작했을 때였다.

"돌을 가진 사람만 말할 수 있어. 말이 다 끝날 때까지 들어주기."

그날 수업 시간에 인디언들은 회의를 할 때 막대기를 사용했다는 이야기를 들었다. 막대기를 지닌 인디언의 말이 다 끝날 때까지 아무도 중간에 끼어들어서는 안 된다고 했다. 발언을 모두 마친 인디언은 다음 차례인 인디언에게 막대기를 건넨다. 아희가 건넨 돌은 아빠를 따라 섬에 갔다가 해변에서 주워 왔다는 몽돌이었다. 모난 구석 없이 둥글고 반들반들 윤이 났다. 티 한 점 없는 하얀색이라 도자기 원료로 쓰인다고, 그 돌 못지않게 창백한 얼굴로 아희가 말해주었다. 우리는 그 돌을 인디언 돌이라고 불렀다. 할말이 많은 사람부터 돌을 쥐었다. 동시에 잠깐만 내가 먼저야, 라고 다급히 외치는 날엔 가위바위보로 순서를 결정했다. 우리는 알처럼 품고 다니다 체온으로 따뜻해진 돌을 서로에게 건넸다.

"우리 너무 많은 얘기를 하는 건 아닐까? 그런 거 있잖아. 감정 쓰레기통 같은 거."

내가 걱정스럽게 묻자 아희는 대답했다.

"그러면 친구끼리 무슨 얘기를 해? 우리 서로 쓰레기통 해주자."

그렇게 각자의 쓰레기를 털어놓고 나면 배가 고파져서, 아희가 좋아하는 분식집으로 쫄면을 먹으러 갔다. 테이블이 서너 개밖에 없는 작은 분식집 벽에는 냉면을 만들려다가 실수로 태어났다는 쫄면의 유래가 적혀 있었다. 아희는 주문할 때마다 얘기하는데도 매번 오이를 빼주지 않는다고 투덜대며 오이를 골라냈다.

"나도 실수로 태어난 것 같아."

나는 아희가 골라낸 오이를 집어먹으며 말했다.

"그래도 쫄면이 더 맛있어."

아희가 웃었다. 그뒤로는 주문할 때 오이를 빼달라는 말을 하지 않았다.

먼 지방에서 열리는 백일장에 참가하는 날이면 엄마가 아희와 나를 행사장까지 태워다 줬다.

"너는 가만 보면 그늘 있는 애를 좋아하더라."

엄마는 아희를 집 앞에 내려주고 돌아가는 차 안에서 말했다. 엄마가 말하는 그늘이 긍정적인 의미가 아니라는 것쯤은 눈치로 알아챌 수 있었다.

"뭐, 글쓰는 데는 도움이 되겠지."

엄마가 혼잣말하듯 중얼거린 그 말까지 이해하기는 어려웠지만.

우리에게 그늘을 만들어줬던 나무들의 이름을 알게 된 건 핑크색 꽃이 피기 시작한 칠월이 되어서였다. 이미지 검색으로 찾아낸 이름은 배롱나무. 중국에서 왔다는 그 나무가 몇 살까지 살 수 있는지는 찾지 못했지만, 한국에 있는 다른 배롱나무들이 얼마나 오래 살아왔는지는 알 수 있었다. 강릉에는 육

백 년 넘은 개체도 있다고 했다. 우리는 그 숫자에 감탄하며 갈색의 얇은 수피가 군데군데 벗어져 드러난 하얗고 매끄러운 부분을 만지작거렸다. 우리가 할머니가 된 뒤에도, 어쩌면 이 세상에 우리가 존재하지 않을 때도 나무는 살아 있겠구나, 하는 얘기를 주고받으며. 그런데 나무 입장에서는 다른 나무만큼 살아내라는 강요처럼 들렸을지도 모르겠다. 배롱나무의 꽃잎은 쪼글쪼글 주름이 져서 이미 태어날 때부터 늙어 있었던 것 같았다. 어른이 되기 전에 지쳐버린 우리처럼.

반석 위에 올라서면 수평선이 보였다. 하늘과 바다의 경계는 희미했고 우리의 미래만큼 아득했다. 그래도 아희와 인디언 돌을 주고받으며 나눌 이야기를 생각하면 남아 있는 시간이 막막하지만은 않았다.

***

버스를 타자 에어컨의 냉기 덕분에 살 것 같다. 나는 맨 뒷자리에 앉아 습관적으로 돌을 만지작거린다. 돌은 물기가 말라 어느새 보송하다. 학교까지는 다섯 정거장. 정류장에 내려 길을 건너면 아희가 좋아하는 분식집이 나온다. 굳게 닫힌 문에 붙은 종이에는 '폐업' '임대 문의'라는 글자가 쓰여 있다. 따가운 햇볕을 받으며 힘겹게 언덕길을 따라 올라가면 학교다. 다행히 교문이 열려 있다. 운동장은 텅 비었고 반석 위에는 배롱나무 꽃잎이 잔뜩 떨어져 있다. 짙은 핑크색 꽃잎을 손으로 쓸어내고 앉는다. 무성해진 나뭇잎 덕분에 그늘은 더 짙어졌다.

  엄마가 얘기한 그늘이란 건 흉터 같은 걸까. 내 왼쪽 안팎 복사뼈에 아직 남아 있는 그런 흉터. 엄마가 사다 준 흉터 치료 크림을 수시로 발라서 지금은 희미해졌지만 처음에는 붉은 지렁이 같았다. 나는 아희의 왼쪽 손목에도 그 크림을 발라줬다. 날카로운 칼로 그은 게 분명한 그 자국들은 대부분 가늘고 희미했다. 오래됐는지 색이 짙고 움푹 팬 흉터도 있었다. 그런 자국은 크림을 아무리 발라도 연해지지 않았다. 서로의 흉터가 생겨난 방식이 다르듯 우리가 다르다는 것은 알고 있었다. 학교에 있는 동안 집에 가고 싶다는 말을 달고 사는 나와 달리 아희는 농담으로라도 집에 가고 싶다는 말은 절대 하지 않았다. 우리 사이의 시차는 이미 예고되었던 건지도 모른다.

***

"아빠가 사준 거야."

  1학년 여름방학이 끝나자 아희가 새 운동화를 신고 나타났다. 아희는 해마다 여름이면 섬에 일하러 가는 아빠를 따라간다고 했다. 나는 그사이 철심 제거 수술을 받았다. 휴대폰으로 찍어둔 엑스레이 사진을 보여주자 아희는 신기하다며 여섯 개의 핀이 사라진 자리에 남은 구멍을 한참 들여다봤다.

운동화는 아희에게 컸다. 아희 발은 235인데, 할인율이 높아서 245를 골랐단다. 운동장을 가로지를 때도, 매점으로 뛰어갈 때도, 복도를 천천히 걸어갈 때도 들썩거리는 운동화를 아희는 거의 끌다시피 했다. 그래도 기분이 좋아 보였다.

며칠 뒤 열린 백일장에서 아희는 장원을 받았다. 아희는 내가 해주는 말들을 습자지처럼 흡수했다. 학원 선생님은 글쓰기에 재능이 필요하지 않다고 했지만 아희를 보면 재능이란 이런 거구나, 느끼곤 했다. 기후 위기로 종말이 다가온 지구에 대한 소설이었다. 엄마는 아희의 글을 읽고는 웃으며 말했다.

"아희는 이상주의자구나. 세상을 몰라서 그래."

"그럼 엄마는?"

"현실주의자야. 아주 평범한."

나는 인터넷 검색창에 '이상주의자'를 검색해봤다. 이상을 실현하는 데 삶의 가치를 두는 사람. 이번에는 '이상'을 검색했다. 가장 완전하다고 여겨지는 상태. 엄마는 대체 왜 웃은 걸까. 나는 그것이 이상했다. 완전한 세계를 꿈꾸는 게 우스운 일인가. '현실주의자'를 찾아보았다. 실제로 얻는 이익 따위를 우선시하거나 좇는 사람. 그 앞에 '아주 평범한'이란 수식어를 엄마는 굳이 왜 붙였을까.

  백일장 상금 삼십만원이 입금된 날, 아희는 나와 함께 유기농 생리대와 선크림을 샀다. 자기가 쏠 테니 월미도로 디스코 팡팡을 타러 가자 하고는 내 다리를 힐긋 쳐다보았다.

  "이제 완전 다 나은 거지?"

  나는 고개를 끄덕였다. 철심을 뺀 자리에 생긴 구멍이 완전히 메워지려면 두 달 정도 걸린다는 말은 하지 않았다. 교복 치마 아래 체육복 바지를 껴입은 우리는 높이높이 튀어올라 마음껏 소리를 질렀다. 멀리 바다가 보였다. 수평선이 그 어느 때보다도 가까웠다. 정신없는 음악과 디제이의 성희롱에 가까운 멘트 따위는 귀에 들어오지도 않았다. 우리는 신나서 한번 더, 한번 더를 외쳤다. 아희의 운동화 한 짝이 훌렁 벗겨져 날아갔다.

  아희는 오른쪽 운동화를 잃어버렸고 나는 왼쪽 발목을 절뚝댔다. 그 와중에도 우리는 계속 깔깔거렸다. 한 번도 술을 마셔본 적은 없지만 취한다면 이런 기분이지 않을까, 싶었다. 우리는 어깨동무를 하고 깨금발로 서서 밤바다를 바라봤다. 맥주를 마시는 사람들이 보였다. 그들 중 하나가 캔을 구기더니 바다를 향해 던졌다. 바다 위에 이미 많은 쓰레기가 떠다니고 있었다.

  "고마운 사람들이야."

내가 눈살을 찌푸리는 걸 보더니 아희가 말했다. 아희의 표현을 빌리자면 아희의 아빠는 타이밍을 잘 놓치는 사람, 운이 좋지 않은 사람이었다. 요즘은 그래도 여름이 되면 피서지 해변의 쓰레기와 해파리를 처리하는 공공근로 일자리가 많아 다행이라고 했다. 아니면 공사장에 나가야 하는데, 몸도 마음도 약한 사람이어서 다녀오면 며칠을 앓아누워 있는다고. 아희는 다 마신 음료 캔을 구겨 바다를 향해 던졌다. 일 없는 아빠와 집에 있는 게 세상에서 가장 무섭다며, 팬데믹 때가 제일 힘들었다고도 덧붙였다.

"때리진 않아."

일할 때는 괜찮은 사람인데 요즘은 운도 좋아 보인다고. 그러곤 이어 말했다.

"아빠 운이 좋아진 게 아니라 세계의 운이 나빠진 걸지도 몰라."

해변으로 끊임없이 밀려오는 쓰레기와 최근에 늘어난 해파리에 관해 얘기하던 아희가 문득 생각났다는 듯 물었다.

"너희 집 아파트지?"

서로에게 의지해 깨금발로 아파트 단지 안을 돌며 헌옷 수거함을 뒤졌다. 옷과 신발이 비어져 나와 있는 수거함에 팔을 깊숙이 넣어 손에 닿는 것들을 모조리 꺼냈다. 그중 아희의 것과 비슷한 운동화를 찾아냈다. 조금 낡았지만 사이즈는 235였다. 꼭 맞는 헌 운동화를 오른발에, 헐렁해서 덜컥거리는 새 운동화를 왼발에 신고 아희는 돌아갔다.

결국 내 발목뼈엔 금이 갔다. 학교를 결석하고 병원에 가서 엑스레이를 찍었다. 사진을 아희에게 전송하자, 아희는 뼈에 생긴 실금과 여섯 개의 구멍 위에 별을 덧그려 보내주었다.

—별자리 같지?

나는 그 사진을 보고 실실 웃다가 엄마한테 등짝을 맞았다. 깁스를 다시 해야 했다. 아희 팔목에 그어진 금들을 떠올렸다. 나도 그 위에 별을 덧그려주고 별자리 이름을 붙여주고 싶었다. 아희의 아빠가 일자리를 잃지 않으면 아희의 손목에 적어도 새로운 금이 생기지는 않을 것이다. 그래서 아희 몰래 가방에 쓰레기를 챙겨 바다로 가서 던지기도 했다.

우리는 2학년이 되었다. 학기초부터 자주 결석하던 아희는 어느 날 말도 없이 자퇴 결정을 했다. 나는 돌을 꼭 쥐고는 배롱나무 그늘 아래서 아희에게 퍼부었다. 나를 혼자 학교에 남겨놓다니 용서할 수 없었다. 어차피 배울 것도 없다고, 자퇴를 입에 달고 살며 하소연해온 건 정작 나였는데. 배신감이었을 것이다. 너도 나처럼 견뎌야 하는 거 아니냐고, 그런 게 진정한 우정 아니냐고 묻고 싶었던 것 같다. 아희는 얌전히 들었다. 손에 돌을 들려주었지만, 아무 말도 없었다.

"말 좀 해. 네 차례야."

"학교 오는 차비가 아까워서."

겨우 그 말만 하고는 나에게 돌을 돌려줬다. 돈 얘기가 나오니 할말이 없었다. 아희는 나를 잠시 쳐다보더니 내 손에 힘없이 들려 있는 돌을 다시 가져가 말했다.

"나는 너보다 한 살 많아."

올여름만 지나면 만 열여덟 살이 되어 아빠 허락 없이도 아르바이트를 구할 수 있다고 했다. 나는 놀라지 않았다. 아희가 쓴 소설이 전부 상상일 거라고, 거짓으로 지어낸 거라고 생각하지 않았으니까.

"이제 와서 언니라고 부를 생각은 없어."

아희는 피식 웃으며 화제를 돌리듯 말했다.

"긴쓰기라는 걸 배우고 싶더라."

아희가 휴대폰으로 영상을 보여주었다. 깨진 도자기를 수리하는 기술이었다. 조각을 이어붙인 뒤 금이나 은으로 틈을 메우는 건데, 수리를 마친 도자기는 깨지기 전보다 더 아름다웠다.

"보고 있으면 마음이 좋아."

"돈이 될까?"

"우선 배우는 데 돈이 들어."

엄마는 틀렸다. 아희도, 나도 세상을 모르지 않았다. 좋아하는 일에는 돈이 든다는 걸 너무도 잘 알고 있었다. 아희만큼 현실주의자인 사람도 없었다. 아희의 머릿속은 언제나 숫자로 가득했다. 백일장 상금, 버스비, 휴대폰 요금, 생리대 값, 식비와 세금 등등.

아희는 학교를 그만두고 한동안 집과 가까운 작은 도서관에 다녔다. 휴관인 날에는 배다리에 있는 헌책방에서 시간을 보냈다. 이용객이 줄어 도서관이 문을 닫게 되면서부터는 헌책방에 출근하다시피 했다. 책을 읽으러 가는 건 아니었다. 공짜로 와이파이를 쓸 수 있어서였다. 휴대폰 요금 미납으로 사용이 정지돼 와이파이가 있는 곳에서만 채팅이 가능했다. 아희는 서가 구석에 있는 작은 목욕탕 의자에 앉아 유튜브나 인스타그램을 들여다봤다. 책방을 봐주고 책방 주인에게 밥을 얻어먹기도 했다.

아희는 만났다가 헤어질 때면 돌을 내게 주었다. 어차피 전화도 안 되고, 집에서는 와이파이가 안 터져서 메시지도 보낼 수 없다며. 내가 밤사이 일방적으로 메시지를 보내놓으면 아희는 와이파이가 되는 곳을 찾아가 답변을 했다. 길게는 아홉 시간이 넘게 걸릴 때도 있었다.

"이 정도 시차는 낭만적이지 않아? 내가 미국에 있다고 생각해."

사정을 알게 된 뒤 아희에게서 답장이 오면 지금 아희는 와이파이가 되는 곳, 안전한 곳에 있구나 하고 안심했다.

학원을 가지 않는 날에는 하굣길에 아희를 만나러 헌책방에 들렀다. 언젠가부터 아희는 휴대폰을 들여다보는 대신 책을 읽고 있었다. 대부분 죽은 사람들이 쓴, 먼지가 풀풀 날리는 낡고 오래된 책을. 내가 온 줄도 모르고 열중하고 있는 날도 있었다. 그럴 때면 아희가 영영 그 세계로, 내가 모르는 세계로 가버릴까봐 두려워 아희의 어깨를 평소보다 힘주어 잡았다.

***

아희가 학교에 있을 리 없다. 이곳에는 오지 않았을 것이다. 그늘 밑에서 아희를 기다려봐야 소용없다는 걸 알면서도 나는 왜 여기로 왔을까. 수피가 벗어진 나무 줄기만 애꿎게 만지작거리다 교문을 나선다. 다시 버스를 탄다. 두 정거장을 지나 배다리에서 내린다.

나는 헌책방 앞에 멈춰 선다. 무기한 휴업중이라는 공지가 붙어 있다. 유리문 너머로 어수선하게 쌓여 있는 책들이 보인다. 대체 언제부터 문을 닫은 걸까. 그렇다면 아희는 어디에서 이 숨막히는 여름을 보낸 걸까.

아희에게서 마지막 메시지가 도착한 건 한 달 전이었다.

─너무 덥다. 우리 모두 녹아서 미시시피강에서 만난대도 나쁘지 않을 것 같아.

─예전에는 여기도 바다였대. 신기하지 않아?

모래알처럼 빽빽한 채팅창 속 글자 안에 아희가 흘려놓았을지 모를 단서를 찾아서, 눈이 빠지도록 화면을 들여다본다. 아희가 집이 아닌 다른 곳에 있으리라는 희망을 찾는 건지도 모른다. 하늘은 아무 일도 없다는 듯이 맑다. 마치 보통의 여름날처럼.

***

학원 선생님은 구체적으로 써야 한다고 했다. 추상적인 표현을 자제해야 하며 무엇보다 솔직해야 한다고. 자유공원에서 열리는 백일장에 참가해 나는 아희에게 전수하듯 말했다. 아희는 고개를 크게 끄덕이고는 신청서의 소속란에 '학교 밖 청소년'이라고 적었다. 어느 기업에서 주최한 백일장으로 상금이 높아서 참여했지만, 우리 둘 다 입상하지 못했다. 나는 원고지의 반도 채우지 못했다.

"시제가 '공정한 미래'라니 너무 구리지 않아? 공익광고도 아니고."

내가 시제에 대한 불평을 늘어놓자 아희가 힘없이 말했다.

"난 한 글자도 못 썼어."

아희는 유독 기운이 없어 보였다. 쫄면을 먹자는 내 말에도 고개를 가로저었다.

"내가 사줄게."

"나도 돈 있어."

나는 예민하고 날카로운 아희의 목소리에 움찔해서 얼버무리듯 말했다.

"친구니까 사줄 수 있지."

그즈음 아희는 뜨거운 물이 담긴 컵을 들고 걸어가는 아이처럼 위태로워 보였다. 조금만 건드리면 찰랑찰랑 넘쳐버릴 것같이 아슬아슬했다. 가끔은 그것을 왈칵 쏟아버렸다. 그때마다 왼쪽 손목에 금이 그어졌고, 계속해서 늘어갔다. 벌어진 틈은 너무 깊고 어두워서 비싸고 반짝거리는 금으로도 메울 수 없을 것만 같았다. 아희의 불안한 마음이 느껴질 때마다 나는 적당한 거리를 유지하며 뜨거운 물이 튀어도 데지 않기 위해 애썼다.

공원을 가로질러 걸어가는데 작은 연못이 보였다. 아희가 갑자기 나를 그 앞으로 잡아끌었다.

"저게 다 돈이래."

아희는 연잎 위에 모여 있는 거북이를 가리키며 말했다. 붉은귀거북으로, 외래종이라 잡아서 구청에 가져가면 마리당 오천원씩 준다는 거였다. 인터넷에서 봤다며 아희가 열심히 설명했지만 나는 내키지 않았다. 아희는 공원 매점으로 가더니 검은 비닐봉지를 하나 얻어 왔다. 꽤 커다란 연못이었다. 아희는 연못 가장자리로 다가가 팔을 뻗어보더니 멀찍감치 서 있는 나를 불렀다.

"나 좀 잡아줘."

나는 그제야 가까이 다가가 아희가 빠지지 않도록 반대쪽 팔을 꽉 잡았다. 아희는 거북이를 한 마리씩 잡아올려 검은 비닐봉지에 넣었다.

"다섯 마리만 가져가자. 이만오천원이면 충분해."

아희가 모처럼 생기 있어 보여서 나도 덩달아 신이 났다. 그러나 구청에 다다라, 아희는 문 앞에 있는 안내 직원과 얘기를 나누더니 힘없이 돌아왔다. 실망한 기색이 역력했다.

"예전에는 상품권을 줬는데 지금은 예산이 없대."

"그럼 어쩌지? 도로 가서 놓아줄까?"

"방생은 하지 말래."

나는 휴대폰으로 거북이 처리하는 법에 대해 검색해봤다.

"뒤집어서 땅에 묻어주라는데."

"뒤집으면 못 일어나잖아."

"그니까."

우리는 침묵하며 그게 무슨 의미인지를 생각했다. 못 일어나도록. 다시는 나오지 못하도록.

  공원 화단으로 가서 뾰족한 돌을 주워 작은 구덩이를 팠다. 뒤집힌 거북이들은 버둥거리지도 않고 등딱지 안으로 얌전히 들어가 있었다. 흙을 덮었다. 봉분은 만들지 않고 평평하게. 그러고는 함께 길을 내려오는데, 아희가 갑자기 뒤돌아서더니 비탈을 뛰어올라갔다.

"아무래도 안 될 것 같아."

  땅을 파보니 아직 살아 있었다. 아희는 그제야 버둥거리기 시작한 거북이들을 한 마리 한 마리 집어 흙을 털어내고는 비닐봉지 안에 담았다.

"우리집으로 가자."

  재촉하듯 말하는 아희를 얼떨결에 따라갔다. 아희의 집은 처음 가보는 동네에 있었다. 좁은 마당을 함께 쓰는 다세대 주택인데, 아희네는 반지하방을 쓰고 있었다. 아희는 마당에 있는 수도로 커다란 대야에 맑은 물을 받아 거북이들을 풀어놓았다. 주변을 둘러볼 사이도 없이 아희의 아빠가 마당으로 들어오더니, 아희를 보자마자 쉴새없이 욕을 퍼부었다. 아희는 당황하지 않고 방으로 따라 들어갔고, 한동안 아희 아빠의 욕설만 이어졌다. 나는 어정쩡하게 서서 대야 안에서 헤엄치는 거북이만 바라봤다. 한참 뒤 아희가 나오더니 겸연쩍게 웃으며 나를 대문밖으로 데리고 나갔다.

"운이 나쁜 것도 유전일까?"

아희는 실망한 얼굴로 말을 이었다.

"이번 여름에는 섬에 가지 못한대."

"그래서 화가 나셨구나. 치울 쓰레기가 없는 거야?"

"아니, 쓰레기를 주워도 돈을 받을 수 없대."

"그럼 어떡해?"

"모르지. 더이상 예산이 없대."

거기도 예산이 없구나. 우리는 대문 앞에 말없이 서 있었다. 나는 주머니에 품고 있던 돌을 건네주었다. 아희가 더 하고 싶은 말이 있는 것 같아서. 아희는 처음에는 받지 않으려고 하다가 돌을 꼭 쥐고는 한참을 망설이다 입을 열었다.

"부끄러웠어."

아빠가 욕을 해서일까. 아니면 살아 있는 거북이를 묻었던 일 때문일까. 그것도 아니면 바다에 쓰레기를 던진 일을 말하는 걸까. 아희가 무엇을 말하는지 모르면서도 나는 고개를 여러 번 크게 끄덕였다.

***

아희가 사는 동네는, 아희의 집은 헌책방에서 멀지 않다. 그런데 나는 그곳으로 가지 않는다. 그곳에는, 그곳에만은 아희가 없길 바란다. 그날, 헐렁거리는 왼쪽 운동화를 덜컥거리며 검은 비닐봉지를 들고 걷는 아희를 따라가며 생각했다. 엄마 말대로 아희가 이상주의자일지도 모르겠다고. 나는 아희와 헤어진 뒤 도망치듯 그 동네를 빠져나왔다. 오래되고 낡고 이미 반쯤 무너진 집들이 있는 동네였다. 그중에서도 언덕 끝자락에 아슬아슬하게 걸쳐 있던 아희의 집, 그리고 담벼락에 '붕괴 위험, 책임지지 않음'이라고 빨간색 래커로 휘갈기듯 써놓은 글씨. 모든 것이 불길하게 느껴졌다.

그날 이후 이상한 여름이 시작됐다. 역대급 무더위라며 어른들이 호들갑을 떨긴 했지만, 십팔 년 살아온 인생에서 가장 더운 여름인 건 확실했다. 구월이 되어도, 추석이 지나도 여름이 끝나질 않았다. 물러 터진 과일들이 툭툭 떨어졌다. 사람들은 더위에 지쳐 후줄근하게 늘어졌다. 아파트 단지 안 음식물 쓰레기통 앞을 지나가기가 두려웠다. 독하고 쓴 냄새가 물컥물컥 쏟아졌다. 집집마다 한시도 에어컨을 끄지 않았다. 냉방병에 걸려 결석하는 아이들이 많았다. 학교 수업도, 학원 과외도 온라인으로 진행됐다. 아무도 밖으로 나오지 않았다. 전기를 과도하게 사용해 자주 정전되었고 곳곳에 화재가 발생했다. 공사중인 지역의 지반이 꺼지거나 무너지는 일도 종종 발생했다. 계속해서 긴급 재난 문자가 왔다. 폭염주의보와 폭우주의보가 번갈아 발령됐고 외출을 자제하고 집으로 그만 돌아가라는 경고 문자들이 이어졌다. 아희는 그것들을 받을 수 있었을까. 나는 아마도 아희와 멀어진 이유를 이상한 여름 탓으로 돌리고 싶은 것 같다.

***

아희는 거북이 다섯 마리에게 '일이삼사오호'라는 이름을 붙여주고서 다음날부터 나에게 수시로 메시지를 보냈다. 헌책방에서 지도책을 찾아 녀석들이 살았다는 미시시피강 사진을 찍어 보내주기도 했다. 붉은귀거북에 대한 각종 정보들도 알려줬다. 예를 들면 우리가 태어나기도 전인 2001년도에 생태계 교란종으로 지정되어 수입이 금지됐고, 수명은 이십 년이라는 것.

―원래는 유해 동물이 아니었던 거야?

처음에는 필요해서 들여왔는데 수가 많아졌다는 이유만으로 유해해진 걸까. 버려지지 않았다면 유해해지지 않을 수 있었을까. 유해하다는 것은 필요하지 않다는 것과는 다른 걸까. 다른 곳에선 유해하지 않은 것이 여기에 있다는 이유만으로 유해하다는 사실이 이상했다. 아희는 공부하고 싶은 분야가 생겼다고 했다. 미래에 대해서라고. 미래를 어떻게 공부하냐고 묻자 언제 한번 헌책방에 와보라고, 무료로 강의를 들을 수 있다고 말했다. 가끔은 일이삼사오호도 데려가 헌책방에서 같이 잠을 자는 듯했다.

나는 바빴다. 대학에 가기로 했으니까. 무엇을 하고 싶은지는 몰라도 학교와 학원과 스터디 카페를 오고갔다. 엄마의 잔소리를 흘려들으면서도 실은 인서울 하지 못할까봐, 별거 아닌 인간이 될까봐 두려웠다. 그래도 학교는 너무 답답했는데, 더는 아희에게 그런 마음을 털어놓을 수 없었다.

수학여행을 다녀온 뒤로는 나와 비슷한, 막연한 미래를 고민하는 아이들 무리에 들어갔다. 단톡방이 생겼고 거기에 하고 싶은 말들을 남기고 정보를 교환했다. 집에 있어도 집에 가고 싶다는 한탄과 마라탕이나 먹으러 가자는 얘기와 연예인들에 관한 가십이나 흥미로운 영상과 입시에서 가산점을 받는 방법 들을 나누었다. 점차 아희와의 대화에는 소홀해졌다. 내가 대답하지 않는 동안 아희의 말들이 쌓여갔다.

―일이삼사오호 말이야. 한강에라도 놓아줄까? 3, 4급수에서도 살아남는 강한 녀석들이니 미시시피강까지 헤엄쳐 갈 수 있지 않을까?

―우리는 결국 모두 다 물이 될 거야.

―밤에는 동네가 너무 캄캄해. 무서워.

―거리에서 내가 좋아하는 것들은 자꾸 사라져.

그것들에 한꺼번에 몰아서 답하거나 어떤 질문들은 건너뛰었다. 그러던 어느 날 등굣길에 무리에 끼어 버스를 타고 가다가 아희를 보았다. 예전 같으면 발을 동동 굴렀을 것이다. 나중에라도 볼 수 있게 메시지를 보냈을 것이다. 아니, 당장 내려 아희의 곁으로 뛰어갔을 것이다. 그러나 그러지 않았다. 그냥 지나쳤다. 헌 종이 상자로 만든 팻말과 깃발을 든 사람들이 거리를 걷고 있었다. 다양한 색으로 쓰인 '지금 당장' '미래' '위기'라는 글자가 보였다. 아희가 그 틈에 있었다. 정말로 이상주의자가 되어버린 듯했다. 그날 저녁, 아희는 집회 현장 사진을 보내왔다. 다음에는 나와 같이 가고 싶다는 메시지와 함께.

─대학에 가면, 어른이 되면 갈게.

답장을 적었다가 지웠다. 지키지 못할 약속 같아서. 주변의 어른들만 보아도 지키지 못한 수많은 약속을 끌어안은 채 사느라 이미 지쳐 보였으니까. 아희를 두고 이상주의자라고 하면서 엄마가 왜 웃었는지 알 것 같았다. 나는 대신 아희가 이전에 보냈던 메시지에 늦은 답장을 썼다.

─그냥 사라질 때가 되어서 떠난 거야. 너랑 상관없이. 무서우면 그 동네에서 이사가면 되잖아.

한참 있다 아희에게서 답장이 왔다.

─너는 참 쉽구나. 쉬워서 좋겠다.

억울했다. 쉽게 생각한 적은 없었다. 그저 거리가 정리되면 깨끗해질 거라고 말하고 싶었고, 가로등도 많고 위험하지 않은 동네에서 살기를 바란 것뿐인데. 폭우와 폭염이 번갈아 와서 흠뻑 젖었다가 바짝 마르기를 반복해도 벽이 갈라지거나 무너지지 않는, 완전하지는 못해도 안전한 곳에서.

우리가 마지막으로 만난 건 팔월의 마지막날, 올여름이 한 달은 더 지속될 거라는 뉴스가 전해진 날이었다. 아희가 늦은 밤 집 앞으로 찾아와 아르바이트를 구했다고 했다. 그것은 아희가 이제 만 열여덟 살이 되었고 생일이 이미 지났다는 걸 의미했다. 나는 어정쩡하게 축하 인사를 전했다.

"그런데 이 더위에 일을 한다고?"

밤인데도 바람 한 점 없었다. 땀으로 푹 젖은 아희는 대답 없이 검은 비닐봉지를 건넸다. 일이삼사오호가 담겨 있었다.

"당장 일해야 하는데 부탁할 데가 너밖에 없네."

그러고는 주머니에서 인디언 돌을 꺼냈다. 말없이 나의 손에 쥐여주었지만 나는 아무 말도 하지 못했다. 잠시 나를 바라보던 아희는 이내 뒤돌아 뛰어가버렸다. 왼발엔 여전히 헐렁해서 덜컥거리는 운동화를 신고. 돌은 아희의 체온으로 따뜻했다. 집에 들어갔을 때, 엄마는 비닐봉지 안에 든 것을 확인하고는 내 등짝을 후려쳤다. 하나도 아프지 않았다. 나는 바락바락 악을 썼다.

"그럼 죽여? 죽으라고 묻어버릴까?"

물건들을 집어던졌다. 참을 수 없는 분노가 치밀었다. 구덩이를 파고 버둥거리지도 않는 거북이들을 넣고 그 위로 흙을 덮었던 우리가 떠올라서. 붕괴 위험. 책임지지 않음. 아희의 집 담벼락에 쓰여 있던 글씨가 자꾸만 생각나서. 엄마는 내 기세에 눌려 아무 말도 못하고, 안정제를 먹여 나를 재웠다. 자고 일어나니 엄마가 사 온 어항 안에서 일이삼사오호가 여유롭게 놀고 있었다. 그 옆에는 거북이 사료가 잔뜩 쌓여 있고, 인디언 돌이 놓여 있었다. 여전히 티 없이 하얬고 윤이 났다. 돌을 집어들었다. 밤새 아희의 온기가 사라져 차가웠다. 어항 안에 돌을 던지듯 넣었다. 돌은 이내 바닥으로 가라앉았다.

***

나는 헌책방을 떠나 쓰레기를 던지던 바다로 향한다. 아희와 함께 영화를 봤던 오래된 극장을 지나친다. 지날 때마다 솔솔 풍기는 닭강정 냄새에 입맛을 다시던 시장 골목을 걷는다. 아이스크림을 사 먹었던 맥도날드 앞을 지난다. 땀이 줄줄 흐른다. 그래도 집으로, 내 방으로 돌아가지 못한다. 아니, 돌아갈 수 없다.

몇 시간 전, 단톡방에 누군가 뉴스 영상을 공유했다. 집안에 오래 고인 에어컨 냉기에 으슬으슬해진 나는 겉옷을 찾아 걸치고 영상을 클릭했다. 아희의 동네였다. 다행히 재개발로 대부분 이사를 가서 인명피해가 크지는 않다는 멘트가 흘러나왔다. 사상자들의 이름은 없고 숫자만 표시되어 있었다. 구조 작업이 진행중인데 지반이 약해 추가 피해가 발생할 수도 있다는 말까지 듣고 자리에서 일어섰다.

―이런 데서도 사람이 사는구나.

무력하거나 무지하거나 모른 척하는 어른이 될 누군가 말했다. '아주 평범한' 현실주의자의 미래가 너무도 구체적으로 다가와서 단톡방을 나왔다. 그리고 지금 나는 거리에 있다.

아희는 오른쪽 신발을 잃어버리고, 나는 왼쪽 발목에 금이 간 채 같이 절룩거리며 걸었던 거리에, 교복을 입어도, 입지 않아도 우리를 함부로 대하는 거리에, 우리의 우정과 상처를 한없이 가볍게 여기는 그 거리에. 이제는 따뜻하다못해 뜨거워진 돌을 손안에 품고.

우리가 비웃듯 웃음을 터뜨리며 그 거리를 깨금발로 뛰어갔던 날, 아희가 갑자기 멈추더니 어딘가를 바라보며 말했다.

"예전에, 우리가 태어나기도 전에, 여기에서 많은 아이들이 사고로 죽었대. 그런데 사람들은 아이들더러 왜 하필 그 시간에, 왜 하필 거기에 있었냐고 했대."

나는 엉거주춤 서서 아희가 응시하고 있는 자리를 같이 바라봤다. 하지만 아희에게 보이는 것이 나에게는 보이지 않았다.

"여기가 아니라면 어디에 있어야 했을까?"

아희의 질문은 마치 자신이 어디에 있어야 하냐고 묻는 것 같았다.

나는 다시 그 자리에 멈춘다. 돌을 건네고 들을 준비를 하기 위해.

해저로월

다시 보랏빛 자카란다가 피고 있었다. 나는 휴대폰 앨범을 열어 일 년 전 사그라다 파밀리아 성당을 배경으로 찍은 사진을 찾았다. 셀카였는데, 찍는 순간 바람이 불어왔고 꽃잎이 흩날렸다. SNS에 올리자마자 얼마나 많은 좋아요와 댓글이 달렸던가. 스페인에 막 도착해서 찍은 사진이었다.

성당 앞 설렘으로 가득한 표정의 내가 낯설었다. 그때나 지금이나 성당은 공사중이었다. 일 년 전엔 나비처럼 날아들어 나를 환영해주던 보라색 꽃잎들이 지금은 이제 그만 돌아가야 한다고 재촉하는 것만 같았다. 얼마 되지도 않는 퇴직금은 이미 떨어졌고 집으로 돌아갈 비행기 값 정도만 남았다. 나는 정말 스페인어를 배우고 싶었던 걸까. 아니면 그저 떠나 있고 싶었던 걸까. 어쩌면 SNS에 올릴 색다른 풍경이 필요했던 걸지도 모른다.

내가 본 영화나 소설 속 주인공들은 모두 실연이나 실직을 겪고 훌쩍 외국으로 떠났다가, 여행이 끝나갈 무렵에는 극적인 변신에 성공하거나 잃어버린 자아를 찾았다. 행복은 먼 곳에 있지 않다는 교훈을 얻고는 집으로 돌아갔지. 순진하게 나에게도 그런 변화가 찾아오길 기대한 건 아니었다. 그래도 아주 조금이나마 달라지길 바랐다. 그러나 어느새 간절한 마음으로 일요일마다 복권을 사기 시작했고 몇 달 전부터는 하루 종일 구직 사이트를 들락거렸다. SNS에서 친구들의 삶을 기웃거리다 초조해졌다. 결국 이곳에서도 다를 바 없었다. 시간 낭비였을까. 한숨을 내쉬며 노란 튤립이 담긴 화분을 안으로 들여놓고 있는데 꽃집 사장 후안이 물었다.

"수정, 결정했어?"

나는 어깨만 으쓱해 보였다. 꽃집 아르바이트는 반년 전부터 시작했다. 본래는 그만두고 그동안 가보지 못했던 스페인 근교를 여행하다 돌아갈 생각이었다. 그러나 막상 귀국 날짜가 다가오니 초조해져서 차라리 며칠이라도 더 일하는 게 나을 것 같았다. 어차피 돌아가봐야 백수니까. 그때 휴대폰이 진동했다. 뜻밖에도 아빠였다.

"한국에 언제 오냐."

"다음달에는 들어가야죠."

"고모랑 같이 오렴."

뜬금없는 고모 타령에 나는 당황했다. 고모는 옛 사진과 가족들의 대화 속에서나 등장하는 사람이었다. 서른이 되던 해, 사십 일 동안 여행을 가겠다고 집을 떠난 후 돌아오지 않았다고 했다. 내가 다섯 살이던 때부터 고모는 계속 여행중이었다. 나잇값을 하지 못하고 의무를 저버린 채 자유롭기만 바라는 욕심 많고 이기적인 사람, 온갖 신을 믿다가 이상한 종교에 빠진 사람, 거기다 도박과 알코올 등 각종 유혹에 취약한 사람. 명절에 모여 제사를 지내고 식사까지 마친 다음 할말이 없어지면 친척들 중 누군가 고모 이야기를 시작했다. 왠인지 항상 소리를 낮추어 속삭이듯 말했다. 미경이 걔는, 미경이가 글쎄, 미경이만 그렇게, 예전에 미경이가, 그런데 미경이는.

고모를 딱 한 번 만난 적이 있다. 분명 그전에도 몇 번은 만났겠지만, 고모는 집안 대소사에 참석하는 일이 드물었고 나는 너무 어렸다. 그러니 기억에 남는 만남은 한 번뿐이다. 내가 열 살일 때였다. 할머니의 임종 후, 발인이 끝나고 나서야 도착한 고모는 며칠 동안 나와 한방을 썼다. 할머니 명의로 된 땅과 아파트가 있어서, 밤이면 상속 문제를 둘러싸고 고성이 오고갔다. 고모는 그 틈에 끼지 않고 내 방에 누워 있었다. 그런 고모의 모습은 내가 알던 어른들과 달랐다. 재산 싸움에 관심이 없기도 했지만, 그리 슬퍼 보이지도 않았다. 잠시 여행 온 사람 같았다.

삼우제를 지내기 위해 선산에 가는 길, 우리는 한차에 거의 구겨지다시피 들어갔다. 고모는 연년생인 남동생보다 덩치가 작은 나를 무릎 위에 앉혔다. 가는 내내 멀미를 하며 졸다 깨다 했다. 고모는 별말을 하지 않았다. 다만 가끔 차창을 내렸고, 그때마다 앞머리가 바람에 살랑거렸다. 운전하던 아빠는 벌레가 들어온다며 창문을 열지 말라고 핀잔을 주었다. 그래도 고모는 몇 번이고 차창을 내렸다가 닫았다. 삼 남매 중 나는 잊히기 쉬운 중간 아이였다. 그래서인지 고모에게 어떤 유대감을 느꼈던 것 같다. 산소에 도착해 고모는 아직 풀이 나지 않은 봉분을 바라보다 내 귀에 대고 속삭였다.

"답답하겠다. 그치?"

다음날 새벽 일찍 고모는 캐리어를 끌고는 떠났다. 탈탈거리는 바퀴 소리를 잠결에 어렴풋이 들었다. 깨어나니 내 오른손에 무언가 쥐어져 있었다. 색이라든가 모양은 잘 기억나지 않는데, 이상하게도 그 감촉만은 생생하게 남았다. 매끈매끈하고 차갑고 각진 모서리의 느낌 같은 것들. 가벼운 플라스틱 블록 같았는데, 한 면에 알 수 없는 무늬가 음각되어 있었다. 어른들 몰래—왠지 그래야 할 것 같아서—주머니 속에 넣고 다니며 만지작거렸는데, 어느 순간 사라졌다. 한동안 허전한 마음에 비어 있는 주머니 속을 자주 뒤적였다.

  그뒤로 고모는 다시금 소문으로만 만날 수 있는 존재가 되었다. 그러던 중 오 년 전 외국에서 죽었다는 소식이 전해졌다. 대사관을 통해 연락을 받은 아빠는 '외국 어디선가'라고만 전했다. 당시 유행하던 감염병 때문에 유해는 운구해 오지 못했다. 명절에 모인 친척들은 이로써 완성된 결말에 대해 수군거렸다. 안됐다고 하면서도, 고모의 이야기가 나오면 늘 따분해 보이던 그들의 얼굴에 묘한 생기가 흘렀다.

  "결국 객사한 거지."

  한동안은 길거리에서 죽은 고모를 떠올렸다. 실직한 뒤, 작은 책방에서 에세이 수업을 들을 때 고모 이야기를 썼다.

  미경이 들어서는 순간 수정은 방안의 공기가 달라졌다고 느꼈다. 아마도 바람 냄새 때문일까. 그 냄새는 미경이 샤워를 해도 사라지지 않았다. 미경은 끌고 온 낡은 캐리어를 방 한구석에 세워뒀다. 짙은 보라색의 하드 케이스는 여기저기 부딪혔는지 흠집이 많았다. 그 안에 면세점에서 산 초콜릿이나 화장품 같은 것은 없었다. 여러 가지 색과 모양의 돌멩이, 생수통에 담은 모래, 이가 빠진 조개껍데기, 바짝 마른 식물, 새의 깃털, 거북이의 등딱지, 동그랗게 뭉친 동물의 털 따위가 들어 있었다.

  타클라마칸사막의 한가운데에서, 난징의 진회강에서, 에콰도르의 에스메랄다 해변에서, 쿠스코 아르마스 광장에서, 프라하성 안에 있는 성 비투스 성당 앞에서 주운, 남겨진 것들—남겨진 것들이라는 말을 할 때 미경은 조금 슬퍼 보였다—이라고 했다. 수정은 낯선 지명들을 따라 발음했다. 미경은 수정의 어설픈 발음에 웃으며 비닐봉지 안에서 말린 과일을 꺼내 입에 쏙 넣어줬다. 미경은 떠나던 날, 커다란 여행 가방을 뒤적이더니 수정의 손에 작은 돌을 쥐여주며 말했다. 행운을 가져다줄 거야.

실은 고모에게서는 좋지 않은 냄새가 났다. 오랫동안 머리를 감지 못했다고 했었다. 나는 어딘가에서 고모가 멋지게 살아간다고 썼다. 어디에도 뿌리내리지 않은 보헤미안처럼, 남들과는 다른 예술가처럼. 에세이인지 소설인지 모를 글이었다. 내 글을 읽은 강사와 수강생들은 고개를 끄덕이며 집안마다 '그런 사람'이 한 명씩은 있기 마련이라고 했다. 한참 동안 저마다가 알고 있는 '그런 사람'들의 이야기가 이어졌다.

스페인으로 떠난다고 했을 때 아빠는 짐을 싸고 있던 내게 불안한 얼굴로 물었다.

"돌아올 거지?"

고모가 죽었다던 외국이 포르투갈이었다는 사실을 알게 된 뒤에야 그 표정이 이해가 되었다. 아마도 '너는'이라는 말이 생략됐을 것이다. 다행히 당신 자식 중에는 '그런 사람'이 없다고 생각했는데 어쩌면 한 명이 있을지도. 그것이 어쩌면 너일 수도 있겠다는 복잡한 생각이 스쳐갔겠지. 고모는 현지에서 지인들이 장을 치러주었다고 했다. 오 년간만 매장할 수 있는 묘지여서, 육탈이 끝난 유해를 화장한 후에 벽감 묘로 이장한다는 연락이 왔다고. 그러니 이장할 때 가족 대표로 참석했다가 고모의 유골함과 함께 돌아오라는 얘기였다.

"네가 언어도 되고."

스페인어와 포르투갈어는 유사하긴 하지만 분명 다르고, 스페인어마저도 아직까지 외계어처럼 들릴 때가 있었다. 아빠에게 일일이 그런 것들을 설명하지는 않았다. 시간 낭비, 돈 낭비했다는 말이 뒤따라올 테니.

"귀국할 때 들렀다가 오렴. 여비는 따로 보내주마."

용돈을 줄 테니 집에 오는 길에 마트에 들러 소주 한 병 사오라고 할 때처럼 쉬웠다. 곤궁하게 지내던 터라 여비라는 말이 반가웠다. 끊기 전 아빠가 덧붙였다.

"이제 돌아오면 너도 제대로 살아야지."

알고 있다. 제대로의 의미를. 취직하고 승진하고 연애하고 결혼하고 차를 사고 집도 사고 아이를 낳으라는 거겠지. 현재 나이에 걸맞은 위치를 획득한다 치면, 그다음은? 그것을 지키기 위해서 끊임없이 벌고 또 사들여야겠지. 서른 직전까지는 언니와 남동생 못지않게 나도 꽤 잘해왔다고 여겼다. 그러나 한번 헛디디자 걷잡을 수 없었다. 선로를 이탈해버린 기차가 된 기분이었다.

"네가 그래도 가장 가깝잖아."

이상하게도 아빠의 그 말이 자꾸 귓가를 맴돌았다. 내가 모르는 사이 나는 고모 가까이로 가고 있었구나. 통화를 마치고 후안에게 일을 그만두는 기념으로 하얀 국화를 얻을 수 있는지 물었다.

세비야에서 출발하는 야간 버스를 타고 리스본 호시우역에 도착한 건 새벽 다섯시였다. 내내 졸다 깨다를 반복하느라 정신이 멍한 가운데 허둥지둥 여행 캐리어를 끌고 내렸다. 한 손에는 후안에게 얻은 하얀 국화 꽃다발을 들고. 비가 추적추적 내리고 있었다. 버스에서 내린 사람들은 빠른 속도로 흩어졌다. 나도 서둘러 광장으로 나가 택시를 잡았다.

아빠가 보내준 문자에는 '여덟번째 언덕 위 가이보타 리버 게스트 하우스, 클라라를 찾을 것'이라고 적혀 있었다. 리스본은 일곱 개의 언덕으로 이루어진 도시다. 여덟번째 언덕이라는 게 과연 있나. 구글에 검색해도 나오지 않았고 SNS 계정도 없었다. 택시 기사도 주소를 보고는 고개를 갸우뚱거리더니 누군가와 통화를 했다.

"아 거기구나, 거기."

그러고는 나를 힐긋힐긋 바라봤다. 어스름한 광장을 지나고 좁은 골목을 통과하자 또다시 넓은 광장이 나타났다. 운행을 시작한 노란 트램이 선로 위에서 느릿느릿 움직이고 있었다. 택시는 어느덧 스페인과 포르투갈의 국경을 넘어 흐르는 테주 강을 따라 달리기 시작했다. 강을 가로지르는 커다란 다리 근방에서 택시는 멈췄다. 기사는 여기서부터는 차가 들어가지 못한다며, 오르막길을 가리키고는 걸어서 끝까지 올라가라고 했다. 동이 트고 있었지만, 흐린 날씨라서 주변이 어두컴컴했다. 그나마 빗줄기가 약해져서 다행이었다.

캐리어를 끌고 올라가기 시작했다. 아직 길에 다니는 사람은 보이지 않았고 허름한 집들이 드문드문 이어졌다. 울퉁불퉁한 돌바닥에 캐리어 바퀴 끌리는 소리가 크게 울렸다. 그러다 흙길이 나타났다. 좁은 길 양옆으로 키 큰 나무들이 서 있고, 사방에 관목과 수풀이 우거져 있었다. 풀벌레 소리와 강물 소리만이 들려 되돌아가야 하나 불안해질 무렵, 입간판이 눈에 들어왔다.

Colina Milagrosa.

기적의 언덕. 검붉은색 바탕에 흰색으로 적힌 글자가 어둠 속에서 선명하게 떠올랐다. 도전적으로 보이는 글씨였다. 입간판 너머로 이층짜리 회색 건물이 보였다. 연한 하늘색 간판에 갈매기가 그려져 있었다. 크리스마스 때나 쓸 법한 알록달

록한 전구들로 창문을 장식해놨는데, 이를 빼면 다소 삭막한 외관이었다. 서둘러 포치로 들어가 비를 피했다. 젖은 옷 매무새를 정리하며 주위를 둘러봤다. 석조 난간으로 둘러싸인 널찍한 포치에는 정사각형 나무 테이블이 서너 개 정도 놓여 있었다. 문을 열고 건물 안으로 들어서자 술병과 포도주잔이 즐비한 바가 보였다. 로비에 작은 펍을 겸하는 게스트 하우스인 듯했다. 카운터 앞을 지키던 여자가 나를 맞았다. 올려 묶은 밝은 갈색 머리에 흰 머리카락이 드문드문 섞여 있었다. 연녹색 눈동자에 청량한 미소. 나이를 짐작하기 어려웠다. 나는 스페인어와 영어 중 무엇을 사용해야 하나 망설였다. 둘 다 서툴바에야 차라리 영어 공부를 더 할 걸 그랬나. 후회하고 있는데 여자가 영어로 물어왔다.

"며칠 동안 묵을 거죠?"

"장수정입니다. 장미경씨의 조카입니다."

여자는 나를 가만히 쳐다보다 말했다.

"마이라."

이곳에서 고모는 마이라였구나. 예상대로 여자의 이름은 클라라였다. 내가 서툰 영어에 그보다 더 서툰 스페인어를 섞어 말하면, 클라라는 서툰 영어와 포르투갈어를 섞어 말하는 식으로 대화가 이어졌다. 말이 길어지면 중간중간 번역 앱을 사용해가며, 우리는 서로를 이해시키기 위해 느리게 반복해서 말했다. 클라라가 아침은 먹었느냐고 물었다. 우선 고모에게 가고 싶다고 하자 클라라는 투숙객들의 조식을 챙겨줘야 하니 기다리라고 했다.

계단을 내려가자 거실과 주방을 합쳐놓은 듯한 공간이 나타났다. 거실 중앙에는 직사각형의 기다란 나무 테이블이 놓여 있었는데 열두 명 정도는 둘러앉을 수 있는 크기였다. 구석의 소파에 한 남자가 앉아 미동도 없이 TV 화면만 바라보고 있었다. 클라라는 남자를 지나쳐 주방으로 가더니 빵과 무화과잼, 치즈, 얇은 햄 등을 꺼내 테이블 위에 늘어놓았다. 바구니에 가득 담긴 오렌지를 가리키며 착즙기로 오렌지주스를 만들어 먹을 수 있다고 설명해줬다. 시들시들한 오렌지를 먹을 마음은 들지 않았다. 뜨거운 차를 마시고 싶어 물었더니 클라라는 전기 포트를 꺼내주곤 위층으로 올라갔다. 전기 포트 안쪽에 까만 그을음이 묻어 있었다. 물에 한 번 헹구었지만 떨어지지 않았다. 물이 아닌 것을 끓이다 태운 흔적이었다. 나는 전기 포트를 그대로 두고 유리병에 담긴 우유를 컵에 따라 테이블 구석 자리에 앉았다. 접시에 말린 열매 같은 것이 담겨 있었다. 입에 넣고 보니 어딘가 익숙한 맛이었다.

두 명의 투숙객이 내려왔다. 둘 다 안색이 좋지 않아 보였다. 그들 중 한 명은 능숙하게 착즙기로 오렌지주스를 만들고 또다른 한 명은 빵을 토스터에 구웠다. 햄과 치즈를 끼워 샌드

위치를 만들곤 내 옆자리에 앉더니 자신을 리나라고 소개하며 물었다.

"처음이죠?"

난 입에 우유를 잔뜩 머금은 채로 고개만 끄덕였다.

"우리는 작년에도 왔었는데."

오렌지주스를 들고 맞은편에 앉은 이는 모니카였다. 둘이 일행인 줄 알았는데 리나는 네팔에서, 모니카는 멕시코에서 왔다고 했다. 리나와 모니카 둘 다 더이상 치료가 어렵다는 진단을 받은 뒤, 이곳을 알고 찾아오게 됐다고 설명했다. 다만 무슨 병인지는 자세히 말하지 않았다. 지난해 이곳에서 처음 만났고 약속하지 않았는데 올해 또 만났다고 했다. 내년에도 만날 수 있다면 그게 기적 아니겠냐며 동시에 웃었다. 둘은 국적이 다른데도 자매라고 착각할 정도로 닮아 보였다. 리나가 소파에 앉아 있는 남자를 눈짓으로 가리키며 속삭였다.

"또 술을 마신 것 같아요."

할말이 없어진 나는 말린 열매를 하나 더 입에 넣고 우물거렸다.

"이곳을 어떻게 알고 왔어요?"

뭐라고 대답해야 하나 고민했다. 오 년 전 죽은 고모가 머물렀던 숙소입니다. 대답할 문장을 머릿속으로 만들었다. 아무리 간단하게 축약해도, 많은 질문을 불러오겠지. 그보다 여기에 뭐가 있어 올해도 왔냐고 묻고 싶었다. 마침 클라라가 내려오더니 나가자고 해서 나는 꽃다발을 들고 따라나섰다. 여전히 하늘이 흐렸지만 비는 그쳐 있었다. 언덕을 내려온 뒤 클라라는 잠시 기다리라며 골목 사이로 사라지더니 잠시 후 검은 승용차를 끌고 나타났다. 차 안은 좁았고 좌석의 쿠션은 푹 꺼진데다 솜까지 비어져 나와 있었다. 해안가에 자리한 묘지까지는 대략 삼십 분 정도 걸릴 거라고 했다. 야간 버스에 시달린 탓인지 나는 금세 잠이 들었다. 정신을 차려보니 어느새 묘지 주차장이었다.

분묘는 흙이 아니라 하얀 자갈로 덮여 있었다. 그래야 바람이 잘 통해 육탈이 잘 이루어진다고 했다. 앞서 걸어가던 클라라가 묘석 하나를 가리키며 멈춰 섰다. *Mayra*라는 이름과 함께 생몰년월일이 음각되어 있고, *Crente*, 즉 '믿는 사람'이라는 묘비명이 적혀 있었다. 장미경이라는 이름은 없었다. 클라라가 이 밑에 묻혀 있는 유해가 고모라고 말하면 그저 믿을 수밖에 없었다. 나는 긴 여정으로 녹초가 되어버린 국화를 비석 앞에 내려놓았다. 묵념해야 하나, 절을 하는 건 아니겠지 생각하는 내게 클라라가 화장터와 이장할 벽감 묘가 바로 옆이라고 알려주었다. 나는 곧 한국에 들어가야 해서 이장을 서둘렀으면 좋겠다고 했다.

클라라는 사무실에 들러 관계자와 이야기를 나누었다. 띄엄

띄엄 들리는 단어들로 유추해본 바로는, 리스본에서 가장 큰 축제가 열릴 예정이라 한동안 이장을 할 수 없다. 아무리 서둘러도 일주일은 지나야 분묘 개장이 가능하다는 내용 같았다.

"기다렸다가 보고 갈 거죠?"

돌아가는 차 안에서 클라라가 물었다. 그제야 깨달았다. 내가 고모를 이장하는 것만 보러 왔다고 생각했구나.

"고모와 함께 한국으로 돌아갈 거예요."

클라라는 놀란 듯 물었다.

"마이라가 그걸 원할까요?"

예상치 못한 질문이었다. 나도 모르게 엉뚱한 대답을 했다.

"나는 고모를 몰라요."

서둘러 다음 할말을 덧붙였다.

"당연한 거죠."

모른다면서 확신에 찬 대답을 하는 게 모순적으로 느껴져 멋쩍었다. 클라라는 아무 말도 하지 않고 나를 바라봤다.

"선산에 자리가 있어요."

근거를 제시하듯 마지막으로 더한 말에 클라라는 긍정도 부정도 하지 않았다. 내가 무슨 잘못된 말이라도 한 걸까. 불안해져서 물었다.

"고모가 뭘 원했는데요?"

유서라든가 유언을 남긴 건가 해서 물었지만, 클라라는 대답하지 않았다. 침묵 속에 달리던 차가 멈춘 곳은 번화가였다. 나는 의아해하며 클라라를 따라 내렸다. 축제를 앞두고 있어서인지 흐린 날씨임에도 거리의 사람들은 활기차 보였다. 줄 전구가 하늘을 가로질러 설치되어 있고 분수대 옆에 화려한 꽃술로 장식한 무대가 마련되어 있었다. 그 주변에 맥주잔을 든 사람들이 무리를 지어 앉아서 공연을 기다리는 듯했다. 클라라는 성당인 듯한 건물을 가리켰다.

"마이라가 좋아하던 곳이에요."

아무 생각 없이 안으로 따라 들어갔다가 눈에 들어온 하늘을 보고 깨달았다. 지붕이 없었다. 본래 수도원이었는데, 1755년 리스본 대지진으로 무너져 벽만 남았다고 했다. 축일 아침이라 마침 성당에 모여 기도하고 있던 신자들이 참변을 당했고, 이후 발생한 화재로 닷새 동안 온 도시가 불탔다고 클라라가 설명했다. 까맣게 그을린 벽을 바라봤다. 지붕이 없는데도 거리의 소음이 들리지 않는 것이 신기하다고 생각하며. 내내 낮게 가라앉은 목소리로 설명해주던 클라라가 말을 멈추자, 사방이 고요해졌다. 문득 생각났다는 듯이 클라라가 다시 말했다.

"마이라는 아줄레주가 되고 싶어했어요."

주변 성당의 종들이 동시에 울렸다. 어느덧 오후 두시였다. 빗방울이 다시 떨어지고 있었다.

빗줄기에 거센 바람까지 더해져 우산을 써도 소용없었다. 차에서 내려 언덕으로 올라가는 그 짧은 사이 클라라와 나는 흠뻑 젖었다. 게스트 하우스 앞에 이르자 포치에 놓인 테이블 주위에 노인 세 명이 앉아 있는 모습이 보였다. 트럼프를 하는 줄 알았는데 마작이었다. 초록색 천 위에 패가 가지런히 배열돼 있었다. 하얀 장발을 올려 묶고 은테 안경을 쓴 노인은 와인을 홀짝이며, 콧수염을 정갈하게 다듬은 노인은 맥주병을 만지작거리며 마작판만 뚫어지게 바라봤다. 푸른색 스카프를 목에 두른 또다른 노인 한 명은 턱을 괸 채 생각에 잠겨 있었다. 포치 안으로 비가 들이치기 시작했는데도 신경쓰는 사람이 아무도 없었다. 푸른색 스카프의 노인과 눈이 마주쳤다. 노인이 벌떡 일어섰다. 유령이라도 본 듯했다. 그러고는 나를 가리키며 말했다.

"동풍?"

잘못 들었나 싶었는데, 노인이 재차 말했다.

"동풍이다. 지금 동풍."

서툴렀지만 분명 한국어였다. 클라라가 나와 노인 사이를 가로막고 서더니 냉정하게 말했다.

"아니에요."

클라라를 따라 건물 안으로 들어가다 흘깃 뒤를 돌아보니 노인은 계속 나를 쳐다보고 있었다. 카운터는 TV 앞에 있던 남자가 지키는 중이었다. 남자는 우리를 보자 술병 하나를 꺼내들더니 지하로 내려갔다. 남편 파블로라며 클라라는 살짝 한숨을 내쉬었다. 그리고 숙박 요금표를 내밀며 도미토리와 일 인실이 있는데, 고모가 홀로 머물렀던 방이 마침 비었다고 알려줬다. 굳이 비교해보지 않아도 여기보다 저렴한 숙소는 없을 것 같았다. 무엇보다 비까지 맞은데다 피곤해서 어서 쉬고 싶었다. 클라라가 물었다.

"일주일 동안 뭘 할 건가요?"

"여행을 다니려고요."

"리스본은 크지 않은 도시여서 며칠이면 충분할 거예요. 근교에도 가봐요."

유월 한 달은 포르투갈 전체가 축제 기간이라 박물관이나 미술관이 문을 닫고 대중교통도 운행하지 않는 경우가 많다며 클라라는 관광 안내책자와 함께 열쇠를 건넸다.

방은 이층 복도 맨 끝에 있었다. 잔잔한 꽃무늬 벽지로 도배된 방 중앙에 어두운 초록색 카펫이 깔려 있고, 발코니 창문 곁에 철제 침대와 작은 나무 책상이 놓여 있었다. 서둘러 욕실로 가서 뜨끈한 물에 샤워부터 하고 나왔다.

미경은 새로운 도시에 갈 때마다 가장 싸고 작은 방을 얻었다. 미리 한 달 치 방값을 치르고 낮에는 무작정 걸어 다녔다. 그리고 밤이 되면 책상에 앉아 노란 스탠드 불빛 아래서 고개를 수그리고 글을 썼다. 때때로 그날 인상 깊었던 풍경을 스케치해놓은 노트를 꺼내 채색 작업에 열중하기도 했다.

내 멋대로 상상해 썼던 문장들을 떠올렸다. 노곤한 몸을 침대에 눕혔다. 고모는 이곳에서 정말 무엇을 했을까. 좀더 생각을 이어가려다 잠이 들었다.

정신없이 자다가 어두컴컴한 방안에서 깨어났을 때는 새벽 두시였다. 창문이 덜컹거릴 정도로 불던 바람이 어느새 잔잔해져 있었다. 발코니 문을 열고 나가니 비는 아직 부슬부슬 내리는 중이었다. 멀리 희미한 불빛이 반짝였지만 사방이 컴컴해서 잘 보이지 않았다. 주변을 둘러보다 구석에 웅크리고 있는 하얀 형체를 뒤늦게 발견하고 흠칫 놀랐다. 새였다. 갈매기 한 마리가 배를 깔고 앉아 있었다. 갈매기도 놀란 듯 작고 까만 눈동자를 이리저리 굴렸지만, 자리를 피하지는 않았다. 가까이 다가가려는데 옆방에 불이 켜지더니 바닥에 그림자가 어른거렸다. 누군가 헛기침을 하며 발코니 문을 열고 나오는 찰나에 급히 방으로 들어가 문을 잠갔다. 숨을 죽이고 바깥에서 나는 소리에 귀를 기울였다. 한숨 소리와 담배 연기를 내뿜는 소리가 들려왔다. 낮게 웅얼대는 남자의 목소리에 이어, 여자가 새된 목소리로 화를 내는 듯하더니 흐느끼기 시작했다. 울음은 길지 않았고 이내 잠잠해졌다.

　불을 켜고 방안을 찬찬히 살펴봤다. 환한 불빛 아래에서 보니 벽지의 얼룩들이 거슬렸다. 하얀 커튼은 여러 번 세탁해서인지 잿빛에 가까웠다. 책상 앞으로 가서 앉았다. 서랍을 하나씩 열어보다가 맨 아래 서랍에서 노끈으로 묶어놓은 전단 더미를 발견했다. 검은 돌을 올려놓은 손바닥 사진이 크게 들어가 있었다. '진짜 기적을 만납니다'라는 볼드체의 문장이 다양한 언어로 쓰여 있었는데, 한국어도 보였다. 그 밑엔 좀더 작은 글씨로 게스트 하우스에 대한 설명이 적혀 있었다. 대지진에서 살아남은 생존자 후손이 운영하는 기적의 집이라는 내용이 요지였다.

　뒷면에는 '기적의 길'이라는 산책로와 게스트 하우스 전경을 찍은 사진이 여러 장 실려 있었다. 클라라와 파블로가 투숙객과 함께 원을 그리며 춤을 추거나 넓은 테이블 주변에 둘러앉아 음식을 나누는 모습이었다. 포치에 있는 테이블에도 많은 사람이 앉아 있었다. 나는 그중 낮에 본 노인 셋을 찾아냈다. 옆에 한 명이 더 있었는데, 검은 머리의 동양인 여자였다. 옆얼굴이 살짝 보였지만 사진의 크기가 작고 화질도 좋지 않아 알아보기 어려웠다. 여자는 마작판을 향해 기도하듯 고개를 수그리고 있었다. 여자를 휴대폰 카메라로 찍어 확대하면서, 나는 고모의 생김새를 떠올려봤다. 사진도 없는데다 그나마 있는 기억도 열 살 때라 아무리 더듬어봐도 고모의 얼굴이 잘 생각나지 않았다.

침대에 다시 털썩 누워 휴대폰으로 기적의 언덕에 대해서 검색해봤다. 많지는 않지만 몇 가지 정보를 얻을 수 있었다. 병을 고치고 마음의 평화를 찾았으니 꼭 들러보라는 긍정적인 리뷰와, 돈 낭비 시간 낭비라는 리뷰가 비슷한 비율로 보였다. 그중 기적의 언덕이 두 곳이니 유의하라는 내용의 리뷰가 눈에 띄었다. 한 곳은 도박장인데다가 근본도 없는 싸구려라고. 어쩌면 친척들이 수군거렸던 소문이 맞는 걸까. 이상한 종교에 빠지고 도박에 미쳤다는.

진동음이 울렸다. 잘 도착했는지를 묻는 엄마의 문자였다. 시차가 여덟 시간이니까 한국은 오전 열한시가 넘은 시각이었다. 메신저에는 확인하지 않은 메시지가 이백 개 넘게 쌓여 있었다. 실직한 뒤 직장 관련 단체 채팅방을 전부 나왔다. 헤어진 애인과 관련이 있는 모임방에서도 나왔고, 남은 건 가족들과 고등학교, 대학교 친구들이 있는 단체방 정도였다. 밀려 있는 것들 중 급하게 확인할 내용은 없었다. 엄마에게는 사정이 생겨 이장이 좀 늦어질 것 같다는 답장을 짧게 남겼다.

얇은 커튼 사이로 햇살이 쏟아져 들어왔다. 새벽에 뒤척이다 선잠을 잔 탓에 멍했다. 날이 너무도 맑아 어제의 비바람은 꿈처럼 느껴졌다. 발코니 문을 열고 나가보니 갈매기는 없고 난간은 배설물로 더러워져 있었다. 멀리 숲에서 시작돼 테주강 하구까지 이어지는 산책로가 눈에 띄었다. 전단에 소개돼 있던 기적의 길인 듯했다.

밥부터 먹은 다음 근처를 좀 돌아봐야겠다는 생각에 지하로 내려갔다. 사람이 많지 않을 줄 알았는데, 열 명 남짓한 투숙객들이 식사중이었다. 클라라는 보이지 않았다. 식사를 대강 마치고 밖으로 나서자 입구에 놓인 바구니 안에 검은 돌이 수북하게 담겨 있는 게 보였다. 전단에서 본 돌과 같은 모양이었다. 한 개당 0.5유로라는 가격표 옆에 동전을 넣는 아크릴 함이 마련돼 있었는데 삼분의 일가량이 찬 상태였다. 함의 윗면에 대지진 당시 무너지지 않았던 건물들이 헐릴 때 벽에서 나온 검은 돌들이며, 수행자들의 손을 거쳐 내려오는 동안 표면이 닳아 반들반들 부드럽다는 설명이 적혀 있었다. 하나를 집어들었다. 매끈매끈하고 윤기가 흘렀다. 기적의 값이 너무 싼 거 아닌가. 돌을 도로 내려놓자마자 다른 사람들이 다가와 몇 개씩 움켜쥐었고 금세 동이 났다. 아예 작은 가방을 가져와 돌을 쓸어담던 리나와 모니카가 반갑게 인사를 건넸다.

"산책할 거죠? 동전을 많이 준비해 가요."

그렇게 말하며 둘은 닮은 얼굴로 웃었다. 의아했지만 대화가 길어질까봐 더 묻지 않고 나도 웃어 보였다. 포치가 사람들로 북적거렸다. 서너 개의 테이블을 꽉 채운 이들 모두가 마작에 열중하고 있었다. 노인 셋은 어제와 같은 자리에서 와인과 맥주를 말없이 홀짝였다. 문득 그들 테이블에만 한 자리가 비어 있다는 걸 깨달았다. 어쩌면 고모의 자리였을까. 동풍이라는 한국어와 사진 속 동양인 여자가 마음에 걸려 말을 걸어볼까 망설이다 뒤돌아섰다.

기적의 길이 시작되는 입구에 놓인 반석 위에 허름한 옷차림의 걸인이 지팡이를 짚고 앉아 있었다. 지나가려고 하니 그가 손을 불쑥 내밀었다. 망설이던 나는 동전 하나를 꺼냈다. 동전을 준비하라고 한 게 이 때문이었을까. 비가 내린 후여서 그런지 유난히 공기가 상쾌했다. 햇볕을 받은 올리브나무와 종려나무가 잎을 반짝였다. 기적을 바라는 이들이 기도하며 천천히 걷고 있었다. 목발을 짚거나 휠체어를 타고 올라와 꽃을 바치는 이도 있었다. 함께 모여 기도하는 소리와 노랫소리가 간간이 들려왔다. 새벽에 살펴봤던 방문 후기들을 떠올렸다. 숲길을 매일 산책하다보니 자연히 병이 나은 사람도 있겠지. 어쩌다보니 일이 잘 풀리고 일시적으로 마음의 평화를 찾은 사람도 있었을 거다.

대지진에서 살아남았다는 소녀를 재현해놓은 조각상들이 보였다. 가까이에서 보니 대부분 조악하기 짝이 없었다. 조각상 앞에서 기도하는 한 남자가 눈에 띄었다. 그의 손에서 무언가 반짝였다. 남자가 지나가고 나서 확인해보니 틈 사이에 금화가 끼워져 있었다. 그는 모든 조각상마다 멈춰서서 기도하고 금화를 바쳤다.

가만히 지켜보고 있는데 뒤에서 더러운 손이 불쑥 나타나더니 금화를 빼갔다. 아까 입구에서 동전을 받던 걸인이었다. 나와 눈이 마주쳤지만 그는 뻔뻔하게도 싱글싱글 웃으며 금화를 자신의 호주머니에 넣었다. 걸인은 남자 뒤를 따라다니며 금화를 하나하나 수거했다. 뒤에서 휘파람 소리가 들려와 돌아보니 어느새 몰려든 걸인들 다섯이 동시에 손을 내밀었다. 순간 지갑을 열 뻔했으나 나는 고개를 저으며 되도록 보폭을 빨리하면서 걸어갔다. 걸인들은 자기들끼리 낄낄거리며 웃기 시작하더니 나를 둘러싸고 걸었다. 마치 포위된 듯한 모양새였다. 그들 입에서 나오는 말을 다 알아들을 수는 없었지만, 비하와 조롱이 담겨 있다는 건 알았다. 기적이 일어났다는 곳인데 왜 여기 사는 자신들은 불행하냐고 항의하듯이.

"니네들, 그렇게 하면 아무도 동정해주지 않아."

분한 마음에 한국말로 외치고는 정신없이 내달렸다. 숨이 턱까지 차올랐다. 구역질이 치밀었다. 한참을 달리고 나서야 강 하구까지 내려왔음을 알았다. 잔잔한 강물 위 윤슬이 아무 일도 없다는 듯 일렁였다. 테주강은 여기서 끝나고 강물은 대서양으로 흘러들어간다. 그러니까 강물과 바닷물이 섞이고 바다가 시작되는 지점. 강가라고도 바닷가라고도 부를 수 없는 그곳에 한 여자가 웅크리고 앉아 바구니에 돌을 주워 담고 있었다. 클라라였다.

 기적의 언덕으로 돌아가지 않고 28번 트램을 타고는 벨렝 지구에서 내렸다. 밤사이 비바람에 떨어진 자카란다 꽃잎이 길가 곳곳에 수북하게 쌓여 있었다. 무작정 걸었다. 돌바닥에 짓이겨진 보랏빛 꽃잎들을 밟으며, 어쩌면 고모는 내가 생각했던 사람과는 많이 다를 수도 있겠구나, 라고 속으로 중얼거리며.

 벨렝탑에 올라 리스본의 경치를 보고 내려와 바닷가를 걸었다. 축제를 앞두고 예술가들이 만들어놓은 돌로 된 수호성인 조각상들이 즐비했다. 이 수호성인 덕분에 일주일을 이곳에서 보내게 된 거니, 감사해야 할까. 원망해야 하나. 성인成人이 된다고 해서 성인聖人이 되는 건 아니지, 따위를 하릴없이 생각하면서 바닷바람을 맞다가 가게에 들어가 올리브 절임에 와인 한 잔을 시켜 홀짝이고 있을 때였다. 가족 단톡방에 언니가 보낸 사진이 잇따라 올라왔다. 부모님을 모시고 외출이라도 했는지 언니와 형부, 남동생과 남동생의 여자친구, 어린 조카가 함께 찍은 사진들이었다. 누나, 처제, 수정아 보고 싶다, 같이 오면 좋았을걸, 어서 와라 하는 다정한 말들이 이모티콘과 함께 잔뜩 올라왔다. 나도 보고 싶다고, 곧 만나자고 쓰고는 가장 즐거워 보이는 이모티콘을 골라 전송했다. 왠지 목이 말라 상그리아 한 잔을 주문하려는데 엄마에게서 전화가 걸려왔다.

"고모는 어떻게 됐니?"

나는 빠른 시간 안에 돌아가기는 어려울 것 같다고 설명하고는 엄마에게 물었다.

"이게 고모가 원하는 걸까?"

"이미 죽은 사람인데 뭐가 중요하겠니. 자리가 어디든."

그렇다면 그대로 두어도 괜찮은 거 아니냐고 말하려는데 엄마가 말을 이어갔다.

"니네 아빠, 꿈자리가 요즘 뒤숭숭한 것 같더라. 네 고모를 유독 아꼈잖니."

사남 일녀 중 막내였던 고모가 태어나자마자 할아버지가 돌아가셨고 장남인 아빠가 거의 딸처럼 돌봤다고 했다. 늘 고모 손을 잡고 다녔고 한눈팔거나 튀는 행동을 하면 뺨을 때리거나 엄하게 혼내기도 했다고, 친척들이 하는 얘기를 들었다. 아빠는 처음에 괘씸해했다. 내가 그렇게 아꼈는데. 하나밖에 없는 딸이고, 결혼도 안 할 생각이면 홀로 계신 어머니 곁을 지켰으면 오죽 좋았겠냐며. 지 생각밖에 할 줄 모르는 년이라고. 그 분노가 세월이 지나면서 옅어졌는지, 지금은 불쌍한 것이라며 술에 취한 밤이면 넋두리하듯 중얼거렸다.

엄마는 덧붙였다.

"고모 한이라도 풀어줘야 하지 않겠니."

난 어리둥절해져서 물었다.

"고모가 한이 있어?"

"당연하지. 결혼도 못 하고 자식도 없고 외국에서 홀로 죽었는데 한이 있지."

엄마는 확신하듯 말하곤 물었다.

"그 지인이라는 사람들은 멀쩡한 사람들이니?"

멀쩡한 사람이냐는 건, 신뢰할 만한 사람이냐는 뜻이겠지. 나는 대강 얼버무리고 전화를 끊었다.

"남긴 게 별로 없었어요. 그나마 있던 옷들도 코로나 때문에 소독하고 태웠거든요. 여행 가방 안의 짐이 전부였는데, 대부분 처분했고요."

고모의 유품이 남아 있는지 묻는 내게 했던 클라라의 대답이 새삼 의심스러워졌다. 그 말을 할 때 클라라는 어쩐지 내 눈을 피하는 것 같았다. 고모도 클라라에게 속은 건 아닐까. 그렇다면 엄마 말대로 한을 품고 있을까. 혹시 돌아오고 싶었는데 돌아오지 못한 건 아닐까.

가게에서 나와 골목을 걷고 있으니 여기저기서 정어리 굽는 냄새가 났다. 이 도시의 사람들은 수호성인만큼이나 정어리도 사랑하는 듯했다. 여러 개의 이름으로 살았다는 유명 시인의 흔적도 어디에나 있었다. 카페 앞 벤치에 그의 동상이 앉아 있고, 그 옆에서 관광객들이 사진을 찍고 있었다. 마침 자리가 나서 나도 곁에 앉아봤다. 고모는 마이라, 그 이름 하나로만 살았을까. 이 기회에 나도 이름을 하나 지어볼까. 이런 생각을 두서없이 하다가 포르투갈 여자 이름이 뭐가 있는지 검색해봤다. 헬레나, 라우라, 소피아 등등이 떴다. 이중 가장 흔하디흔한 이름을 하나 가져볼까. 언니가 다 함께 찍은 셀카를 한 장 더 보내왔다. 내 얼굴은 어디쯤 들어가면 어울릴까. 거기는 이제 밤, 다들 잘 준비를 하고 있겠지. 여기는 아직 한낮, 나는 여덟 시간 느린 곳에 있다. 다시 저 시간에 합류할 수 있을까.

한 달이 지나면 미경은 그 도시에서 더 머무를지, 떠날지를 결정해야 했다. 전자일 확률은 낮았다. 떠나야 하는 이유는 많았다. 바람이 너무 차갑거나 햇살이 너무 뜨거웠다. 물가가 비싸고 음식이 입에 맞지 않았다. 골목을 걷다가 쇼윈도에 비친 자기 모습이 마음에 들지 않아서일 때도 있었고 사람들이 잘 웃지 않아서일 때도 있었다. 혹은 정확한 이유는 모르겠지만 왠지 불편하고 서걱거리는 기분이 들기 시작하면 짐을 쌌다. 정착이나 안정을 바라지는 않았다. 미경은 자신이 무엇을 원하는지 몰랐다. 발코니에 새가 흘리고 간 깃털 하나를 주워 들고는 미련 없이 다음 도시로 떠났다.

클라라는 매일 바빴다. 축제 날이 가까워지면서 게스트 하우스가 더 북적였다. 조식을 준비하고 마작꾼들에게 술을 팔고 투숙객들에게 기적을 팔았다. 강 하구로 내려가 돌을 날랐고 기름으로 윤이 나게 닦았다. 기적의 돌이 많이 팔려서인지 조식도 풍성해졌다. 오렌지가 싱싱해서 나도 주스를 만들어 마셨다. 신선한 채소로 만든 샐러드를 그릇에 가득 담았다. 복잡할 건 없었다. 축제만 끝나면 고모를 화장해서 유골함에 넣어 데려가면 된다. 클라라는 첫날 고모가 원했겠는지를 물었을 뿐 그 이후로는 언급이 없었다. 반대하지도 않았다. 사실 그럴 권리도 없지만. 괜한 질문을 던져서 심란하게 만들다니, 어쩌면 고도의 수법인지도 모른다. 사기꾼들은 사람의 감정을 다루는 데 능숙할 테니까.

나는 마작을 두고 있는, 아니 그저 마작판 앞에 앉아만 있는 노인들을 되도록 피해 다녔다. 노인들은 매일 아침 가장 먼저 도착해 같은 자리에 앉아 마작 패를 섞어 늘어놓았다. 빈자리 앞까지. 게임을 하지는 않았다. 어느 날은 책을 들고 와서 읽는가 하면, 졸고 있기도 했다. 다른 테이블에서는 탄식이나 기쁨의 환호성이 종종 터져나왔지만 그들은 그저 조용히 시간을 보내고 있었다. 아니, 내가 보기에는 시간을 버리고 있었다.

나도 바빴다. 포르투갈의 대표적인 관광지들, 사람들이 가장 많이 찾는 곳을 부지런히 돌아다녔다. 가장 맛있다는 에그

타르트를 사기 위해 웨이팅을 하고, 포르투에서 와이너리 투어를 하고, 렐루 서점에 가서 해리포터 수첩을 사고, 카스카이스 해변에 가서 멋진 노을을 보고, 동화에 나올 법한 페나성을 방문했다. 성실하게 사진을 찍어서 SNS에 올렸다. 부럽다든가 이제 그만 돌아오라든가 하는 댓글에 좋아요를 누르고 답글을 달았다. 오늘은 세상의 끝이라 불리는 호카곶에 가기 위해 호시우역에서 기차를 타고 신트라에서 내려 우르르 몰려가는 사람들을 따라 버스를 탔다. 대서양에서 불어오는 거센 바람에 머리카락이 마구 날렸다. 커다란 기념탑 앞에 줄을 서서 기다려 간신히 사진 한 장을 찍었다. 탑에는 위대한 시인의 글귀가 새겨져 있었다.

여기 땅이 끝나는 곳, 다시 바다가 시작되는 곳.

저 바다 너머에 또다른 대륙이 있다는 것도 모르고.

기념관에 돈을 지불하자 호카곶을 방문했다는 증거로 붉은 인장이 찍힌 증명서를 발급해줬다. 바다를 배경으로 증명서를 들고 사진을 찍어 SNS에 올리고 나니 할일을 다 마친 듯 허탈했다. 매점에서 돌아갈 버스를 기다리며 올라오는 댓글에 답글을 달다가, 언팔해버린 전 남자친구나 전 직장 동료들의 계정을 살펴봤다. 그들이 올리는 행복한 모습 뒤에도 지금의 나처럼 어두운 이면이 있을 거라고 생각하면서도, 가슴 한쪽이 서늘해졌다. 전 남자친구의 피드엔 함께 자주 가던 단골 카페 사진이 올라와 있었다. 작은 새 모양의 풍경이 달린 창가 앞자리. 내가 좋아하던 자리다. 누군가의 계정이 태그되어 있었다. 얹힌 것 같고 토하고 싶은 기분이 들었는데, 아마도 바람을 잔뜩 맞았기 때문일 거다.

기차에서 내리자 역 앞에서 전단을 나눠주고 있는 사람이 보였다. 낯익은 뒷모습은 클라라였다. 나는 기둥 뒤에 몸을 숨기고 클라라를 지켜봤다. 전단을 받아든 사람들 대부분은 버리고 갔지만, 몇몇은 곱게 접어 챙겼다. 홀로 이 역에 여행자로 도착했을 고모가 떠올랐다. 아마도 역에서 클라라가 주는 전단을 받아 들었을 거다. 영혼이 맑아 보인다든지, 근심거리가 있어 보인다며 클라라가 말을 건넸겠지. 그러니까 고모는 피해자였을지도 모른다. 나는 마침 지나치던 사람이 바닥에 버리고 간 전단을 주워 들었다. 방에서 발견했던 것과 같았다. 그때 누군가 불쑥 말을 걸어왔다.

기적을 믿으십니까.

말쑥하게 양복을 차려입은 남자였다. 관심 없어요. 나는 손사래를 치며 자리를 옮겼다. 그 사람은 우리의 기적은 그 기적과는 다르다며, 내가 들고 있는 전단을 가리켰다. 그러더니 다른 전단을 건넸다. 가짜 기적에 속지 말라는 경고가 인쇄되어 있었다. 산타 호텔로 가는 셔틀버스가 역 앞에 대기하고 있으니 언제든 구원이 필요하면 찾아오라고 했다.

전단에 있는 큐알 코드를 찍어 링크를 클릭하자 유튜브 영상으로 연결됐다. 산타 호텔에서 바라본 풍광과 새로 정비한 기적의 길, 꺼지지 않고 불타는 초, 호텔을 방문한 사람들의 증언 등등을 편집한 영상이었다. 역 벤치에 앉아 정신없이 들여다보고 있는데 누군가 내 옆자리에 앉았다. 클라라였다. 언제부터 나를 지켜보고 있었을까. 나는 놀라지 않은 척하며 전단을 숨겼다.

"같이 시장에 갈래요? 돈이 많이 팔려서 두둑해요."

클라라는 묘하게 신이 나 있었다. 아무것도 눈치채지 못한 것 같았다. 클라라가 데려간 곳은 수산물 시장이었다. 우리는 소금에 절인 대구 여러 마리와 각종 해물을 샀다. 싱싱한 오렌지와 신선한 채소, 그리고 테이블에 장식할 약간의 꽃도. 짐을 들고 가다가 노상 식당 앞에 멈춰 섰다.

"우리 뭐 먹고 갈까요?"

클라라가 정어리를 올린 옥수수빵 두 개를 주문했다. 나는 맥주 한 잔을, 클라라는 탄산수를 시켰다.

"종종 마이라와 함께 장을 보고 나서 여기 들르곤 했어요."

나는 말없이 맥주를 들이켰다. 클라라가 빵을 크게 베어먹고는 물었다. 날씨가 참 좋지 않냐고 묻듯 가볍게.

"그 사람이 자신들은 진짜라고 하던가요?"

나를 보고 있었구나. 그럼 그렇지. 이제 속내를 드러내려는 것 같았다. 내가 말없이 있자 클라라는 자문자답하듯 말을 이어갔다.

"신의 기적이라는 것은 어떻게 보면 참 가혹해요. 기적이 필요하다는 건 불행하다는 건데, 그렇다면 불행한 일을 겪어야 그 기적이 있다는 걸 증명할 수 있는 거잖아요. 고요와 평온이 계속되는 한은 일어나지 않는 일이에요. 기적이 일어나려면 그만큼 현재가 고통스러워야 한다는 게 전제조건인 거죠. 그런데 간혹 나와 우리 가족만은 언제 닥칠지 모르는 불행을 피하게 해달라고 기적을 비는 사람들이 있어요. 지금의 부와 명예와 안온을 변함없이 유지하게 해달라고요. 대지진이 일어났을 때 무사했던 유일한 장소는, 가장 가난한 사람들이 모여 살던 언덕이었어요. 지금 그들이 진짜 기적의 언덕이라고 부르는 곳이죠. 그곳에 살던 이들은 주로 몸을 팔던 여자들과 포주였어요. 살아남은 뒤에 그들이 무슨 일을 했을까요? 살아남았어도 여전히 가난하니, 그 여자들은 또다시 같은 일을 했을 거예요. 그렇다면 포주들은요? 계속 여자들을 착취했겠죠. 나도 그 언덕 위에 살았어요. 태어나보니 살고 있었어요. 엄마 아빠도, 할아버지 할머니도, 증조부모도. 그 이전까지는 모르겠지만요. 우리 가족들은 대대로 가난했고 쭉 그곳에 살았어요. 그러니 어쨌든 살아남은 자들의 후손인 거죠."

늘 천천히 말하던 클라라의 목소리가 점점 빨라져서 나는 번역 앱을 켰다. 그러니까 결국 진짜 기적의 언덕은 거기라는 이야기였다. 나는 현혹되지 말아야겠다고 생각하고, 냉정을 유지하며 물었다.

"돌은 확실히 가짜잖아요?"

클라라는 한숨을 내쉬더니 맥주 한 잔을 주문했다.

"마이라와 나는, 우리는 헤어졌다 만난 자매 같았어요. 리나와 모니카처럼요. 그리고 동업자이기도 했죠. 마이라는 내가 지금의 건물에 세를 내고 게스트 하우스를 열었을 때 방문한 첫 손님이었어요. 가장 저렴한 숙소를 찾아온 장기 투숙객. 기적의 돌을 처음 고안한 것도 마이라였어요. 게스트 하우스를 유지하기 위해서는 특별한 것이 필요할 것 같다며, 저를 강가로 데려갔어요. 사람들은 보이지 않는 기적을 마냥 기다리기에는 인내심이 부족해서, 당장 손에 잡히는 것이 있어야 한다고. 우리는 좀더 갖기 쉬운 기적을 팔자고 말이죠."

그렇다면 사기꾼은 클라라가 아니라 고모라는 이야기인가. 아니다. 클라라는 그저 고모를 이곳에 묶어두고 싶은 거다. 그래서 이런 식으로 나의 마음을 떠보는 거다. 내 눈을 흐리게 하려는 거다. 속으면 안 돼. 정신을 바짝 차려야 한다. 나는 한 가닥의 기대를 안고 물었다.

"혹시 고모가 글을 쓰지 않았나요? 다른 꿈은 없었나요?"

"그게 중요해요?"

"적어도 가족을 떠나고 나라를 떠나 이런 곳에 홀로 왔다면, 하고 싶었던 것이 있었을 것 같아서요. 아무것도 안 하면서 인생을 낭비하진 않았겠죠."

클라라는 다시 느려진 속도로, 천천히 또박또박 대답했다.

"마이라는 아무것도 하지 않은 적이 없어요. 많은 것을 했어요. 같이 돌을 나르고 닦는 걸 도와줬어요. 햇살이 좋은 날이든 비바람이 부는 날이든 손이 곱도록 추운 날이든 하루에 세 시간은 꼭 마작을 했어요. 사람들에게 마작을 가르치고 파블로와 술친구도 해줬죠. 돈이 어느 정도 모이면 훌쩍 여행을 다녀왔어요. 병에 걸렸을 때는 몸에 좋은 것들을 찾았죠. 누구보다 간절히 살고 싶어했어요."

클라라는 추억에 젖어 자랑스럽다는 듯이 말했다. 내 얼굴이 점차 어두워지는 것은 보지 못한 듯했다. 친척들의 말이 모두 옳았다. 나는 기대했었다. 고모가 책 한 권이라도, 그림 한 장이라도 남기지 않았을까 하면서. 내가 썼던 에세이도 소설도 아닌 글 속의 고모처럼. 그러나 결국 고모는 인생을 헛살았다. 친척들은 이제 명절이면 고모에 이어 나에 대해 이야기할 것이다. 집안에 '그런 사람'은 하나씩 있다는 말로 시작하겠지.

미경은 기적의 도시에 도착했다. *만약 갈매기가 와서 리스본의*

하늘을 내게 가져다준다면…… 밤이면 골목마다 파두가 흘러나왔다. 이번 도시는 어딘가 다를 것 같았다. 아줄레주 때문일까. 스페인에서도 본 적이 있는데, 이곳의 아줄레주는 왠지 다르게 느껴졌다. 골목 어디서나 만날 수 있는, 하늘과 바다를 닮은 코발트블루빛이 미경은 좋았다. 그러다 부러워졌다. 주석 유약을 칠해 타일 하나하나에 그린 그림, 하나일 땐 아무것도 아닌 타일들이 모여서 완전해지는 그림이. 미경도 작고 아름다운 돌이 되어 불편함 없이 딱 들어맞는 곳을 찾고 싶었다.

다음날. 클라라를 볼 엄두가 나지 않아 조식을 거르고 곧장 밖으로 나갔다. 트램을 타고 호시우역에 내렸다. 교외라도 나가볼까 해서 기차 시간표를 살펴보고 있는데 사람들이 줄을 서 있는 모습이 보였다. 나도 그 뒤에 따라 섰다. 이윽고 버스 한 대가 도착했다. 산타 호텔로 가는 셔틀버스였다. 버스에서 내린 사람은 어제 만났던 말쑥한 차림의 남자였다. 사람들을 따라 버스에 올라탔다. 기사가 명랑한 얼굴로 맞았다. 버스 안은 쾌적했고 흥겨운 음악이 흘러나오고 있었다. 승객들도 밝은 표정이었다. 버스는 언덕 위를 오르기 시작했다. 일곱번째 언덕, 진짜 기적이 일어난 언덕이었다.

"운이 좋네요. 방이 하나 남아 있어요."

산타 호텔 지배인은 카운터에서 방 열쇠를 내밀며 말했다.

하룻밤 숙박비가 가이보타 게스트 하우스 일주일 치 방값보다도 비쌌다. 잠시 망설였지만, 이제 곧 돌아가니까 그전에 호사를 좀 누리기로 마음먹었다.

"저녁에 호텔 광장 앞에서 축제가 열릴 거예요."

열쇠를 받아들고 직원의 안내를 받아 엘리베이터를 탔다. 배정된 방은 풀 빌라였다. 비치된 수영복으로 갈아입고 바다를 닮은 파란빛 타일로 만들어진 수영장에 들어갔다. 물이 차가울 줄 알았는데, 온수가 나오고 있었다. 몸을 담근 채 난간 너머로 고개를 내밀고 아래를 내려다봤다. 강과 바다, 도시의 풍광이 아름답게 펼쳐졌다. 잿빛 건물은 보이지 않았다. 연한 파스텔 색조로 산뜻하게 칠한 유럽식 주택의 주홍색 지붕들 너머로 끝없는 대서양이 넘실거렸다.

야외 테이블에 앉아 룸서비스로 주문한 샌드위치와 뜨끈한 수프를 먹었다. 갈매기들이 하늘 위를 빙빙 맴돌았지만 다가오지는 않았다. 게스트 하우스 발코니에서 간단히 요기를 할 때는 몇 번이나 버터나 빵을 물고 달아난 적이 있어서 경계해야 했는데. 테이블 근처에 경고 문구도 붙어 있었다. 갈매기에게 먹이를 주지 마십시오. 한 번 주면 또다시 찾아옵니다. 그런다고 다가오지 않을 녀석들이 아닌데. 그런 생각을 하다 문득 깨달았다. 야외라고 생각했는데 자세히 보니 주변이 투명한 유리로 되어 있었다. 몇 번 머리를 부딪힌 경험으로 더이상 오지 않게 되었겠지. 나는 이리저리 보기 좋은 각도를 찾아 셀카를 찍어 SNS에 올렸다.

 밖으로 나가 산책로를 걸었다. 대지진에서 살아남은 소녀의 조각상이 입구에 세워져 있었다. 아주 정교하고 커다랬다. 실물로 착각할 정도로. 하늘을 향해 우뚝 솟은 사이프러스나무가 넓고 잘 닦인 길 양쪽으로 촘촘하게 심겨 있었다. 잡초 없이 단정한 잔디밭에는 온갖 꽃들이 색색별로 나뉘어 곱게 피었다. 산책로 곳곳의 스피커에서 마음을 편안하게 해주는 음악이 흘러나왔다. 외부인 출입이 금지되어 있어 걸인들이 달려들지도 않았다. 이곳의 기적은 쾌적하고 안전했다.

 산책을 마치고 돌아가던 길에 호텔 로비에 마련된 기념품 매장에 들렀다. 미니어처로 제작된 소녀의 조각상이 비싼 가격에 판매되고 있었다. 축제에 참여하려면 초를 사야 하는데, 오랜 시간 타는 초일수록 더 비싸다고 했다. 나는 망설이지 않고 가장 길고 심지가 굵고 튼튼해 보이는 초를 샀다.

 방으로 돌아와 향긋한 냄새가 풍기는 포근한 침대에 누워 잠시 낮잠을 잤다. 일어나니 몸이 가뿐했다. 요란한 환호 소리가 들려와 밖을 내다보니 호텔 앞 광장으로 사람들이 모여들고 있었다. 어느새 서쪽 하늘이 오렌지빛과 연한 장밋빛이 섞인 석양으로 물들었다. 초를 챙겨 광장으로 나갔다. 사람들의 얼굴은 밝고 충만해 보였다. 지배인이 반가워하며 포도주 한 잔을 건네고 초에 불을 붙여주었다. 포도주는 달고 독했다. 뜨듯한 기운이 온몸에 퍼졌다.

기적의 소녀상 아래에 화로가 놓여 있었다. 나는 사람들을 따라 기도한 뒤 화로에 초를 던졌다. 한 사람 한 사람 던져 넣을 때마다 사람들은 서로를 축복했다. 그러고는 하나둘 손을 잡아 원을 만들더니, 다 같이 춤을 추며 돌기 시작했다. 나도 서둘러 누군가의 손을 잡았다. 불 때문인지 포도주 때문인지 얼굴이 자꾸만 달아올랐다.

사람들이 많아지면서 원이 넓어져 자연스레 소녀상과 화로에서 멀어졌다. 그러자 그 앞으로 가까이 가려는 사람들로 인해 원이 좁아졌다. 몇몇이 손을 놓치고 원에서 이탈했다. 간신히 양옆 사람 손을 부여잡고 버티던 나는 누군가 엉덩이를 들이밀고 끼어들어 오는 바람에 그만 손을 놓치고 원 밖으로 밀려났다. 오기가 나서 나는 서로를 붙잡고 있는 누군가의 손을 잡아떼고 그 사이로 비집고 들어갔다가, 도로 밀려났다. 몇 번이고 원으로 들어가려고 시도했으나 자꾸 튕겨 나갔다. 한번 더 시도해보려고 했는데 누군가 비명을 지르며 넘어지는 소리가 들렸다. 아이 목소리 같았다. 얼굴이 불에 덴 듯 뜨거웠다. 더이상 그 원에 들어가려 애쓰지 않고 원 밖에서 사람들을 바라봤다. 그들은 마치 기적이라는 보이지 않는 거미줄에 포획된 먹이처럼 보였다.

나는 달아오른 얼굴을 식힐 겸 호텔 밖으로 걸어나갔다. 비좁은 골목길을 내려갔다. 노숙자들이 누워서 자고 있었다. 비린내와 지린내가 풍기는 거리를 걷다보니 클라라와 함께 갔던, 고모가 좋아했다던 수도원에 이르렀다. 안으로 들어가자 여전히 지붕이 없는데도 고요했다. 지진에도 무너지지 않았다는 벽에 몸을 기댄 채 갈색 고양이 한 마리가 자고 있었다. 나도 그 곁에 털썩 주저앉았다.

또다시 밀려났다. 선로에서 벗어난 기분이었다. 누구도 실망하게 하고 싶지 않았다. 고모처럼 괴담의 주인공이 되고 싶지도 않았다. 나는 쭉 두려웠다. 고모처럼 될까봐. 평생 헛수고하는 삶을 살게 될까봐. 그래서 아마도 고모가 헛수고한 게 아니라는 걸 증명하기 위해 이야기를 만들어냈는지도 모른다. 나만은 고모를 이해할 수 있으리라 여기며. 다른 사람들이 괴담을 만들고 있었다면, 나는 신화를 바랐던 거다. 고모가 좋은 사람이었기를, 소문과는 다른 삶을 살았기를, 속물들과는 다른 꿈을 이루었기를 말이다. 물질과 삶에 집착하는 보통 사람들과 달리 실은 의연하게 죽음을 맞이했다는 이야기를 듣고 싶었다. 그러니까 결국 나도 고모가 다른 선로 위를 달렸으면 했던 거다. 고모는 선로가 아닌 자신의 길에서 달리는 사람이었는데. 여전히 얼굴이 뜨거웠다.

날이 밝기도 전에 게스트 하우스로 돌아갔다. 카운터에 서 있던 파블로가 웬일인지 반갑게 웃어 보였다. 좋은 냄새가 풍겨왔다. 주방으로 내려가자, 클라라가 커다란 냄비를 국자로 휘젓고 있었다. 클라라는 나를 보더니 아무것도 묻지 않고 한 그릇 가득 음식을 담아주었다. 해물 밥이었다. 같이 장을 봤던 대구와 새우, 홍합 같은 것들이 잔뜩 들어가 있었다. 천천히 한 숟갈을 떠서 먹었다. 따뜻했다. 내가 먹는 동안 클라라는 옆에서 반죽을 치대고 있었다. 그릇을 비워갈 즈음 앞자리에 앉더니 클라라가 물었다.

"어땠어요?"

나는 마지막 한 숟갈까지 싹싹 긁어 삼키고는 말했다.

"아주 쾌적했어요. 푹 잤어요."

클라라가 웃으며 말했다.

"마이라도 딱 그런 얼굴을 하고 돌아왔었어요."

그러고는 자리에서 일어나더니 말했다.

"사실은 버리지 않은 게 있어요. 거짓말을 했어요."

나는 어리둥절하면서도 내심 조금 기대했다. 혹시 유산 같은 걸까.

클라라가 내민 것은 손때가 묻고 너덜너덜해진, 두터운 노트였다. 펼쳐보자 날짜별로 숫자가 빼곡하게 기록되어 있었다. 마작의 승부와 그날의 족보를 기록해놓은 것이었다. 간혹 한자가 보였다. 해저로월海低撈月이나 동남서북東南西北 같은.

고모는 그림도 못 그렸네요.

나는 우스꽝스럽게 갈매기가 그려진 페이지를 발견하곤 말했다. 점수의 총합이 가장 형편없는 날이었다.

"마이라는 갈매기가 빵을 물고 날아가면 끝까지 뛰어갔어요. 마치 잡을 수 있다는 듯이. 그러다 결국 욕설을 내뱉으며 돌을 던졌죠."

클라라가 그리운 듯한 얼굴로 말했다. 어이 없어하는 내 표정을 읽었는지 클라라가 유쾌하게 말했다.

"마이라가 자기 것을 뺏겨도 아무것도 하지 않는 사람이길 바란 건가요?"

전단에서 봤던 사진도 있었다. 화질이 선명해 고모의 얼굴이 잘 보였다. 마작판을 향해 고개를 수그린 옆얼굴. 분명 웃고 있었다. 아빠와 닮아 보이지는 않았다. 노트를 받아들고 계단을 올라가는 나를 클라라가 불렀다.

"수정, 내일이에요."

나는 뒤돌아보고 고개를 끄덕였다.

"리나와 모니카도 따라간대요."

우리는 내일 그 좁은 차에 구겨지듯 들어가 고모를 만나러 갈 것이다. 믿는 사람. 고모의 묘비명이 떠올랐다.

"마이라는 무엇을 믿었나요?"

클라라는 천천히 대답했다. 언제나처럼 포르투갈어와 영어를 섞어서.

"삶을 믿었죠. 자신의 의지와 선택이 빚어낸 결과를, 간혹 주어지는 행운과 우연과 운명이 얽혀 일으키는 기적 같은 일을. 불행이 계속되어도 때때로 웃을 수 있는 순간이 찾아오는, 한마디로 설명할 수 없는 불가해한 삶을."

번역 앱을 켜지 않고 내가 알아들을 수 있는 단어들로만 유추하려다보니 완전하진 않았지만, 무슨 말인지 알 것 같았다.

"오늘은 파블로가 좋아 보여요."

나는 클라라에게 말했다.

"가끔은 이런 날도 있는 거죠."

클라라는 심상하게 대꾸하고 다시 반죽을 치대기 시작했다. 조식을 먹으러 오다가 마주쳤는지 리나와 모니카가 시끌벅적하게 웃으며 동시에 내려왔다. 밝게 웃으면 닮은 얼굴이 되는 그들처럼 클라라와 고모도 닮은 얼굴로 웃었을까.

포치로 나가자, 노인들이 막 도착해 자리를 잡고 있었다. 나는 빈자리에 가서 앉았다. 고모의, 아니 마이라의 자리에. 노인들은 놀라지 않았다. 자연스럽게 주사위를 던져 순서를 정하고 마작 패를 늘어놓았다. 푸른 스카프를 한 노인은 천천히 게임 규칙에 관해서 설명해줬다.

"마작에서 동남서북은 바람의 순서와 방향을 뜻하지. 마이라는 아직 동풍일 때 떠났어."

노인은 동남서북과 동풍이란 단어를 한국어로 말했다.

"마작이란 잘 버리는 게임이야. 주어진 것을 받아들이고 내가 원하는 그림이 완성될 때까지 계속해서 패를 받고 버리는 거야. 아무리 선택을 잘하려 노력해도, 운이 나쁘면 완성하지 못해. 그러면 아쉬워하고 자책도 하다가 욕하고 술도 마시고 다시 바람이 바뀌면 패를 돌리기 시작하는 거지. 바람은 계속되니까."

나에게 들어온 패를 꼭 쥐었다. 매끈매끈하고 차가웠다. 그리고 각진 모서리. 이거였구나. 어릴 때 호주머니에 넣고 만지작거리다 어느 순간 사라져버렸던 그 물건이. 버릴까 말까를 고민하다 어이없어 피식 웃었다. 내가 웃는 얼굴은 누구를 닮았을지 궁금해졌다. 오른뺨은 이제 막 떠오르는 해로 따뜻했고, 왼뺨은 바다에서 불어오는 바람 때문에 시원했다. 실바람이 불어오자 앞머리가 살랑거렸다. 자카란다 꽃잎이 보랏빛 나비처럼 어디선가 날아와 마작판에 내려앉았다. 동풍이 곧 끝난다. 상관없다. 다시 남풍이 불어올 테니까.

해가 잘 드는 방이었다. 미경은 매번 햇살에 눈이 부셔 깨곤 했다. 그날도 그랬다. 그런데 어딘가 달랐다. 작은 방을 둘러보았지만 아무것도 변하지 않았다. 다만 어딘가 아귀가 맞지 않는 조각처럼 불편했던, 책장에서 비어져 나온 책을 보듯 불안했던, 여기가 아닌 것 같아서 외로웠던, 평생을 떨쳐내지 못할 것 같았던 그 기분이 사라졌음을 느꼈다.

미경은, 아니 마이라는 여전히 기적을 만나지 못했다. 다만 믿는 사람들을 보았다. 기도하다 돌바닥에 짓이겨진 무릎을, 냉소와 비웃음에도 흔들리지 않는 눈빛을. 그들은 헛수고처럼 보이는 시간을 아까워하지 않았다. 만일 기적이 있다면, 산책할 때마다 마이라는 기도하듯 중얼거렸다. 돌아가고 싶지 않아. 다시 돌아가고 싶지 않다고.

---

* 해저로월海低撈月: 바다 밑에서 달을 건져올린다는 뜻으로, 되지도 않을 일을 하며 헛수고만 한다는 의미로 쓰인다. 마작에서는 마지막에 들어온 패로 조합이 완성되어 승리했을 때를 일컫는데 그만큼 희박한 확률의 기적을 의미한다.

속삭이는 깃발들

커피를 쏟고 말았습니다. 노트북 자판 위에요. 엄마와 성지순례를 갔던 바티칸에서 구매한 모카 포트로 막 내린, 아주 뜨거운 에스프레소였지요. 그 핑크색 맥북을 당신도 본 적이 있을 겁니다. 내가 리마에도 가지고 갔었으니까요. 전원이 꺼진 맥북을 품에 안고 AS 센터로 달려갔어요. 애플 센터를 찾아가기 위해 버스로 한참을 이동해야 했습니다. 직원은 제조 연월일을 확인하더니 세척만 해주고는 말했습니다. 여기에 돈을 쓰는 건 무의미해요. 도저히 가망이 없는지를 한번 더 확인하며 나는 덧붙였습니다. 이거 오래된 거예요. 그러자 직원이 무심히 대꾸하더군요. 그러니까요.

건조를 끝낸 맥북의 전원을 누르자, 다행히 부팅됐고 자판도 아직은 멀쩡했습니다. 직원은 서서히 기능을 상실하다가 멈출 거라고 하더군요. 어느 날 갑자기 스페이스 바가, 엔터 키가, 자판이 하나둘 눌리지 않을 거라고. 커피는 ㅁㄴㅇㄹ 쪽에 집중적으로 쏟아졌어요. 엄마라든가, 마음이라든가, 믿음이라든가 하는 말들을 더이상 쓸 수 없는 순간이 오겠죠. 마이라, 당신의 이름도요. 그리고 사랑이라는 말도요.

엄마가 꼭 그랬습니다. 청력을, 시력을, 기억을, 언어를 하나씩 잃어갔어요. 엄마는 정신이 돌아올 때마다 당신의 안부를 물었습니다. 나는 알아보겠다고만 대답하고는 당신의 소식을 전하지 않았습니다. 어차피 그때뿐이니까요. 아무것도 기억하지 못할 테니까요. 센터 직원은 노트북에 있는 모든 데이터를 백업해두고 앞으로 중요한 작업은 하지 않는 게 좋을 거라고 했어요. 나는 어느 날 돌연 전원이 켜지지 않을 수도 있는 노트북으로 무엇을 할 수 있을지 생각했습니다.

언젠가 당신은 나의 학창시절이 어땠는지 물었지요. 나는 수업시간에 공부를 열심히 하지도 그렇다고 졸지도 않는 학생이었어요. 다만 편지를 썼습니다. 옆자리 친구에게, 짝사랑하는 사람에게, 아빠라고 상상되는 인물에게. 너무 가까워서 혹은 멀리 있어서, 알지 못해서 전할 수 없는 이야기들을 적었지요. 보내지 못한 편지나 상대방이 보내온 답장을 오랜만에 꺼내 볼 때마다 창피해졌어요. 나는 왜 그런 마음들을 굳이 편지로 남기려 했던 걸까요.

한때는 정성껏 옮겨 적었지만 이제는 좋아하지 않는 유치한 시구절에 대해서도 생각했지요. 당시에는 마음을 움직였던 문장들이 지금은 왜 아무 힘도 발휘하지 못하는지 궁금해하면서.

당신은 내가 편지를 썼던 사람 중에 아마도 가장 멀리 있는 존재일 겁니다.

마이라, 당신은 어디쯤 있습니까?

형지는 여기까지 쓰고 일어나 창밖을 내다보았다. 어스름이 밀려오는 광장에 깃발을 든 사람들이 하나둘 모이고 있었다. 기차역과 버스터미널을 기점으로 펼쳐지는 커다란 부채꼴 모양의 광장이었다. 충청남도에 있는 공주시로 들어서기 위해서는 누구든 이 광장을 지나야 한다.

형지에게 기억이랄 것이 생기기 시작한 무렵부터 엄마는 만두를 팔았다. 언제나 엄마와 형지 둘뿐이었다. 만둣가게는 광장 입구에 자리잡고 있었고, 형지와 엄마는 가게 이층에서 살았다. 지금처럼 창밖을 내다보면 광장을 지나가는 사람들의 표정까지도 볼 수 있었다. 창문을 닫아도 들리는 기차와 버스 소리, 택시 기사들이 호객하는 소리, 떠나거나 돌아오는 발걸음소리. 광장의 소음 속에서 형지는 자랐다.

형지는 노트북을 잠시 바라보다가 전원을 끄고는 도라지 꿀차를 담은 보온병과 방석을 챙겨 가게로 내려갔다. 영업을 중단한 가게 안은 어수선하고 음산하기까지 했다. 부동산에 내놨지만 아직 보러 오는 사람이 없었다. 업소용 냉동고를 열었다. 엄마가 틈틈이 정리해둔 덕분에 처리할 짐이 거의 남아 있지 않았다. 유일한 큰 짐은 무슨 생각으로 빚은 건지, 언제 빚은 건지 모를 수십 개의 만두였다. 채소와 고기를 잔뜩 넣은 왕만두와 설날 연휴에 떡국용으로 인기가 많았던 김치만두가 잘 포장된 채로 냉동고 안을 꽉 채우고 있었다. 형지는 아침마다 만두를 몇 개씩 꺼내놓고 배고플 때마다 집어먹는 것으로 끼니를 해결했다. 밖으로 나오자 비닐로 덮여 있는 커다란 찜기가 눈에 들어왔다. 언제 다시 덧칠했는지 낡은 간판에 빨간 궁서체로 적은 상호가 반들반들 윤이 났다. 성자 손만두. 류성자, 엄마의 이름을 따서 지은 것이었다.

지난겨울 엄마의 간병을 위해 형지가 한국으로 돌아왔을 때, 사람들이 광장에 모이는 일은 당연해져 있었다. 요양원에서 대부분의 시간을 보내다가 가끔씩 집에 들를 때마다 집회 행렬과 마주쳤다. 형지가 광장에 합류한 건 상을 치르고 난 이후였다. 발인을 마치고 집에 돌아와 잠이 든 형지는 어둠 속에서 구호 소리를 듣고 깨어났다. 그때는 사람들이 광장에 모여야 했던 이유가 모두 해결되어 사라진 뒤였다. 그럼에도 사람들은 저녁마다 버릇처럼 역광장으로 모여들었다. 시간이 지나면 수가 줄어들 줄 알았는데, 늘지도 줄지도 않았다. 항상 부채꼴 모양의 광장에 꼭 맞게 찰 정도로만 모였다. 왜? 아직도?라는 의문을 가진 채 형지는 그날 밤 대강 옷을 걸치고 깃발들이 모여 있는 그곳으로 갔다. 그렇게 매일 저녁 광장으로 나가기 시작한 지 일주일째였다. 광장에 도착하면 형지는 깃발들 사이를 걷다가 그나마 괜찮은 문구가 적힌 깃발 앞에 자리를 잡았다. 아직까지 완전하게 마음에 드는 문구는 발견하지 못했다. 그래서 최대한 어중간하게, 어느 깃발과도 가까워지지 않게 위치하려고 애썼다.

형지는 가게에서 등을 돌려 걸었다. 삼월 중순인데도 아직 찬 바람에 손이 시렸다. 핫팩 하나를 꺼내 흔들자 뜨끈한 온기가 조금씩 번졌다. 걸음을 멈춘 건 어릴 때 엄마와 함께 다니던 성당 앞에 다다라서였다. 그사이 리모델링을 해서 깔끔해졌지만, 내부에 안치된 오래된 십자가와 성모상은 그대로였다. 가만히 올려다보면 괜스레 쓸쓸한 마음이 들곤 했던 마리아와 요셉, 예수가 함께 그려져 있는 성가정 그림도. 형지는 고해소 안으로 들어가 무릎을 꿇고 두 손을 모았다. 성호를 긋자 사제의 목소리가 들렸다.

죄를 고백하십시오.

형지는 침묵을 지켰다. 삼 분여의 시간이 흐른 뒤에야 간신히 입을 열었다.

······이 밖의 알아내지 못한 죄에 대하여도 통회하오니 사

하여주십시오.

사제는 별다른 죄를 고하지 않았는데도 형지의 죄를 사해줬다. 그러고는 묵주기도 오 단이라든가, 평일 미사라든가, 주의 기도를 올리거나 성경 말씀을 읽으라는 보속을 줬다. 그런 기도로 죄를 씻을 수 있나? 자신도 모르는 죄를 용서받는다는 것이 가능한 걸까? 형지는 의문했다. 그러면서도 같은 일을 반복하고 있었다.

광장에는 제법 많은 사람이 모여 있었다. 형지는 깃발들 속으로 걸어들어갔다. 찬찬히 문구들을 살피던 중에 홀로 서 있는 여자를 발견했다. 대부분의 사람들처럼 검은 패딩 차림이었다. 형지는 그렇게 섬처럼 외따로 있는 사람들을 선호했다. 구호도 외치지 않고 노래도 따라 부르지 않고 조용히 서 있는 사람들. 물결을 거스르지 않고 따라가는 사람들. 그런 사람들 곁이 편했다. 여자는 하얀 천에 검은 매직으로 글씨를 휘갈겨 적은 깃발을 들고 있었다. 천이 바람에 접혀서 '고양이'와 '사람들'이라는 글자만 눈에 들어왔다. '고양이를 좋아하는 사람들'일 거라 유추하며 형지는 여자 옆에 다가섰다. 여자가 놀라더니 형지를 살짝 밀었다.

조심해요. 고양이 꼬리를 밟을 뻔했어요.

놀란 형지가 발밑을 살폈지만 주변에는 아무것도 없었다. 두리번거리던 형지는 바람에 펄럭이면서 완전히 펼쳐진 깃발위의 문구를 확인할 수 있었다.

고양이 유령과 함께 사는 사람들.

그제야 형지는 마치 결계가 쳐진 것처럼 사람들이 여자로부터 멀찍이 떨어져 서 있다는 걸 알아챘다. 그리고 여자에게서 익숙한 냄새가 난다는 것도.

이제는 괜찮아요. 지금은 제 오른쪽 어깨 위에 앉아 있어요.

여자는 천연덕스럽게 웃더니 형지를 옆으로 끌어당겼다. 형지는 미안하다고 말한 뒤 멀어지려 했지만 인파에 떠밀려 여자와 더 가까이 붙어야 했다. 여자는 킁킁거리더니 말했다.

제가 좋아하는 냄새가 나네요.

무슨 냄새가 난다는 건지 물으려 했으나 높아진 구호와 노랫소리에 형지의 말은 묻혀버렸다.

***

어제도 마음에 드는 깃발을 만나지 못했어요. 다만 이상한 사람을 만났습니다. 알고 보니 엄마의 만둣가게 단골이었다고 하더군요. 갑자기 영업을 중단한 이유에 대해 묻길래, 엄마가 좀 긴 여행을 떠났다고 얼버무렸죠. 엄마가 빚던 만두를 기억하나요? 당신이 마치 빵 같다고 했었죠. 당신과 당신의 남편 그리고 당신의 아이들 넷과 나눠 먹었잖아요. 엄마의 만두가 처음부터 컸던 건 아닙니다. 언젠가부터 해를 거듭할수록 점점 더 크게 빚더군요. 하나만 먹어도 배부를 만큼.

한 개에 오백원. 가격은 한 번도 올리지 않았죠. 그거 하나로 한 끼를 때우려는 사람들이 줄을 길게 늘어섰어요. 노숙자나 택배기사, 호박이며 마늘을 다듬어 팔던 장사치들, 그리고 여행하는 사람들. 어제 예나에게서는 그들에게 나던 냄새가 났어요. 그래요, 예나. 어쩌다보니 통성명까지 해버렸어요. 오늘은 깃발을 신중하게 고를 생각이에요. 그래도 불안합니다. 또 예나와 마주칠까봐.

마이라, 당신도 엄마의 문제 해결 방식을 알고 있죠? 엄마는 이런 곤란한 상황이 닥치면 기도를 했습니다. 어제보다 만두 크기가 작아진 것 같다며 따지던 손님이라든가 자기 아들에게 물려줄 가게라며 장사가 잘되는지 감시하던 집주인, 중학생 때 만두 냄새가 난다며 나를 따돌렸던 아이들과 술을 마시면 욕설과 손찌검을 서슴지 않던 내 약혼자, 매일같이 야근시키던 우리 회사 상사를 위해서. 엄마는 그 사람들이 잘되기를 기도했죠. 왜 내가 아니고 다른 사람을 위해서, 그것도 나를, 우리를 괴롭힌 사람을 위해서 기도하는 걸까. 항상 못마땅했어요. 그런데 이상하게도 문제가 해결되었습니다. 진상 손님은 이직에 성공해서 서울로 떠났고, 집주인은 로또에 당첨됐다며 헐값에 가게를 우리에게 넘겼고, 나를 괴롭히던 무리는 우두머리 격이던 아이가 아이돌 연습

생으로 뽑히면서 흩어졌고, 약혼자는 더 사랑하는 사람을 만나 떠났고 상사는 나보다 실력이 좋은 직원을 찾았습니다.

나도 엄마의 방법을 써봐야겠습니다. 예나가 부디 광장을 더이상 찾을 일이 없기를, 삐삐와 함께 보낼 따뜻한 방을 찾기를 바라면서요. 맞아요. 고양이 이름까지도 알아버렸습니다.

여느 때처럼 고해소에 들렀다가 광장으로 들어선 형지는 예나가 깃발을 펄럭이며 반가워하는 모습을 보고는 오늘도 자신의 기도가 통하지 않았음을 깨닫고 실망했다. 어느새 닷새째였다. 예나가 당연하다는 듯 옆자리를 가리켰고 형지는 방석을 깔고 앉았다. 오늘은 특유의 냄새가 나지 않았다.

둘째 주 수요일은 찜질방에서 자는 날이에요. 한 달에 한 번은 목욕하거든요.

형지가 묻지도 않았는데 예나가 말했다. 그럼 다른 날에는 어디에서 자느냐고 물어볼까 하다가 형지는 포기하고 다른 걸 물었다. 삐삐는 지금은 어디쯤 있나요? 예나는 자신의 왼쪽 어깨를 가리켰다. 이름이 왜 삐삐인지를 물으며, 형지는 자신이 아는 삐삐를 떠올렸다. 빼빼 마르고, 주근깨가 많고, 붉은 머리카락을 양 갈래로 묶은 아이. 아닌가, 빨간 머리 앤과 헷갈리는 걸까. 둘 다 고아였던가. 가족이 없었나. 말과 원숭이와 살던 애는 누구였지.

내가 좋아하는 포켓몬을 닮았거든요.

예나의 말에 형지는 휴대폰으로 포켓몬 삐삐를 검색해보았다.

뚱뚱했나봐요.

예나가 주의를 줬다.

쉿, 듣겠어요.

예나는 삐삐를 걱정하며 한 말이었지만 형지는 혹시라도 다른 사람들이 둘의 대화를 들었을까봐 조심스레 주위를 살폈다. 나이를 가늠하기는 어렵지만, 예나는 자신보다 어린 것 같았다.

저녁 시간이 지나자 더 많은 사람들이 광장으로 들어왔다. 형지는 버릇처럼 깃발들에 적힌 글자를 읽었다. 깃발들은 전세금 반환이나 고용 안정, 임금 인상 같은 구체적인 소망을 적은 것과 좋아하는 대상을 나열하며 취향과 정체성을 드러내는 것으로 나뉘었다. 예나는 어디에 속하는 걸까. 그전에 형지는 자신이 여기에 있는 이유부터가 궁금했다.

왜 여기로 오게 되는 걸까요.

형지가 자신도 모르게 중얼거린 말에 예나가 대답했다.

나는 늘 여기 있었어요.

집회는 언젠가부터 광장을 벗어나기 시작했다. 여전히 간간이 구호를 외치거나 노래를 따라 불렀지만 거기에 조용히 깃발을 펄럭이며 한 차례 행진하는 순서가 더해졌다. 인파가 부채꼴 광장을 채울 만큼 모이면 다 같이 일어나서 행진을 시작했다. 목적지에 도착한 뒤 다시 광장으로 돌아오는 동안에는 하나둘 집으로 떠나 어느새 수가 줄어들었다. 어제는 사회자의 안내에 따라 노란 깃발들이 펄럭이는 공산성까지 걸어갔다. 산책하는 것 같기도 했고 가이드와 함께 여행하는 것 같기도 했다. 오늘은 왕릉을 향해 걷기 시작했다. 유일하게 도굴되지 않은 왕의 무덤이 있어 공주를 찾는 여행객들이 가장 많이 가는 장소였다.

요즘은 저걸 사 먹어요.

예나가 반가워하며 가리킨 방향에는 붕어빵을 파는 노점이 있었다.

아직도 붕어빵을 파는군요.

바람이 차니까 괜찮을 거예요, 당분간은.

형지의 말에 불안한 얼굴로 예나가 대답했다. 형지는 봄에도 여름에도 가을에도 겨울에도 김이 모락모락 피어오르는 찜통 앞에 서 있던 엄마를 떠올렸다. 옆에는 항상 전단이 놓여 있었는데, 손님들에게 만두와 함께 건네지곤 했다. 엄마가 직접 만든 그 전단에는 성경에서 베낀 문장들이 적혀 있었다. 사람들은 받자마자 구겨버렸지만 엄마는 그래도 그만두지 않았다. 형지가 예나에게서 느낀 기시감, 그건 어쩌면 엄마와 닮은 눈빛 때문일지도 몰랐다. 자신이 지켜야 하는 것이 무엇인지 정확하게 알고 있는 이들이 지닌.

사회자는 왕릉 앞에 있는 조각상에 이르러 사람들을 멈추게 했다. 조각상의 이름은 진묘수. 무덤을 지키기 위해 사람들이 만들어낸 환상의 동물인데, 천 년간 도굴되지 않은 이유가 이것 때문이라고 했다. 하마 같기도 하고 돼지 같기도 한 얼굴, 통통한 몸에 짧은 다리와 꼬리. 머리에는 뿔 하나가 달려 있고 뒷다리 하나는 부러져 있었다. 이런 돌덩이가 정말 죽은 자를 지켜줄 수 있다고 믿었던 걸까. 그런 생각에 잠겨 있는데 예나가 왕릉 뒤편을 가리켰다. 소나무가 빽빽하게 서 있었다.

삐삐가 울고 있던 곳이 저기예요.

예나는 진지한 어조로 말했다.

실은 삐삐를 의심하는 사람들이 있었어요.

순간 형지는 움찔했다. 자신부터가 삐삐의 존재를 의심하고 있었으니까. 그런데 예나는 다른 이야기를 하기 시작했다. 삐삐와 만난 건 십 년 전, 비 오는 날이었다고.

정말 작았어요. 손가락 두 마디 정도밖에 되지 않았으니까.

예나가 먼저 발견한 건 아니었다. 그날 예나는 비가 와서 왕릉 주위를 걷고 있었다고 했다. 형지는 비가 오는 것과 왕릉을 산책하는 게 무슨 상관이냐고 질문하려다 그만두었다. 한 달에 한 번 찜질방에서 자는 것처럼, 예나의 루틴 같은 거겠지.

제가 사실 반려동물을 기를 처지는 아니잖아요.

이럴 때 보면 사리 분별이 아주 분명한 사람 같았다. 그날 예나는 무언가를 둘러싸고 서 있는 사람들을 보고 가까이 다가갔다. 그 중심에 작은 고양이 한 마리가 있었다. 어떤 사람이 데려가겠다며 품에 안아 들었다. 그러자 다른 누군가가 질문을 던졌다.

고양이 맞아?

일순간에 주변이 조용해졌다. 고양이를 안았던 사람이 젖은 품밭 위에 고양이를 다시 내려놓았다. 그러고는 저들끼리 고양이 사진을 검색해서 대조해보는가 하면 울음소리를 찾아 틀어보며 수군거렸다.

귀가 너무 뾰족한 것 같아. 발톱도 좀 다른데. 울음소리도 이상한 것 같고.

의심이 하나둘 더해질 때마다 그들은 고양이로부터 한 발씩 물러났다.

버릴 거야?

옆 사람의 말에 고양이를 안았던 이가 멀찍이 떨어지며 말했다.

버리다니, 잠깐 안아본 건데. 도로 놓아주는 거야.

고양이라고 믿으면 고양이지.

속삭이는 깃발들 211

누군가 설득하듯 말했지만, 모두들 곧 사라졌다. 빗속에 삐삐를 내버려두고.

***

고양이라고 믿어서 고양이가 되는 거라면, 진실이 아닌 걸 진실이라고 믿으면 그것은 진실이 되는 걸까요?

지금 이곳은 스터디 카페입니다. 오늘부터 일을 시작했어요. 수도원에 있을 때처럼 새벽 네시면 눈이 떠지니 시간이 아까워서 당근으로 구한 알바인데, 역에서 멀지 않습니다.

오전에 들러 두 시간 정도 청소를 합니다. 연필을 사용한 사람이 앉았는지 창가 앞 책상 자리에 지우개 가루가 수북하게 쌓여 있었어요. 거길 정리하고 앉은 참입니다. 청소를 한 뒤에는 카페를 이용해도 좋다고 했거든요. 그래서 오늘은 좀더 긴 이야기를 할 수 있을 것 같습니다.

엄마의 장례식을 치르는 동안 기대했었어요. 누군가 찾아와 내 손을 덥석 잡지 않을까, 머리가 반쯤 하얗게 센 남성이 울면서 나타나지 않을까 하며 두리번거렸죠. 고등학생 때까지는 가게에서 엄마와 다정하게 얘기를 나누는 남자 손님이라도 보면 그 사람이 나의 아빠인가 하는 생각에 설레어 잠이 오지 않았어요. 그런 밤이면 엄마는 성모마리아 이야기를 들려주었습니다. 아기를 가진 처녀의 이야기를 듣고 나면 나는 항의하듯 대들었죠. 그래도 마리아에게는 요셉이 있었잖아.

엄마를 보면서 생각했어요. 결핍을 억지로 채우려고 하면 망상이 되는 거라고. 빈자리를, 외로움을 상상력으로 채우다가는 계속 환상 속에 살게 되는 거라고. 그래서 언젠가부터 나도 아빠의 빈자리를 상상으로 메우는 일을 그만두었습니다.

그런데 지금 왜 하필이면 당신에게 편지를 쓰고 있는 걸까요. 어쩌면 내가 엄마 외에 가족이라고 여겼던 유일한 사람이기 때문인지도 몰라요. 어느 순간 연락이 끊겼지만 매일같이 카톡으로 안부를 나누던 날들도 있었죠. 당신도 알다시피 나는 여러 번 이 도시를 떠났다가 돌아왔습니다. 매번 돌아와야 했지요. 실직하거나 다치거나 사기를 당하거나 헤어지거나 하는 여러 가지 이유로요. 엄마와 함께 만두를 빚고 성경을 읽고 성지순례를 하지 않았다면, 당신을 만날 일도 없었겠죠. 엄마는 재물을 하늘에 쌓아두라는 말씀을 실천했어요. 저축은 하지 않았죠. 여기저기 기부하거나, 어쩌다 돈이 좀 모이면 나와 함께 은총을 받으러 성지를 찾아다녔어요. 기적이 일어났다는 언덕 위에서, 돌더미 앞에서, 흙구덩이 옆에서, 커다란 바위 위에 앉아서 사진을 찍었습니다.

페루로 떠난 성지순례는 서른 명 정도가 함께하는 패키지여행이었습니다. LA를 경유해야 했는데, 일행 중 내 항공권에만 'SSSS'가 찍혀 있었어요. 2차 보안 검사 대상이라는 뜻이었죠.

검색대에서 항의도 못 하고 그저 입을 굳게 다문 채 몸을 맡기고 있는데, 히잡을 쓰고 아기를 안고 있는 중동 여자와 눈이 마주쳤어요. 보안 요원은 아기띠까지 샅샅이 훑었죠. 나 역시 그들이 내 필통을 열어 펜을 하나하나 살펴보는 것을 무력하게 지켜보았습니다. 다른 사람에 비해 두 배나 오래 걸리는 심사를 마치고 리마 공항에 도착했을 때는 녹초가 된 뒤였습니다.

당신이 피켓을 들고 마중을 나와 있었죠. 여행사에서 고용한 현지인 통역이라며 가이드가 당신을 소개했습니다. 당신의 유창한 영어와, 일 년 정도 배웠다는 어눌한 한국어가 그때는 든든하게 느껴졌습니다.

패키지 여행객 대부분은 부부였습니다. 얼마 전 아빠가 돌아가신 뒤로 쓸쓸해하는 엄마를 모시고 왔다는 딸도 있었지만, 우리와 공감대를 형성하지는 못했습니다.

엄마와 나는 무리에 섞이지 못하고 당신과 많은 이야기를 나누었지요. 그렇게 단순히 열흘의 순례 일정을 함께하는 것에 그쳤다면 우리가 지금과 같은 사이가 되지는 않았을 겁니다.

순례가 끝나갈 무렵 반정부 시위로 당신의 나라 곳곳에서 소요 사태가 벌어졌고, 우리는 발이 묶였죠. 마침 내가 실직 상태라 급한 일정이 있는 다른 이들에게 우리 둘의 비행기표를 양보했어요. 며칠을 더 보내야 하니 호텔을 알아보려는 우리에게 당신은 자신의 집을 권했습니다. 리마 외곽의, 공항에서 멀지 않은 곳에 있다던 당신의 집은 운이 좋지 않으면 총을 맞을 수도 있는 거리에 있었습니다.

우리가 함께 보낸 크리스마스를 기억해요. 전등이 고장나 캄캄했던 욕실도. 초를 가져다주면서 당신은 번역기를 통해 말했죠. 내일 친구가 고쳐주러 올 거라고.

온수가 나오지 않아 얼음처럼 차가운 물로 샤워를 한 뒤 삐그덕거리는 사다리를 타고 이층 침대로 올라가서 누웠어요. 아래층 침대에서 엄마가 코고는 소리를 들으면서 내일 당장 호텔을 찾아야겠다고 마음먹었지요. 우리에게 방을 내준 아이들은 거실에서 자야 했어요. 불투명한 방문 유리 너머로 웃음소리가 들렸습니다. 당신과 당신 남편의 어렴풋한 목소리를 들으며 어느 순간 잠이 들었죠.

다음날 당신의 남편이 운전하는 작은 차를 타고 성당에 갔습니다. 엄마는 넷째 아이와 함께 조수석에, 나와 당신은 뒷자리에 세 아이와 함께 구겨지듯 앉았죠. 교통경찰이 단속하는 거리를 지날 때는 고개를 숙여야 했습니다. 비좁은 차 안에서 이리저리 흔들리면서, 불편하지만 따뜻하다는 생경한 감각을 느꼈습니다. 차에서 내릴 때는 아쉬울 정도였습니다. 결국 호텔로 옮기지 않고 새해까지 함께 보냈죠. 꽃으로 장식한 식탁 앞에 둘러앉아 촛불을 켜고, 성가정을 위한 기도를 바쳤습니다. 그전까지 그 기도를 바칠 때마다 느꼈던 쓸쓸함이나 배제된 듯한 기분, 과연 우리가 그 안에 속하는 게 맞느냐는 의문 없이.

그런데 마이라, 나는 당신을 항상 의심했습니다.

찜기 뚜껑을 열자 뜨거운 김이 모락모락 피어올랐다. 엄마가 찜기 앞에 서 있으면 뿌연 수증기 때문에 마치 안개 속에 있는 것처럼 보이곤 했다. 형지는 안개를 헤치고 왕만두 두 개를 꺼내 봉투에 담았다. 광장에 가려고 나서보니 붕어빵 포장마차가 보이지 않아서였다. 다시 가게로 돌아와 만두를 찌다가 행진에 늦었다. 서둘러야 했다. 항상 느긋하게 걷던 형지의 발걸음이 빨라졌다.

오늘은 금강을 따라 걷는다고 했다. 형지는 행렬을 뒤쫓아 걸으며 예나를 찾기 위해 깃발을 주의깊게 살폈다. 자주 마주치던 중년 여성 두 명이 보였다. 각각 '혼자 살고 싶은 사람들'과 '생활동반자법 제정을 원한다'고 쓰인 깃발을 들고 있었다. 한 명은 가족을 원하지 않고 다른 한 명은 가족을 원한다. 둘의 대화를 가까이서 들은 적이 있는데, 비슷한 나이대이며 이곳에서 만나 친해진 듯했다. 그들은 족저근막염이나 오십견과 같은 통증과 노화에 관한 이야기를 주고받다가, 누구보다 크게 소리를 내어 구호를 외쳤다. 세상을 바꿀 수 있다는 구호를 저 사람들은 정말 믿는 걸까. 어쩌면 이중에 제일 이상한 사람은 이유 없이 지금 여기에 있는 자신일 거라고 형지는 생각했다. 그때 어디선가 예나가 쿵쿵거리며 다가왔다. 만두를 건네자 예나는 두 손으로 받아들고는 서두르지 않고 우아하게 베어 물었다. 형지는 반가운 마음에 물었다.

삐삐는 지금 어디쯤 있죠?

여기쯤. 그래서 무거워요.

왼쪽 어깨를 가리키던 예나가 걸음을 멈추더니 행렬에서 벗어났다.

잠시만요. 나무 위에 올라갔어요. 내려올 때까지 기다릴게요.

그사이 다른 사람들은 계속해서 걸어갔다. 여전히 예나의 말을 믿기는 어려웠지만, 형지는 무언가 몸을 스치고 지나가는 듯한 감각을 느꼈다. 부드러운 털 뭉치 같은 것. 예나는 나무 위 어딘가를 올려다보았다. 벚꽃이 만개해 있었다. 벚꽃이 핀 줄도 몰랐네, 라고 생각하며 형지도 같이 바라보았다. 예나는 연신 하품을 해댔다. 어제는 보호자인 척 병원 복도에서 잤다고 했다. 하루하루 머무는 곳이 달랐다.

왜 집으로 가지 않아요?

삐삐가 나무에서 내려왔다며 예나는 다시 행렬을 따라 걸으면서 대답했다.

자꾸만 채우라고 해서요.

뭘요?

빈자리를요. 샴푸가 떨어졌으니 새로 사라는 말처럼, 계절이 바뀌었으니 옷장을 정리하라는 말처럼 아주 쉽게요. 다른 고양이를 키우라고.

예나는 빈자리를 빈자리로 두고 싶었다고 했다. 그래서 새 고양이를 들이는 대신 삐삐에게 말을 건네기 시작했는데, 그러자 가족과는 아무 얘기도 하지 않게 됐다고.

이번에는 예나가 물었다.

엄마랑 살아요?

형지는 예나에게 엄마가 돌아가신 사실을 말하지 않았다는 걸 깨닫고 대답했다.

아무와도 살지 않아요.

그때 예나가 탄성을 지르듯 말했다.

삐삐 털이에요.

예나가 가리키는 쪽을 보니 정말 고양이 털과 비슷한, 이불솜 같은 것이 눈처럼 나풀나풀 공중을 날아다니고 있었다. 연신 재채기가 나왔다. 뒤늦게 그게 강변에 가지를 드리운 버드나무의 솜털임을 깨달았다. 이제 정말 봄이라는 뜻이었다.

불현듯 형지는 고백하듯 말했다.

나는 버들 류씨예요.

어울리네요.

예나가 말했다. 진심 같았다. 그러더니 이어 말했다.

나는 소나무 송이에요.

어울려요.

형지도 진심이었다.

＊＊＊

오늘은 노트북을 부팅하는 데 시간이 조금 걸렸습니다. 초조하기도 했지만 한편으로는 영영 켜지지 않았으면 좋겠다는 마음도 있었어요. 그럼 이제 더이상 당신에게 편지를 쓰는 일을 하지 않아도 되니까. 어쩔 수 없이 중단하게 되기를 기다리고 있는지도 모릅니다. 하지만 뒤늦게 화면이 켜졌습니다. 자판 여기저기를 눌러보니 아직은 괜찮습니다.

한국에 돌아온 뒤에도 우리는 카톡으로, 이메일로 대화를 주고받았습니다. 내가 한글로 써서 보내면 당신은 스페인어로 번역해서 읽었겠죠. 당신이 스페인어와 영어를 섞어서 적어 보낸 글을 나는 한국어로 번역해서 읽었습니다.

내가 메시지 끝에 붙인 'FROM. 유형지'라는 글자를 번역해본 건지, 당신이 어느 날 내 이름의 의미를 물었습니다. 왜 하필 죄지은 사람들의 장소인 거냐고. 내 성은 버드나무라는 뜻을 가지고 있다고 이야기해주자, 당신은 왜 그렇게 아름다운 단어를 그대로 쓰지 않느냐고 물었습니다. 나는 대답하지 않고 마이라, 당신 이름의 의미를 물었죠. 당신은 몰약을 뜻한다며, 몰약나무를 한 번도 보지 못했다고 덧붙였습니다.

우리의 이야기는 예루살렘으로 몰약나무를 보러 가고 싶다는 바람으로 이어졌죠. 버드나무가 약재로도 쓰인다는 정보를 나누다가, 강변에 가지를 늘어뜨린 수양버들 사진을 전송하자 당신은 눈에 하트가 달린 이모티콘을 보내왔습니다. 언젠가 한국에서 만나자는 기약 없는 약속과 다짐으로 우리의 대화는 끝났습니다.

이제 와서 말하기에는 너무 늦었을까요? 나라에서 류씨 성을 모두 유씨로 바꾸던 시기가 있었어요. 엄마는 정정 신청을 해서 다시 류씨로 돌아갔습니다. 하지만 나는 귀찮기도 해서 그냥 두었어요. 실은 엄마와 다른 성이 되고 싶었는지도 몰라요.

엄마는 기회가 있을 때마다 꽤 집요하게 정정 신청을 하라고 요구했지만 나는 자꾸만 미뤘습니다. 엄마 입장에서는 답답했을 겁니다. 미혼모로 호적에 나를 올리기 위해서 그렇게 애를 썼는데, 정작 성이 달라졌으니까요. 아픈 와중에도 정신이 들 때마다 내게 당부했습니다. 하지만 결국 병원 보호자란에 서명할 때도 유형지라고 적었습니다. 이제 와서 바꾼들 무슨 의미가 있을까 싶어서요. 유형지라는 말이 현재의 나에게는 더 어울리는 것도 같습니다.

우리는 언젠가부터 크리스마스 인사도, 새해 인사도 주고받지 않는 사이가 되었습니다. 엄마의 건강 상태가 악화되면서 그제야 내가 먼저 연락했었지요. 당신은 한동안 내 카톡을 읽지 않았습니다. 메일도 보내봤지만, 답장을 받지 못했습니다. 나에게 아직도 서운한 마음을 가지고 있는 건지도 모르겠다고 생각했죠.

리마의 호텔에서 조식을 먹고 로비로 내려가면 항상 당신이 와서 기다리고 있었습니다. 엄마는 나보다 어린 당신에게 아이가 넷이나 있다는 걸 안쓰러워했습니다. 당신은 다른 일행들보다 우리를 더 챙겨주었죠. 어린 알파카와 사진을 찍으라며 현지인들이 접근해오면 당신은 그들을 제지하며 우리가 혹시라도 바가지를 쓸까 봐 걱정했어요.
2박 3일 동안 쿠스코에 다녀오는 일정을 앞두고, 당신은 한 번도 가보지 못한 곳이라며 기대에 찬 눈으로 자신이 전해들은 마추픽추의 웅장함에 대해 말해주었습니다. 당신 나라의 옛 수도였던 곳. 마이라, 당신은 결국 같이 가지 못했죠. 쿠스코에서 통역을 구하는 편이 훨씬 더 저렴했으니까요. 게다가 돌봐야 하는 아이들이 넷이나 되었으니까요. 당신은 괜찮다고 했습니다. 언젠가 신이 초대해줄 거라고.
기차를 타고 구불구불한 산길을 버스로 달려 도착한 마추픽추는 분명 경이로웠습니다. 당신은 신 가까이에 다가가는 기분이 들 거라고 했지만 나는 고도가 높아질수록 두통에 시달렸습니다. 페루라는 단어에는 '저쪽'이라는 뜻이 있다고 했죠. 당신의 나라는 저쪽에 황금이 있다는 말을 믿고 온 사람들에 의해 정복당했습니다. 태양신을 믿고 살아가던 이들이, 또다른 신을 믿는 이들에 의해. 우월한 신이 있어서였을까요, 아니면 그릇된 신 때문이었을까요. 혹은 믿음이 부족해서였을까요.

쿠스코에서의 일정을 마치고 리마로 돌아왔을 때 나는 어린 알파카 털로 만든 스웨터를 입고 있었습니다. 두통이 가셨을 즈음 가이드가 현지 고급 브랜드 상점에 내려줬거든요. 털이 부드럽고 가볍고 따뜻했습니다. 당신은 내 스웨터를 연신 쓰다듬었죠. 처음 만난 날, 엄마가 한국에서 준비해 간 옥팔찌를 선물로 건넸을 때 시큰둥한 표정으로 받아들였던 당신이 한국으로 떠나는 날 환전하고 남은 돈을 건네주자 그제야 감격어린 얼굴로 우리를 꼭 끌어안았던 걸 기억합니다.

한국으로 돌아온 뒤에도 당신은 엄마와 나의 생일이나 축일에 잊지 않고 메시지를 전해왔습니다. 나는 당신의 아이들이 불러주는 축하 노래 영상을 한참 들여다봤습니다. 당신이 정말 언젠가 한국에 오리라 기대하는 엄마와 달리 나는 당신을 의심하고 있었죠. 당신은 정말 아이 넷과 행복한지, 신을 사랑하는 게 맞는지, 정말 우리를 가족처럼 생각하는지. 그런데 어느 날 당신이 아이들 학비가 필요하다는 메시지를 보내왔습니다. 나는 아마 그런 순간을 기다려온 건지도 모릅니다. 당신이 진짜 마음을 드러내는 순간을요. 그럼 그렇지, 하며 온전히 믿지 않길 잘했다고 여기게 될 순간을. 나는 답장을 하지 않은 채로 이틀을 보냈습니다. 며칠 지나 당신이 이번엔 메일을 보내왔습니다. 휴대폰을 잃어버렸는데 해킹을 당한 것 같다고, 보이스 피싱에 이용된 것 같다고 했습니다. 나는 당신의 아버지가 거리에서 마약을 판다는 걸 알고 있었습니다. 당신의 말을 모두 믿지 말라고 가이드가 몇 번이고 주의를 줬지요.
그리고 나는 그 의심을 극복하지 못했습니다. 마이라, 가난은 벗어날 수 없습니다. 믿음이 약해서가 아닙니다. 오히려 이룰 수 없는 것을 믿기 때문일지도요.

내가 수도원에 입소하기 위해 한국을 떠난 뒤 당신과 엄마가 따로 연락을 나눴다는 사실을 뒤늦게 알았습니다. 몇 번이고 돈을 받아 갔다는 것도요. 엄마와 나눈 카톡을 들여다보니, 당신의 소원은 이루어져 있었죠. 엄마는 마이라가 드디어 마추픽추에 간다며 제 일처럼 좋아했습니다.
마이라, 당신은 결국 그곳에 도착하지 못했습니다. 당신이 사랑하는 신 가까이로 가던 버스가 전복됐으니까요.

  며칠 사이 버들개지 솜털이 사붓사붓 내려앉아 바닥에 눈처럼 쌓였다. 형지는 연신 재채기를 하며 고해소로 향했다. 아무 죄도 고백하지 않았지만, 이번에도 사제는 보속으로 욥기를 읽으라고 했다. 가게에 들러 막 쪄낸 만두를 봉투에 담고, 광장으로 가서 예나의 깃발을 찾아 옆에 섰다. 사회자가 오늘의 행진은 황새바위까지라고 안내했다.

도중에 비가 내렸고 이탈자가 많이 생겨 대열이 흐트러졌다. 황새바위 언덕에 도착한 사람의 수는 적었다. 예나는 오늘은 찜질방에 가는 날이라고, 비를 맞았으니 잘됐다고 했다. 형지는 예나를 만난 지 한 달이 지났다는 것을 알았다. 그러나 함께 찾아간 찜질방 앞에는 내부 수리중이라는 종이가 붙어 있었다. 형지는 망설이다 예나에게 말했다.

우리집으로 갈래요?

기다렸다는 듯이 예나는 앞장서서 만둣가게로 향했다. 형지는 냉동고 안 만두가 얼마 남지 않았다는 사실을 떠올렸다. 예나가 씻는 동안 만둣국을 끓였다. 참기름과 달걀을 두르자 제법 고소한 냄새가 퍼졌다. 터진 만두도 있고 온전한 만두도 있었다. 터지지 않은 만두를 골라내어 예나의 그릇에 담아주었다. 씻고 나온 예나는 국물도 남기지 않고 그릇을 모두 비웠다. 종종 허공을 응시하며 삐삐, 내려와, 라든가 안 돼, 같은 말을 했지만 형지는 그것이 전처럼 이상하지 않았다.

형지가 설거지를 하는 동안 예나는 가게 여기저기를 구경했다. 그러다 카운터에 올려놓은 액자 앞에 멈춰 섰다. 크리스마스 때 페루의 성당에서 마이라 가족과 함께 찍은 사진이었다.

엄마는 마치 가족 같다며 흐뭇해했었다. 예나는 누구냐고 묻거나 하지 않고 불쑥 말했다.

우리는 닮았군요.

예나의 말에 형지는 조금 놀랐다.

대체 어디가?

예나가 엄마와 마이라를 닮았다고 생각한 적은 있지만, 자신과 닮았다고 느낀 적은 없었다. 예나는 찜기 쪽을 쳐다보았다. 형지에게는 보이지 않는 어떤 것을 응시하며 말을 이어갔다.

며칠을 같이 지냈어요. 삐삐를 냉동실에 넣을까도 고민했는데, 너무 추울까봐 걱정이 되었어요. 그래서 이불 속에 넣어두고 같이 잤어요.

예나가 삐삐를 보낸 다음을 이야기하고 있다는 걸 형지는 알아챘다.

헤어지기 싫어서요?

아니요. 화장할 돈이 없었어요.

예나는 왕릉이나 뒷산에 삐삐를 몰래 묻으려다가, 결국 친구에게 돈을 빌려 화장했다고 했다. 그런데 생각해보니 돈이 없었던 덕분에 며칠 더 같이 지내면서 한 번이라도 더 안아볼 수 있어서 좋았다고. 형지는 예나가 한 번도 삐삐의 사진을 보여주지 않았다는 걸 깨달았다. 어쩌면 예나가 키운 것이 고양이가 아닐지도 모르겠다는 생각이 처음으로 들었다.

오늘은 여기가 좋겠어요.

형지가 방으로 올라가자고 했지만 예나는 기어코 가게에 있는 소파에서 자겠다고 했다. 엄마가 가게 일을 하다가 종종 낮잠을 자고는 했던 자리였다. 여전히 엄마가 누운 모양대로 움푹 들어가 있었다. 예나는 그곳에 몸을 뉘었다가, 갑자기 벌떡 일어났다.

토할 것 같아요.

형지가 놀라서 물었다.

속이 안 좋아요?

아니요. 삐삐가요.

***

페루에서 먹은 음식 중에 가장 맛있었던 건 삶은 감자였습니다. 며칠 동안 집에만 있던 엄마와 나는 당신과 당신 남편이 일하러 가고, 아이들은 학교에 간 어느 날 근처 시장을 찾았습니다. 모두가 우리를 힐끔힐끔 보는 것 같아 무서워서 감자 몇 알만 사서는 얼른 돌아왔습니다. 크기가 엄청났어요. 감자를 삶고 쿠스코에서 사 온 잉카 솔트에 집에서 가져온 참기름을 부어 기름장을 만들었죠. 그리고 돌아온 식구들과 모두 함께 나눠 먹었습니다.

삶은 감자에는 설탕이나 소금이 아니라 기름장이라고 늘 생각해 왔습니다. 어릴 때 엄마와 황새바위로 산책을 가곤 했는데, 그때마다 마치 소풍처럼 삶은 감자에 기름장을 준비해 갔거든요. 황새들이 많이 찾아온다고 해서 그런 이름이 붙었다지만, 신유박해 당시 금강이 붉게 물들 만큼 많은 순교자가 나와서 성지로 유명해진 곳입니다. 엄마는 순교자 중에서도 이존창의 이야기를 좋아했습니다. 당신도 들어서 알고 있을 겁니다. 여러 번 배교한 사람. 그러면서도 누구보다 많이 전도했던 사람. 결국에는 순교한 사람. 엄마가 고향도 아닌 이 도시에 자리잡은 이유도 그 사람 때문입니다. 순교 당시의 모습을 지나치게 상세하게 묘사하는 바람에, 엄마의 이야기를 듣다가 놀라서 손에 들고 있던 감자를 떨어뜨린 적도 몇 번 있습니다. 사람들의 잘린 머리가 굴러떨어지는 꿈을 꾸기도 했습니다.

삶은 곧 죽음이요, 죽음이 곧 삶이다.
무덤경당 앞에 이르면 엄마가 혼잣말처럼 중얼거렸죠. 어릴 때부터 수십 번 들었지만 여전히 이해하기 어려운 말이에요. 내게 이존창은 몇 번이나 배교를 해서 벌을 받은 사람일 뿐이었으니까요. 나는 겨우내 봄을 기다리듯이 엄마의 죽음을 기다려야 했습니다. 소생이나 부활이나 회복이 아닌 죽음을요. 죽음은 죽음일 뿐이죠. 어떻게 삶과 같을 수 있나요. 엄마는 이제야 제자리로 돌아가는 거라고 기쁘게 말했지만요. 실제로 엄마는 홀가분해 보였습니다.

엄마가 이존창을 좋아하는 이유가 아빠 때문이라고 믿었던 적이 있어요. 아빠가 그 사람처럼 돌아오기를 바라는 거라고요. 더 자라서는 자꾸만 집을 떠나려는 나한테 부러 하는 이야기일지도 모르겠다고 생각했죠. 이제 와서는 엄마가 스스로에게 들려주고 싶은 얘기였던 건 아닐까, 한 번도 떠나지 않았지만 떠나고 싶었던 자신에게, 몇 번이고 배교했던 자기 자신에게 하고 싶은 말이었던 게 아닐까 생각해요.

엄마에게 이곳은 유배지였고, 그 유배지가 성지가 되는 기적을 기다렸던 걸지도 모르겠다고.

내가 왜 수도원에 들어갔는지 궁금하겠죠. 나는 늘 이 도시를, 광장을, 만둣가게를, 엄마를 떠날 궁리를 했습니다. 취직이 어려워 독립은 요원했고 가정을 꾸릴 생각도 없었습니다.

그러다 방법을 찾았습니다. 엄마가 좋아하는, 사제가 탐정으로 나오는 영국 드라마를 함께 볼 때였습니다. 연전연승에 빛나는 한 장군이 최후의 전투에서 무모한 작전을 펼쳐 병사들을 전멸시켰죠. 왜 그랬을까? 모두가 의아해하는 가운데, 사제는 친구에게 질문합니다.

"현명한 인간은 돌을 어디에 감추지?"

친구는 해변가라고 답하죠.

"그렇다면 나뭇가지는?"

아마도 숲속에 감추겠지, 라고 친구가 또 대답합니다. 사제는 이어 그럼 죽인 시체는 어디에 감추는 것이 제일 안전할까?라는 질문을 던지죠. 나는 그 장면을 보다가 내가 있을 곳을 찾았습니다. 봉쇄 수도원이라는 말에 얼굴이 어두워졌지만, 이내 엄마는 받아들였습니다. 예수를 떠나보낸 마리아처럼.

수도원에서 새벽에 잠이 깨면 사위가 고요했습니다. 아슴푸레한 달빛이 창으로 스며들었죠. 나는 동료들이 신의 부름을 어떻게 받는지 궁금했습니다. 희끄무레한 햇빛이 비칠 때까지 곰곰이 생각했습니다. 나도 무언가를 들을 수 있을지도 모른다는 생각에 귀를 기울였습니다. 그러나 매번 아무것도 듣지 못하고 보지 못했습니다. 내 정체를 들킬까 전전긍긍하면서, 믿음을 가진 사람들 안에 나를 숨겼죠.

오늘은 죄의 이름을 말할 수 있을까요? 한 번도 제대로 믿은 적이 없다는 것. 그것이 나의 죄인지도 모르겠습니다.

형지는 삐삐가 토하는 소리에 꿈에서 깼다. 정확히는 꿈에서 듣고 잠에서 깼다고 해야 할 것이다. 스터디 카페에 가기 위해 채비를 마치고 가게로 내려갔다. 예나는 깃발을 이불처럼 덮은 채 자고 있었다. 냉동고를 열었다. 만두가 거의 없어서 감자를 다섯 개 삶고 기름장을 만들었다.

청소 일을 마치고 다시 돌아왔을 때 소파에는 예나 대신 깃발만 놓여 있었다. 하나 남은 감자를 기름장에 찍어 먹으며 형지는 깃발을 펼쳤다. 고양이라는 글자가 매직펜으로 까맣게 칠해져 있었다.

유령과 함께 사는 사람들.

소파에는 그전엔 보이지 않았던, 마치 고양이가 발톱으로 긁어놓은 듯한 자국과 버드나무 솜털을 닮은 털 뭉치가 떨어져 있었다.

지금쯤 엄마와 당신은 서로의 소식을 알게 됐을까요. 같은 곳에 있습니까. 엄마와 당신이 믿던 세상에 도착했는지, 사랑하는 신을 만났는지 궁금합니다. 마이라, 나는 여전히 알지 못합니다. 엄마와 당신, 예나 그리고 광장에 매일같이 모이는 사람들에게 보이고 들리는 것이 무엇인지를. 그러나 엄마도, 당신도 어쩌면 지금 그 어느 때보다 가까이에 있다고 느낍니다.

엄마와 당신이 믿었던 대로 모든 것이 제자리를 찾는 날이 올까요. 그렇다면 본래 목적이 없었던 깃발들은 어디로 돌아가야 하나요. 이룰 수 없는 소망을 가진 깃발들은 광장을 떠날 수 없는 겁니까.

그 답을 알게 될 때까지 나는 여기에 있어야겠습니다. 마음에 드는 깃발도 찾았으니까요.

형지는 엔터키를 여러 번 눌렀다. 줄 바꿈이 되지 않았다. 광장에서 들려오는 노랫소리와 구호로 소란스러워지기 전에 다음 문장을 적어야 했다. 아직은 쓸 수 있으니까. 믿음도, 사랑이라는 말도.

바다 가는 날

명애

  짐을 한번 더 살폈다. 큰 짐은 미리 부쳤고 이 밖에 필요해지는 것들은 그때그때 단에게 부탁하면 된다. 차 트렁크 문을 조심스레 닫았다. 호쾌하게 닫다가는 자칫 다시 열리지 않을 수도 있다. 남편이 퇴직할 무렵 구입한 SUV는 올해로 이십 년이 됐다. 마트나 병원 갈 때 외에는 차를 움직일 일이 거의 없었다. 오늘처럼 먼 거리를 달리는 건 오랜만이라 신경이 쓰였다. 그래봐야 두 시간 남짓이지만. 달랑거리는 거울이 떨어지지 않도록 조심하며 조수석 쪽 사이드미러를 살살 폈다. 거울을 통해 엄마가 단의 부축을 받으며 걸어오는 모습이 보였다.

어디 가시나봐요.

뒤를 돌아보니 같은 층에 사는 여자가 나와 있었다. 남편이 죽고 나서 살던 주택을 팔고, 독립했던 단과 합쳐 작은 평수의 아파트로 옮겨 온 지도 십 년이 되어간다. 오래된 복도식 아파트였다. 같은 라인에 사는 이들은 대부분 젊은 부부로, 아이가 있거나 곧 태어날 예정인 경우가 많았고 보통은 몇 년 지나지 않아 이사했다. 이 여자는 언제 이사왔더라.

인사드려야지.

여자가 말하자 옆에 있던 아이가 손을 힘차게 흔들었다.

할머니, 안녕하세요.

여자가 아이에게 어른한테는 고개 숙여 인사하는 거라며 핀잔을 줬다. 나는 웃으며 손을 마주 흔든 뒤 바다나 보러, 라고 말끝을 흐렸다.

다 같이 가시는구나. 좋으시겠어요. 잘 다녀오세요.

여자는 단과 엄마에게도 살갑게 인사를 건네고 아이와 소형 SUV에 올랐다. 내 차와 같은 회사인데 최신 모델이라 그런지 로고가 달랐다. 아마도 여자는 단의 또래일 것이다. 단은 여전히 애 같은데. 오늘따라 단의 구겨진 남방과 화장기 없는 푸석한 얼굴이 더 거슬렸다. 단은 뒷좌석에 엄마를 태운 뒤 세상 귀찮은 표정으로 조수석에 앉았다. 며칠 전, 내가 우편으로 받은 팸플릿을 건넸을 때도 단은 별말이 없었다. 다만 힘없이 물었다.

여기까지 어떻게 가. 택시를 부를까?

운전해서 가야지.

내 대답에 단은 미간을 찌푸리며 입술을 삐죽였다. 어릴 적부터 뭔가 마음에 들지 않거나 못마땅할 때 나오는 버릇이었다. 단은 폐차를 하자는 말을 곧잘 해왔다. 몇 년 사이 접촉사고가 자주 났다. 우편함에서 속도위반 고지서를 발견할 때마다 단의 낯빛이 어두워졌다. 그래서 종종 단이 발견하기 전에 고지서를 숨기곤 했다. 시험을 망친 뒤 성적표를 숨기던 십대 시절의 단처럼.

볶은 땅콩이 담긴 봉지를 엄마와 단에게 각각 안겼다. 어제 온종일 땅콩을 볶았다. 딱딱한 겉껍질을 일일이 까느라 엄지손가락이 아팠지만, 몸에도 좋고 간식으로도 좋으니까. 목적지는 인천과 육로로 연결된 섬이었다. 운전을 막 시작했을 무렵 처음 가봤는데, 그때도 다리로 이어져 있었다. 여자와 대화하며 그곳이 새삼 섬이란 사실이 기억났다. 그러니 바다를 보러 간다는 말도 거짓은 아니었다. 주소를 입력하려 내비게이션을 켰다. 'ㄱ'을 찾은 뒤 한참을 방황한 끝에 'ㅏ'를 누르고 'ㅇ'을 찾는 여정이 이어졌다. 그렇게 힘겹게 목적지를 설정한 뒤에야 며칠 전 미리 검색을 해봤다는 게 기억났다. 최근 검색 기록을 눌러볼걸. 행동은 갈수록 느려지고 생각은 그보다 더 늦게 찾아온다.

단

작업실에서 원고를 마감하고 허겁지겁 달려오다 엄마와 엘리베이터 앞에서 마주쳤다. 양손 가득 든 짐을 받아들려 하니 엄마는 고개를 내저으며 할머니를 모시고 주차장으로 내려오라고 했다.

현관문을 열고 들어가자 할머니는 여느 때처럼 소파에 앉아 있었다. 할머니, 하고 부르니 나를 돌아보며 어딘가 멀리 떠났다가 이제 막 돌아온 사람 같은 눈빛으로 물었다. 단이구나, 공부는 많이 했니. 할머니는 내가 학생이던 시절 어딘가를 헤매는 중인 걸까. 엘리베이터를 타고 함께 내려가는데 거울에 할머니와 나란히 서 있는 내 모습이 비쳤다. 엄마의 머리카락은 염색 샴푸를 사용해 늘 엷은 갈색에 가까운 반면, 내 머리는 염색하기가 귀찮아 내버려두는 통에 희끗희끗했다. 할머니는 염색을 잊지 않는 쪽이었다. 특히 외출을 앞둔 날에는 엄마나 나에게 꼭 부탁을 했다. 나는 농담하듯 말을 건넸다.

할머니 머리가 나보다 까마네.

바다 보러 가니까.

다행히도 할머니는 다시 지금으로, 오늘로 복귀한 듯했다. 안심한 순간 땅콩이 혼자 심심해서 어쩌냐는 말이 돌아왔다. 땅콩이는, 아니 콩콩이는 외삼촌이 키우다 결혼하면서 두고 간 포메라니안이었다. 할아버지가 돌아가시고 할머니는 홀로 콩콩이와 살다 몇 달 지나지 않아 폐암 4기 진단을 받았다. 항암 치료를 두어 번 받아보더니 더이상의 치료를 거부했다. 의사도 굳이 권하지 않았다. 요양 시설에 모시자는 얘기가 나왔으나 엄마가 집에서 모시겠다고 자진해 나섰다. 의사는 할머니에게 남은 시간을 길어야 일 년으로 예상했지만, 그로부터 어느덧 삼 년이 되어가고 있었다. 암세포 증식이 유난히 더디게 진행되는 것 같다며 의사는 고개를 갸웃거렸다.

이미 노견이었던 콩콩이는 우리집에 온 후 얼마 있지 않아 죽었다. 최근 들어 할머니는 이름도 헷갈리는지, 땅콩이 산책을 시킬 시간이라거나 이제 그만 집에 돌아가야겠다고 말해서 우리를 당황케 했다.

차에 오르자, 땅콩 봉지를 건네며 엄마가 말했다.

돈 아깝다. 이제 우리도 없으니, 집에서 글쎄.

거기서 아주 있을 것도 아니잖아.

퉁명스러운 내 대답에 개의치 않고 엄마는 말을 이어갔다.

맨날 어디를 가나 몰라. 배달은 어찌나 많이 시키는지.

방금 마주친 여자 얘기였다. 문 앞에 항상 택배 상자가 놓여 있고 유아차와 자전거 때문에 복도 다니기가 불편하다는 불평이 이어졌다. 새 이웃을 맞아도 엄마의 불만은 매번 비슷했다.

왜 맨날 남의 흉을 봐?

엄마는 대답 없이 내비게이션에 주소를 입력했다. 손을 떨면서 아주 천천히. 지켜보고 있자니 인내심이 바닥나는 것이 느껴졌다. 내가 하겠다고 하면 분명 스스로 할 수 있다며 손을 내저을 것이다. 엄마는 뭐든 도움받는 걸 꺼렸다. 그렇게 이웃들 흉을 보면서도 직접 만든 음식을 나눠주곤 했다. 큰며느리였던 엄마는 챙길 식구가 줄어들었는데도 적게 하면 그 맛이 안 난다며 호박전도, 잡채도 너무 많이 했다. 그러나 주말 오전에 벨을 누르고 음식이 든 접시를 들이미는 노인에게 호의적인 사람은 드물었다. 한번은 이웃집 남자가 노골적으로 불쾌한 기색을 드러냈으나 엄마는 굴하지 않았다. 엄마의 그런 태도가 신기했다. 어차피 곧 이사갈 사람들이었다. 모른 척하며 살아도 좋을 텐데, 왜 그냥 놔두지 못하지.

말하다보면 이해가 돼서 그래.

차가 고속도로에 막 진입할 때 엄마가 불쑥 말했다.

또 뭐라는 거야.

땅콩을 먹으며 중얼거리던 나는 엄마가 아까 내 핀잔에 대해 변명하고 있다는 걸 깨달았다. 요즘 들어 엄마는 그런 식으로 한참 있다가 대답하는 일이 잦았다.

벗기지 말라니까. 껍질째 먹어야 몸에 좋아.

엄마는 유튜브에서 보았을 게 뻔한 건강 정보를 줄줄 읊었다. 땅콩 속껍질이 기관지와 눈, 간에 좋고 암도 예방해주고 노화도 방지해주고 등등. 우린 엄마의 유튜브 알고리즘이 이끄는 대로 한동안은 두부와 토마토만 먹어야 했고 한동안은 집에서 커피를 마실 수 없었다.

나는 엄마 몰래 땅콩의 붉은 껍질을 벗겨내고 입에 넣었다. 고소하다.

명애

휴게소가 나타났다. 고속도로에 들어선 지 얼마 안 됐지만 차를 세웠다. 이후에는 휴게소가 없으니까. 화장실에서 엄마와 잠시 실랑이를 벌였다. 싫다는 엄마를 억지로 칸 안에 집어넣어 소변을 누게 했다. 나이가 들면 요의를 참는 일이 어려워진다. 기회가 있을 때마다 부지런히 방광을 비워둬야 뒤탈이 없다. 몇 년 전 함께 떠난 싱가포르 여행에서 단은 화장실 구경만 잔뜩 했다며 진저리를 쳤었다.

단에게 할머니가 나오면 챙겨달라 부탁하고 변기에 앉자 빠뜨린 짐이 생각났다. 없으면 곤란한데. 요의를 느끼지도 않았는데 팬티가 축축하게 젖는 일이 늘어났다. 갑자기 기침이 나와서 그래. 피곤했나봐. 실수일 거야. 그렇게 얼마간 부정의 시기를 거쳐 결국 요실금 패드를 착용하기 시작했다. 초기에는 지나치게 의식한 탓인지, 패드가 젖지 않았는데도 축축하게 느껴져 화장실에 가기도 했다. 작은 편의점이나 동네 슈퍼에서는 요실금 패드를 찾기 어려웠다. 대형 마트에서 사 오기는 왠지 창피했다. 단에게 부탁하자 인터넷으로 대량 주문을 해줬다. 한 박스나 되는 그 패드를 두고 온 것이다. 쥐어짜듯 소변을 누면서, 잊지 말고 단에게 다시 부탁해야겠다고 생각했다. 단이 쇼핑 앱을 깔아주고 몇 번이나 주문하는 법을 알려줬지만 그때뿐이었다. 금세 잊어버렸다. 단은 잘해주다가도 때때로 귀찮다는 듯 물었다.

수업에서 안 가르쳐줘?

도서관 수업을 말하는 거였다. 화요일에는 스마트폰 수업을, 금요일에는 영어 수업을 들었다. 만 육십오 세 이상은 무료로 들을 수 있다기에 시작해 어느덧 이 년째였지만, 소용이 없었다. 돌아서면 잊었다. 나만 그런 건 아니었다. 대부분 수업 내용을 알아듣지 못했다. 얼마 전에는 수강생들과 영어 강사 사이에 갈등이 일었다. 강사가 일어서서 대답하라고 했는데, 한 수강생이 거부하며 팽팽하게 대립하는 바람에 수업을 한 주 쉬기까지 했다. 그 얘기를 들려주니 단은 심드렁하게 물었다.

그러면서 대체 왜들 배우려는 거야?

그 마음을 몰라주다니 내심 서운했다. 왜 수업을 잘 따라가지 못하면서도 계속 도서관을 찾는가. 뭔가를 배우고 있으면 필요 없는 사람이라는 생각에서 잠시나마 벗어날 수 있기 때문이다. 정작 그 말은 하지 못하고 강사 탓을 했다. 강사료가 사십만원이나 된다는데 그 정도 받으면 좀 참아야 하는 것 아니냐고. 노인네들 비위를 맞추는 게 그리 어려운 일이냐고.

단은 서운한 소리를 곧잘 했다. 언젠가는 외출했다 돌아와선 지친 얼굴로 말했다.

아이를 낳지 않길 잘한 거 같아.

유일하게 내가 잘했다고 여기는 일을 부정하는 단의 얼굴을 나는 조용히 바라보았다. 내가 결혼도 하지 않고 아이도 낳지 않았다면 어땠을까. 생각을 이어가려다 멈추고 이내 잘한 선택이었다고 결론지었다. 남편을 만난 일도, 단과 현을 낳은 일도.

밖으로 나와보니, 엄마 혼자 편의점 파라솔 아래 앉아 땅콩을 먹고 있었다. 테이블 위에 흩어진 껍질을 그러모으며 껍질째 먹어야 한다고 다시금 말하려다 그만뒀다. 단이 편의점에서 나왔다. 손에는 검은 비닐봉지가 들려 있다.

단

생리대를 구입했다. 아직 때가 아니니, 부정 출혈이다. 자주 있는 일이었다. 자궁근종도 많고 자궁내막이 두꺼워진 것이 원인이라며, 산부인과 의사는 시급히 치료해야 한다고 했다. '임신을 고려한다면' '임신을 생각한다면'이라는 전제를 붙여가며. 그 외에 건강에 정확히 어떤 영향을 끼치는지는 언급하지 않았다.

임신만이 문제라면 수술하지 않겠어요.

그제야 의사는 그대로 놔두면 암으로 진행될 수도 있다고 설명했다. 하루이틀 입원하면 되는 간단한 수술이라고 했다. 또래 친구 중에도 비슷한 증세로 수술을 받은 경우가 있었다. 별일 아니라고 생각하면서도 관련 정보를 자주 검색했고, 화장실에 자주 가게 되었다. 다시 차에 오르자 엄마가 음악을 틀었다. 요즘 한참 빠져 있는 트로트였다.

엄마와 살아라. 운전을 해라.

아빠가 나에게 마지막으로 남긴 말이었다. 독립한 후에도 종종 엄마와 함께 영화나 뮤지컬을 보고 외식을 하고 여행도 다녔었다. 그래서 그냥 그렇게 같이 살면 될 줄 알았다. 단둘뿐이니 식구가 많을 때보다 더 자유롭게. 함께 살기 시작하고 엄마의 카카오톡 프로필 사진은 수시로 바뀌었다. 그즈음 출간된 내 첫 소설집 사진과 함께 자랑스러운 내 딸이라는 문구와 하트 이모티콘이 올라오기도 했다. 둘이 다녀온 여행지나 맛집 사진이 올라오면 괜스레 뿌듯했다. 그런데 언젠가부터 방문 너머에서 들려오는 TV 소리가 거슬리기 시작했다. 아무리 꼭 닫아도 소리는 새어 들어왔다.

트로트 음악이 계속해서 이어졌다. 차 안에서는 피할 길이 없으니 답답했지만, 운전자가 엄마니 별수없었다. 어서 내려 두 다리로 걷고 싶었다. 주변에 운전하지 않는다고 말하면 결혼하지 않았다고 말했을 때와 비슷한 반응이 돌아왔다. 방향 감각이 없다거나 대중교통이 편하다거나 환경을 위해서라거나 하는 핑계를 댔지만 실은 엄마의 수족처럼 움직이게 될 상황을 피하고 싶었다. 엄마는 운전을 배운 뒤부터 나와 현을 학교와 학원으로 날랐다. 밤에는 술에 취한 아빠를 날랐다. 병원으로 할머니와 할아버지를 날랐다. 그걸 알기에 필요한 사람이, 유용한 사람이 되고 싶지 않았다.

결혼한 현은 해마다 집과 점점 멀어졌다. 처음에는 직장 때문이었고 아이를 낳은 뒤에는 처가와 가까운 지역으로 가기 위해서였고 그다음은 조카의 학업을 위해서였다. 가까이에 있는 나도, 멀리 있는 현도 엄마가 꿈꾸는 노후를 완성시켜주지는 못할 것이다. 어느 순간 엄마는 프로필 사진 바꾸는 일을 그만뒀다.

주차장에서 살갑게 인사를 건네오던 여자와는 면식이 있었다. 막 이사온 그 여자가 어린이집 하원 도우미를 구한다는 공고를 아파트 일층 알림판에 붙이는 모습을 보았다. 연락처를 하나 떼어낸 뒤, 한동안 갖고 다니며 전화를 할까 말까 망설였다. 소설 쓰는 일만으로는 나 하나도 제대로 돌볼 수 없으니 틈틈이 알바거리를 찾아야 했다. 조수석에 올라타는 모습을 그 여자에게 보이지 않으려고 짐짓 시간을 끌었다. 이제 누가 봐도 노인임이 분명해진 엄마가 운전하는 차를 얻어 타는 것이 내심 불편했다. 엄마가 이런 결정을 하게 된 이유가 내게서 돌봄을 기대할 수 없기 때문일 것이기에 더더욱.

바다처럼 보이는 강을 가로지르는 대교를 건너 강화도로 막 들어섰다. 바다는 아직 보이지 않는다.

명애

남편과 섬으로 땅을 보러 다녔었다. 노후를 보낼 곳을 물색하기 위해서였다. 이 섬도 후보지 중 하나였다. 남편은 처음 만났을 때부터 나중에 어떻게 살고 싶은지에 대해 이야기했다. 자신은 매일 파도 소리를 들으며 잠들고 싶다고 했다. 아침마다 일출을 보고 싶다고도. 인생이란 바라다보면 어떻게든 그와 비슷해지는 법이죠, 공식을 외우듯 말하더니 이렇게 덧붙였다. 일단은 그전에 부모님과 몇 년 함께 살다가 분가하고, 아이들 결혼시키고, 퇴직할 거라고. 당시에는 소박한 꿈을 가진 사람이라고 여겼다. 야망이 없어서 오히려 좋았다.

여기서 너희 아빠가 소를 키우고 싶다 했었다. 꿈도 컸지.

단은 하도 들어서인지 대꾸 없이 피식 웃었다. 내비게이션이 알려주는 대로 왔는데 공사중이라 길이 막혀 있었다. 되돌아가야 했다. 단이 업데이트를 제대로 해놓지 않은 탓이었다.

부탁했잖니. 그거 하나. 고작 그거 하나.

어차피 헤매봐야 섬 안이지.

단은 무심하게 말하며 휴대폰 내비게이션 앱으로 길을 검색했다. 그런 느긋함에 화가 났다. 제 아빠를 닮은 걸까. 남편은 금융회사에 다녀서인지 늘 이해타산에 밝고 효율적인 사람이었지만 순수한 구석이 있었다. 섬에서의 생활을 마냥 장밋빛으로 생각하는 그와는 달리, 나는 걱정이 앞섰다. 한편으로는 들뜨기도 했다. 분가하지 못하고 계속 시부모를 모시고 산 것만 제외하면 남편이 말했던 대로 흘러가고 있었다. 시부모님이 돌아가셨고 현은 결혼시켰고 단은 독립했다. 남편은 이제부터 술도 마시지 않겠다며, 앞으로 둘이 홀가분하게 농장을 꾸리며 살아보자고 다짐하듯 말했다. 매일같이 담배를 피우고 술을 마시던 그였다. 저러다 병에 걸린다면 반드시 폐암이나 간암일 거라고 생각했었다. 뜻밖에도 남편의 콩팥이 손쓸 수 없이 망가졌다. 이틀에 한 번 혈액투석을 해야 한다는 검진 결과를 들은 건 부동산 가계약을 하고 돌아온 지 며칠 후였다. 계약은 파기됐다.

여기 어디쯤이었던 것 같은데.

결국 이 섬으로 온 걸 보면 남편에게 선견지명이 있었나보다. 이런 걸 선견지명이라고 해도 될까. 시부모님도, 남편도 모두 병원에서 보냈다. 엄마만은 집에서 보내고 싶었다.

나는 알 수 있어. 벌써 셋이나 보내봤잖니. 엄마도 곧이야.

단에게도, 형제들에게도 자신 있게 말했다. 그러나 엄마에게 남은 시간은 예상보다 긴 듯했고 내 무릎에는 자주 물이 찼다. 움직이는 일이 점점 힘에 부쳤다. 붙박이 가구마냥 거실 소파에 앉아 있는 엄마가 답답했다. 둘 다 귀가 어두워지니 대화도 어려웠다. 나부터가 가스레인지에 냄비를 올려놓고 깜박하는 처지면서, 엄마의 섬망 상태에 겁이 덜컥 났다. 어느 날 유튜브를 들여다보던 중에 보호자도 같이 지낼 수 있는 요양시설 소개 영상이 눈에 들어왔다. 비용이 저렴했다. 간병해야 한다면 집보다 요양원이 나았다. 적어도 세끼 밥을 내가 하지 않아도 되니까.

전화가 걸려왔다. 부부 동반 여행을 함께 다니던 친구 미숙이었다.

차 안이야? 어디 가?

구구절절 상황을 설명하고 싶지 않았다.

바다나 보러 나왔어.

팔자 좋네. 나는 손주 돌보느라 허리가 아파서 아무데도 못

가. 심심해서 전화했어.

　말은 그렇게 해도 미숙은 프로필에 남편과 손을 꼭 잡고 여행하는 사진을 올려놓곤 했다. 삶이 공평하지 않다는 생각이 들었다. 전화를 끊자마자 나는 단에게 미숙이 딸 결혼식을 앞두고 있단 이유로 남편 장례식에 오지 않은 일을 들먹였다.

　얘는 지 필요할 때만 전화한다니까.

　엄마, 남 얘기 좀 그만해.

　너도 내 흉 보잖아.

　단이 놀란 듯 나를 쳐다봤다. 단의 소설에서 나는 항상 죽어있거나 부재중이었다. 반대로 죽은 남편은 살아 있었다. 단이 그건 픽션이라고, 소설일 뿐이라고 항변했다. 하지만 나는 기어코 한마디 더 하고 말았다.

　나 죽으면 마음대로 써라.

　갑자기 음악소리가 뚝 끊겼다. 에어컨이 꺼지고 계기판의 불이 하나둘 꺼지더니 이윽고 시동까지 꺼졌다. 달리던 차가 멈춘다.

단

　시동은 다시 걸리지 않았다. 오래된 엔진이 버티기에는 역시 무리였던 걸까. 보험사를 기다려야 하는데 일요일인데다, 섬 안까지 언제 도착할지 알 수 없었다. 가까운 카페에 자리를 잡았다. 나는 엄마와 마주앉아 있기가 어색해 주문한 커피가 나오자마자 들고 밖으로 나왔다.

  카페 앞에 고양이들이 모여 느긋한 자세로 쉬고 있었다. 조금만 둘러볼 생각으로 걷기 시작하자 더 많은 고양이가 눈에 들어왔다. 버려진 걸까. 예전에 이 섬으로 유배 오는 왕족도 많았다지. 이제는 요양원도 많고. 아빠는 왜 이곳에 살고 싶어 했던 걸까.

  치즈 고양이 한 마리가 다가왔다. 무언가를 바라는 기색이었지만 줄 것이 없었다. 가방에 항상 츄르를 가지고 다니던 시절도 있었다. 허튼 데 돈 쓰지 말고 사람한테나 잘하라는 엄마의 잔소리가 폭력적이라고 생각했었다. 작업실 근처에 자주 보이던 고양이는 회색빛 바탕에 검은 줄무늬를 가진 녀석이었는데, 꽤 영리해 보였다. 낯을 가리더니 꾸준히 츄르를 주자 배까지 보여줬다. 돌봐주는 사람이 많아 항상 배가 볼록했고 털에는 윤이 났다. 어느 추운 겨울밤이었다. 여느 때와 달리 기운 없이 늘어져 있는 고양이를 보곤, 나는 평소처럼 근처 화단에서 잎사귀 하나를 떼어다 츄르를 짜주고는 그냥 지나쳤다. 다음날 작업실로 가는 길에 교복을 입은 아이들 품에 고양이가 안겨 있는 것을 보았다. 짓무른 눈을 거의 뜨지 못했고 콧물이 줄줄 흘렀다. 가까이 다가가 살피지 않았다. 큰 병이면 병원비가 많이 들 텐데. 순간적으로 그런 생각이 앞섰던 탓이다. 먹지 않은 츄르가 말라붙어 있는 잎사귀를 주워 버리고, 그뒤로는 츄르를 가지고 다니지 않았다.

  오르막길이 나타났다. 망설이다 더 올라가보기로 했다. 중간쯤에 이르러 뒤를 돌아보았다. 오래된 주택과 빌라 사이에 신식 건물들이 드문드문 보였다. 유적지가 많은 섬답게 곳곳에 남아 있는 기와지붕들이 고즈넉한 분위기를 자아냈다. 넓은 논과 밭, 그 뒤로 펼쳐진 수평선이 눈에 들어왔다. 바다는 예상보다 가까운 곳에 있었다. 아빠가 이곳에 살고 싶어했던 이유를 조금 알 것도 같았다. 초등학교와 문구점, 분식집이 모여 있는 친근한 골목을 지나자 언덕이 나타났다. 한 노인이 늙은 개를 안고 가파른 돌계단을 오르고 있었다. 개는 한눈에 보기에도 아픈 듯했고 노인의 상태도 그리 좋아 보이지 않았다. 비틀거리는 노인은 중간중간 멈춰 숨을 몰아쉬었다. 저 위에 뭐가 있어서 저리도 열심히 올라가는 걸까. 집에 가는 길일까. 위태로운 모습을 지켜보는 사이 노인과 개는 계단 꼭대기에 조금씩 가까워지고 있었다.

  아빠가 입원해 있던 병원 근처에도 비슷한 언덕이 있었다. 나중에 장례까지 치른 병원이었다. 아빠가 투석을 받는 동안 엄마와 함께 계단을 오르곤 했다. 그때는 엄마의 다리가 튼튼

했고, 속도도 비슷했으니까.

나 죽으면 마음대로 써라.

그 말에 당황한 건 엄마의 유령이 자꾸만 찾아와 곤혹스러워하는 인물이 등장하는 소설을 쓰는 중이어서였다. 현실에서도 픽션에서도, 엄마는 내 문장을 수정하게 하고 자꾸만 멈추게 했다. 언젠가부터 엄마한테 보여주는 소설과 보여주지 않는 소설이 나뉘었다. 엄마의 인터넷 검색 능력이 나날이 향상되는 것도 두려웠다. 어느 순간부터는 출간된 책을 옷장 안에 숨겼다. 더이상 내 소설이 자랑스럽지 않았다. 엄마 말이 맞는지도 모른다. 흉을 보면 미안해지고, 그러다 상대방이 이해되는 거라던. 아니, 꼭 맞았으면 좋겠다. 소설 속 '엄마'를 '나'로 바꿔 적어야겠다고 생각하며 발길을 돌려 카페로 향했다. 계단 너머에 뭐가 있을지 궁금했지만, 너무 멀어지면 안 되니까.

그런데 엄마가 엄마를 부르며 카페에서 뛰어나온다.

명애

단이 자기 몫의 커피를 챙기더니 나가버렸다. 어릴 때부터 까다로웠다. 매번 싫다고, 안 맞는다고 등돌려버리면 곁에 아무도 남지 않고 혼자가 된다고 이야기해주고 싶었다. 단의 소설도 그랬다. 소설 속 주인공들에겐 현실을 극복할 의지가 없어 보였다. 나는 혀를 끌끌 찼다. 이 정도로 헤어지다니. 그런 게 사랑이니?

그뒤로 단은 소설을 아예 보여주지 않았다. 단이 십대일 때 쓰던 일기장을 훔쳐봤듯, 나는 방에서 나오는 파지들을 몰래 보며 소설 내용을 유추해보려고 애썼다. 저 나이 때 나는 집이 답답해 자꾸만 나가고 싶었는데 왜 단은 스스로를 그 작은 방에 가두는 걸까. 고등학생 때 서랍에 담뱃갑을 숨겼던 단이 지금은 무얼 감추고 있는지 알고 싶었다.

너 같은 딸 낳아봐라.

가끔 그 말이 목 끝까지 올라왔다. 못 참고 내뱉은 적도 있지만 단이 마흔을 넘긴 뒤로는 하지 않았다. 아이를 낳아 기르는 마음을 단에게 영영 이해받지 못할 거라 생각하면 쓸쓸해졌다. 이제 단에게 할 수 있는 말은, 너도 늙어보라는 말밖에 없었다.

요양원에 들어가기로 결정했을 때 팸플릿을 살펴보던 단이 물었다.

그러니까 왜 엄마도 같이 가냐고.

엄마 혼자 보낼 수 없잖니.

그때 단에게 정말로 하고 싶었던 말은 어쩌면 너도 나중에 나를 홀로 두지 말라는 당부가 아니었을까.

휴대폰 벨소리가 울렸다. 소리가 컸는지 카페 안의 사람들이 일제히 내 쪽을 쳐다봤다. 보험사에서 파견한 출장 기사였다. 예상보다 도착이 빨랐다. 엄마는 피곤한지 소파에 기대어 꾸벅꾸벅 졸고 있었다. 금방 다녀올 작정으로 카페를 나와 차를 세워둔 곳으로 갔다.

아이가 어느 정도 자라면 직장에 다니고 싶다는 내게 남편은 집안일을 맡는 게 가계에 얼마나 이익인지 계산하더니 말했다.

집에 있는 게 훨씬 나아.

모든 걸 반대했던 남편이 유일하게 허락한 게 운전이었다. 효율적이라는 이유였다. 운전면허 학원에 등록해주고 차를 사줬다. 섬에 땅을 보러 다닐 때도 내가 운전대를 잡았다. 남편은 운전을 자신 없어했고, 무엇보다 애주가였다. 나는 운전할 때만큼은 자유를 느꼈다. 인정받는 기분이었다.

다리가 약해진 뒤로는 더더욱 운전한다는 사실이 소중해졌다. 지하철을 무료로 이용할 순 있지만, 계단을 오르내리는 일이 힘겨웠다. 예전보다 순발력이 떨어지는 걸 느끼면서도 운전을 포기하고 싶지 않았다. 굳이 요양원에 차를 끌고 가는 것도 그 때문이었다. 요양원에서 두 달만 지내도 걷지 못하게 된다는 말이나, 욕실에서 넘어져 고관절이 부러졌다는 얘기가 어떤 괴담보다도 무서웠다. 엄마를 모시고 해변을 따라 드라

이브도 하고 산책도 할 것이다. 일상이 퇴화하도록 두지 않을 것이다.

기사는 난감한 얼굴로 차를 살펴보더니 말했다.

너무 오래돼서 정비소에서도 고치기 어렵겠는데요.

단의 말대로 폐차하는 편이 나았을까. 나는 기사에게 차를 맡기고는 서둘러 카페로 돌아왔다.

엄마가 보이지 않는다.

단

강화군에서 사라진 김연분씨(여, 90세)를 찾습니다. 키 158센티미터, 몸무게 44킬로그램. 검은 바지에 베이지색 재킷, 검정 단화. 섬망 증세가 있음. 그리고 새카만 머리카락. 실종 경보 문자로 내보낼 문구를 떠올리며 할머니에 대한 정보를 머릿속으로 정리했다. 휴대폰 앨범에서 급히 사진도 찾아봤다. 십 년 전 산수연 때 찍은 것이 전부였다. 사진 속 할머니는 지금보다 젊었다. 젊다는 단어가 어색해도, 대체할 단어를 찾기 어려웠다. 카페 근방에는 할머니를 봤다는 사람이 없었다. 왔던 길을 다시 거슬러 가려다 뒤돌아보니 엄마가 느린 걸음으로 힘겹게 나를 따라오고 있었다. 여름이 끝나간다고는 하지만 아직 낮이라 햇볕이 꽤 뜨거웠다. 엄마를 그늘에 있는 벤치에 앉히고 내가 찾아볼 테니 쉬고 있으라고 했다. 할머니 걸음을 생각하면 그리 멀리 가지 못했을 것이다.

초등학교 앞을 지나쳤다. 운동장에는 아이들 서넛이 공을 차며 놀고 있었다. 이웃집 아이를 기다리던 때가 생각났다. 할머니를 핑계로 기어코 얻은 작업실은 보증금 삼백에 월세 이십의 아주 작은 방이다. 책상과 책장 하나가 전부지만 그 어떤 곳보다 편안했다. 아무도 모르게 영영 그 방 안에 앉아 있을 수 있을 것만 같았다. 빠듯했지만, 책방에서 에세이 강의를 맡았고 방과 후 수업도 하고 있었으므로 월세를 충당할 수 있었다. 그러다 갑자기 강의를 나가던 책방이 문을 닫았다. 결국 이웃집 여자에게 전화를 걸어 아직 하원 도우미를 구하는 중이냐고 물었다. 처음엔 이웃이라 더 안심된다며 좋아했던 여자는 한 달도 안 돼 난처한 얼굴로 말했다.

죄송하지만 이제 그만하셔야겠어요.

낯을 가리던 아이가 나를 보면 이모라고 부르며 달려와 손을 잡기 시작한 참인데, 뭐가 거슬린 걸까. 다른 엄마들이 아이가 참 밝다고 칭찬할 때 엄마인 척 웃어서일까. 아니면 날이 덥다고 아이에게 아이스크림을 하나 사줘서일까. 이유를 떠올리는데 여자가 말했다.

제가 직장을 그만뒀어요.

그 말에, 더는 물어볼 수 없었다.

엄마가 아빠 몰래 일을 하다 그만둔 적이 있었다. 집집마다 방문해 전집을 판매하는 일이었는데, 열쇠를 목에 걸고 학교에 갔다 아무도 없는 집에 돌아오는 일이 쓸쓸했던 나는 아빠가 알게 되기를 내심 바랐다. 이유는 알 수 없지만 얼마 지나지 않아 엄마는 일을 그만두었다. 직원 할인가로 샀다는 여든여덟 권이나 되는 전집 중 한 권을 꺼내 읽으며 엄마가 막 구워준 카스텔라를 집어먹을 때 느꼈던, 꽤 만족스러웠던 기분이 생생했다.

요양원에 도착하면 곧장 택시를 불러 가까운 시외버스 터미널까지 이동할 생각이었다. 위치와 버스 시간표는 어제 미리 찾아두었다. 작업실로 서둘러 돌아가 밤을 새울 작정이었다.

시장통 골목 안에 위치한 작업실의 작은 창으로는 갖가지 소리가 흘러들어왔다. 상인들이 호객하는 소리, 셔터를 내리고 닫는 소리, 오토바이 시동음과 쉴새없이 어떤 기계가 돌아가는 소리, 그 밖의 온갖 목소리들. 작업실에서 늦은 밤이나 새벽까지 있다가 집으로 돌아올 때면 의문 하나가 슬며시 고개를 들었다. 왜 그 소리들은 거슬리지 않는 걸까.

굳이 답을 찾지 않아도 알 수 있었다. 시끄러운 TV 소리며 끊이질 않는 트로트 음악. 게다가, 레츠고, 노프라블럼. 아임 히어, 나이스투미츄, 하와유, 아이고배쓰룸 등등 엄마가 유튜브를 틀어놓고 수십 번씩 반복하는 어설픈 영어 문장은 그 어떤 소리보다 더 고역이었으니까. 해외여행 갈 일이 생기려나. 중얼거리는 말들도. 그때마다 소용없다는 걸 알면서도, 문고리를 움켜쥐고 소리가 나지 않게 방문을 더 꽉 닫곤 했다. 그래서 조수석에 앉아 유용하지 못한 사람이 된 채로 시간이 지나가길 기다리는 편을 택했다. 그 소리로부터 멀어지기 위해. 그래도 엄마와 할머니를 버리러 가는 듯한 기분을 지울 수 없었다. 엄마 스스로 운전해서 가는 길임에도 불구하고. 눈앞에 아까 보았던 언덕이 나타났다. 지나가는 사람이 하나도 없어 고요했다.

그때 바람 한 점이 불어왔다. 돌층계 주변에 흩어져 있던 붉은 껍질이 나비처럼 살랑거린다.

명애

단이 뛰어올라간 길을 바라봤다. 오르막길이나 계단이 나타나면 자연스레 망설여졌다. 올라가는 것보다 다시 내려올 일이 까마득해서였다. 실은 단에게 그게 나였다고 말하지 못했다. 강사와 싸웠다는 수강생. 강사는 매번 주말 계획을 영어로 물었다. 내가 주말에 무엇을 할 수 있을까. 하루종일 엄마랑 있을 것이다. TV를 보고 밥을 차려서 먹고 치우고 또 밥을 먹겠지. 간단한 문장일 테지만 만들어내기 어려웠다. 일어나서 낯선 단어를 더듬더듬 뱉어내야 하는 것이 벌을 받는 일처럼 느껴졌다. 도서관 직원의 중재로 강사는 한 주를 쉬고 다시 돌아왔다. 나는 강의실 구석에 앉았다. 영어를 쓸 일이 없으니 수업을 들어야 할 이유가 없었지만, 단어를 외우다보면 그저 폐차될 순간만을 기다리는 자동차가 된 기분에서 벗어날 수 있었다. 그제가 마지막 수업이었다. 만일 강사가 다시 물어본다면 대답할 생각이었다. 바다를 보러 갈 거라고. 직접 운전해서. 문장을 준비해 갔지만, 강사는 나를 지명하지 않았다.

단을 따라가야 한다. 엄마를 찾아야 한다. 다시 걷기 시작했다. 조용하던 골목이 갑자기 시끌벅적해졌다. 온몸에 진흙을 잔뜩 묻힌 아이들이 부모의 손을 잡고 걸어오고 있었다. 여기서 멀지 않은 곳에 바다가 있나보다. 우리도 그날 진흙 범벅이 됐었지.

이 섬에 처음 온 날이었다. 운전을 막 시작했을 무렵이었는데 내비게이션도 없이 어떻게 올 수 있었는지 모르겠다. 집에 있는 것이 답답했다. 휴일이었지만 남편은 회사에 출근했고, 나는 어디든 가고 싶었다. 혼자서는 갈 수 없으니 단과 현, 시부모님까지 태우고 출발했는데 어느새 해변에 도착해 있었다. 단은 쉴새없이 엄마를 불렀다. 개펄에서 새롭고 신기한 것을 발견할 때마다 큰일이라도 난 것처럼. 밀물이 밀려와 그 작은 발자국들을 지우기 전에 달려가 끌어안았다. 햇볕에 잔뜩 달구어져 뜨끈해진 그 작은 몸뚱어리가 버둥거렸지만 나는 강했다.

남편은 오 년 넘게 누워 있었다. 그건 남편의 계획에는 없던 일이었다. 다가오는 죽음 앞에서 품위를 유지하는 일은 불가능했다. 힘없이 축 늘어진 성기와 뼈가 드러날 정도로 볼품없던 몸. 그런 상황을 종료시킬 수 있는 건 회복이나 성장이 아니라 죽음뿐이었다. 단의 소설을 보며 이런 게 사랑이냐고 물었지만, 실은 나에게 묻고 싶었다. 무엇이 사랑인가. 고통을 느껴야 사랑인가. 바닥까지 드러나야 사랑인가. 그저 시간이 지나가기만을 바라는 마음을 단이 알게 되는 것이 두려웠다.

이젠 나도 스스로 요의를 조절하지 못한다. 아무리 씻어도 냄새를 풍기게 될 몸. 그런 생각이 들면 더욱 몸을 움직였다. 의문을 밀어냈다. 내미는 손을 밀어내고 뭐든 도움 없이 해내고 싶었다. 그러다 쓸쓸해졌다. 왜 나는 아무도 돌봐주지 않지.

패드가 그사이 축축해졌다. 무릎이 아파 더이상 걷기 힘들었다. 하나둘 가뭇없이 사라져버리고 있었다. 모두 다 사라져버리면 나는 어디로 가야 하지. 무엇으로 남게 될까. 이불에 오줌을 싸고 쫓겨난 아이처럼 풀이 죽은 채로 나는 멈췄다.

엄마, 이리 와봐. 빨리. 단이 나를 부른다.

단

 헨젤과 그레텔이 흘린 빵조각처럼 땅콩 껍질이 계단마다 떨어져 있었다. 허겁지겁 언덕을 올라가니 커다란 한옥 한 채와 그 앞에 펼쳐진 너른 마당이 보였다. 할머니는 마치 그 집의 주인처럼 툇마루에 천연덕스럽게 앉아 땅콩을 까먹고 있었다. 맥이 탁 풀렸다.
 할머니, 왜 여기 있어.
 올라오면 바다가 보일까 해서.
 우리 말고는 아무도 없었다. 고요했다. 여기도 유적인 걸까. 널찍한 마당 한편에 세월이 느껴지는 고목 한 그루가 서 있고, 기와지붕을 타고 늘어진 푸른 넌출에는 표주박이 달려 있었다. 어딘가 인위적인 세트장처럼 보이기도 했다.
 마당 바닥을 이루는 기묘한 무늬를 발견했다. 흙바닥에 작고 납작한 돌을 깔아 만든 것이었다. 커다란 원 안에 그보다 작은 원이 들어가 있고, 그 안에는 그보다 더 작은 원이 들어가 있고, 또 그 안에는 그보다 더 작은 원이…… 그렇게 점점 작아져 가장 안쪽에 있는 원은 한 사람이 겨우 앉을 만한 크기였다. 마치 과녁판처럼 생긴 문양이었는데, 자세히 보니 미로에 가까웠다. 안내문에 '라브린스의 길'이라는 이름과 함께 천천히 중심까지 다다랐다가 다시 돌아서 나오라는 설명이 적혀 있었다. 이 길을 걷는 데 옳은 방법도 그른 방법도 없다는 문장과 함께. 바깥쪽 원에 입구가 있고, 중심의 원이 이 길의 끝이었다. 나는 천천히 길을 따라 걸었다. 중심에 가까워졌다 싶으면 포석에 가로막혔다. 순순히 뒤로 돌아 걷다보면 또다시 중심과 멀어지고, 주변부로 밀려났다 싶으면 다시 중심과 가까워지고. 길을 무시하고 갈 수도 있었지만 그러지 않았다. 주어진 대로 걷다보면 언젠가 도달할 수 있을 것 같았다. 그런데 할머니가 다가오더니 포석을 밟고 한가운데로 직진해 중심의 원으로 들어가 주저앉아버렸다.

여기가 시원하다.

할머니도 참.

나도 그 곁에 나란히 앉았다. 할머니 말대로 그늘도 아닌데 시원했다. 보이진 않지만 바다가 가까이 있어서일까. 그때 엄마가 힘겹게 층계를 올라오는 모습이 보였다. 내가 어서 이리 오라고 부르자 손사래를 쳤다.

바닥에 앉으면 못 일어나.

내가 잡아주면 되지.

엄마는 더이상 거절하지 않고 다가와 길 위에 앉았다. 가운데 할머니를 두고 셋이 나란히. 엄마는 당부하듯 말했다. 이제 곧 가을이라고. 추석쯤에는 현이네랑 바다나 보러 오라고.

엄마, 나 요양보호사 자격증 딸까.

글이나 써.

돈 많이 벌어서 고급 실버타운에 가자.

글이나 쓰라니까.

환한 햇살 아래에서 나는 엄마와 할머니를 자세히 살폈다. 입가에 붉은 껍질이 붙어 있었다.

둘 다 이런 거나 묻히고.

손으로 살살 털어냈다. 할머니가 호주머니를 뒤적이더니 땅콩을 내 입에 쏙 넣어주었다. 껍질을 벗기지 않은 채로. 나는 뱉지 않고 잘 씹었다. 텁텁하고 쓰다. 그래도 나는 그것을 삼킨다.

연분

창밖을 아무리 쳐다봐도 바다가 보이지 않으니 지루하다. 호주머니를 뒤적거린다. 무언가 잡힌다. 입에 넣는다. 고소하다. 그나저나 땅콩이도 같이 왔으면 좋았을 텐데. 데려가면 안 되냐고 명애에게 몇 번을 물어도 대답해주지 않았다. 잘 보이지 않던 단이가 왔다. 공부 힘들지. 요즘은 시간이 어떻게 흐르는지 모르겠다. 나는 문득 놀란다. 여기가 우리집이 아닌 것 같아서. 그러다 다시 무엇에 놀란 사실조차 잊는다. 명애가 외출하면 혼자다. 전화가 걸려오면 잘 받는다. 잘 들리지 않아도. 그래서 소리를 크게 질러본다. 심심하진 않다. TV를 들여다보고 있으면 사람들이 말을 건다. 내게 손을 흔들고 인사도 한다. 이런 얘기를 하면 명애가 싫어한다. 그래서 일부러 말하지 않는다. 오늘 어디를 간다고 했더라. 맞다, 바다. 오늘은 바다에 가는 날. 자다 깨면 어딘가 허전하다. 아무래도 무언가 잃어버린 것 같은데. 그러고 보니 사위를 본 지도 오래다. 얌전해 보였는데, 집에 다녀가면 냉장고 안 술병이 사라지곤 했다. 그래도 명애보고 참으라고 해야겠지. 여기 가만히 앉아 있으면 바다가 보이지 않을 텐데. 낮은 곳이라 보이지 않는 건지도 모른다. 저 위로 올라가봐야지. 같이 가자고 말해봐도 대답이 없다. 들리지 않나보다. 명애가 많이 먹지 말라고 했는데. 고소하다. 더 올라가야 해. 숨이 차오른다. 천천히, 천천히. 다 올라왔는데 여전히 바다가 보이지 않는다. 기다릴 텐데. 내 곁에 있던 따뜻한 것. 이름이 기억나지 않아. 바다만 보고 돌아갈게. 곧 갈게.

십일월이 지나면

1

어느 것이든 참여해야 했다.

노래자랑, 볼링, 농구, 윷놀이, 탁구, 축구. 루시아가 줄줄이 나열하는 단어들이 생소했다. 이런 종류의 선택과 마주한 것이 얼마 만이더라. 까마득한 대학 신입생 시절 이후 처음이지 않을까. 소영은 손을 들까 말까 움찔거리다 고개를 돌려 대식의 옆얼굴을 바라보았다. 대식은 일찌감치 윷놀이를 골랐다. 고집스럽게 다물린 그의 입을 보자 숨이 턱 막혔다. 소영은 허리를 숙여 욱신거리는 왼쪽 발목을 주물렀다.

"노래자랑과 축구만 남았습니다. 아직 정하지 않은 보호자님?"

 망설이는 사이 선택지는 점점 줄어들었다. 노래자랑만은 피하고 싶어 소영은 엉거주춤 손을 들었다. 축구라고 해봐야 테이블 게임기였다. 소영과 동시에 누군가 손을 들었다.

 "김해숙 마리아 보호자님과 윤대식 요한 보호자님, 축구를 선택하셨습니다."

 그 사람도 파란색 줄이 달린 보호자용 명찰을 목에 걸고 있었다. 명찰에 정민재, 라고 적힌 이름이 보였다. 사실 소영은 자기소개를 할 때부터 민재를 의식하고 있었다.

 보호자와 함께하는 5박 6일 교육 프로그램은 요양원 입소 전 필수 절차였다. 이곳에 입소하기 위해서는 몇 가지 조건을 충족해야 한다. 다른 병이 아닌 암이어야 하고, 혼자서도 거동할 수 있는 환자여야 했다. 보호자가 교육 프로그램에 동행해야 한다는 점이 제일 까다로운 규정이었다. 새로 입소하는 환자 스무 명의 보호자는 대부분 배우자였다. 자녀가 동반한 경우는 소영과 민재뿐이었다. 육십대도 어리다는 소리를 듣는 이곳에서 그들은 단연 가장 젊었다. 휴가철도 아니고 연휴도 없는 십일월 평일에 엿새간 시간을 낼 수 있는 사십대가 얼마나 될까. 다른 이들이 착한 딸, 착한 아들이라고 칭찬하면서도 내심 호기심 가득한 눈으로 보고 있다는 것을 소영은 알았다. 소영도 민재가 궁금했으니까.

요양원은 충북 청주 시내에서 차로 삼십 분 거리의 마을 근처에 위치했다. 말끔하게 정비된 산책로에, 종교 재단에서 운영하는 터라 기도하는 곳까지 마련되어 있었다. 단점은 거의 없었다. 공항 근처라서 비행기가 지나갈 때마다 말소리가 잘 들리지 않는다는 점을 제외하면. 무엇보다 다른 요양원보다 가격이 저렴해 신청자가 꽤 많았다. 소영은 여름이 시작될 무렵 대기 신청을 걸어두었다. 그사이 왼쪽 발목이 골절돼 수술을 받았다. 통깁스와 목발에서는 벗어났지만, 아직 걸을 때마다 절룩거렸고 오래 걸으면 부었다. 자리가 생겼다고 연락을 받았을 땐 물리치료를 더 받아야 하는 상태였으나 기회를 놓칠 수 없었다. 환자는 물론 보호자에게도 세끼 식사가 영양식으로 제공된다는 블로그 후기를 훑어보면서, 소영은 공기 좋은 곳에서 쉬고 오는 셈 치자며 입소를 결정했다.

일 년 전, 대식이 암 진단을 받았을 때 소영은 냉정하게 거리를 유지하려 애썼다. 대식이 수술을 받고 입원한 며칠을 제외하고는 멀리 떨어져 자신의 일상을 지켰다. 간병인을 구했고 비용은 오빠와 나눠서 부담했다. 그러나 대식은 소영을 끊임없이 호출했다. 결혼하지 않은 친구들이 간병이라는 짐을 짊어지게 된 사례를 익히 접해온 소영은 그렇게 되고 싶지 않았다. 할 수 있는 한 시간보다는 돈으로 해결하려 했다. 일 핑계를 대가며.

"인터넷으로 신청하면 된다더라."

이곳의 안내서를 건네며 입소를 원한 것은 대식이었다. 소영은 의아했다. 대식은 사람들과 어울리는 것을 좋아하지 않는 성격이었으니까.

5박 6일의 일정표를 뒤적였다. 매일 아침 미사 후, 오전 중에 '암 재발 방지와 면역력 증진 교육'이 이루어진다. 오후에는 '마니또 게임'과 '선배들과의 만남' 등 주로 친목 도모를 위한 프로그램이 마련되어 있었다. 첫날인 오늘은 오리엔테이션이 끝난 뒤 체육대회와 장기자랑이 있을 예정이었다. 엿새만 참자, 엿새만. 한숨을 내쉬며 소영은 강당을 둘러보았다.

진행을 맡은 루시아가 먼저 무대에 올랐다. 본래 암환자였다가 완치 판정을 받고 이곳의 안내자로 머물게 된 사연에 대해 고백하듯 자신을 소개했다. 장기 입소자 선배들의 환영 인사가 이어졌고, 새로 들어온 입소자들과 보호자들이 섞여 게임을 벌였다.

테이블 축구 게임에도 꽤 기술이 필요했다. 생각보다 소영은 많이 흥분했다. 연달아 골이 들어갔을 땐 만세를 외치듯 팔을 올렸고 민재와 하이파이브까지 했다. 항암 치료가 시작되고 머리카락이 모두 빠진 이후로 부쩍 기운 없던 대식도 모처럼 즐거워 보였다. 멀리서 윷가락을 힘차게 던지는 대식의 상기된 얼굴을 보면서 소영은 이곳에 오기를 잘했다고 처음으로 생각했다. 흥이 한껏 오른 사람들을 뒤로하고 강당을 빠져나왔다.

산책로에는 마른잎이 달린 나무가 줄지어 서 있었다. 낙엽이 잔뜩 쌓인 길을 걸을 때마다 바스러지는 소리가 났다. 얼마 지나지 않아 작은 광장이 나타났다. 커다란 십자가가 마치 나무처럼 우뚝 서 있고, 그 아래 벤치가 놓여 있었다. 이곳을 검색하면 가장 많이 등장하는 이미지라 그런지 이미 와본 곳처럼 익숙했다. 십자가 맞은편으로 성모상이 보였다. 벤치에 앉아 소영은 왼쪽 검지에 낀 묵주 반지를 버릇처럼 돌렸다. 한때 소영은 매일 아침과 저녁마다 기도를 했다. 무엇을 바라서라기보다는 견디기 위해서였다.

성모상 앞에는 사람들이 기도하며 바친 작은 초들이 놓여 있었다. 끝까지 타서 눌어붙은 촛농으로 남은 것들과 환하게 타오르는 중인 것들, 그리고 꺼질 듯 말 듯 위태로운 것들이 뒤섞여 있었다. 유리컵에 담긴 작은 초는 한 개에 이천원이었다. 소영은 주머니를 뒤적였다. 초를 사서 불을 붙인 뒤, 무엇을 빌어야 할지 모르면서도 습관적으로 두 손을 모았다.

밤 열시가 가까웠음을 깨달은 소영은 휴대폰을 꺼내 라디오 방송을 틀었다. 익숙한 시그널 음악을 배경으로 디제이가 막 오프닝을 시작한 참이었다.

피디는 엿새 동안이나 자리를 비운다는 소영의 말에 난처한 표정을 지었다. 골절로 다리를 수술했을 때도 병원에서 원고를 써서 보내야 했다. 병원비와 간병비를 생각하면 그나마 일을 할 수 있는 상황이 다행이라 여겨졌다. 소영은 느리게 회복했고 그 과정에서 피디는 여러 가지로 편의를 봐주었다. 과연 언제까지 이런 배려를 받을 수 있을까. 소영은 피디에게 이번이 마지막이라고 다짐하듯 약속했다.

행사를 마쳤는지, 어느새 강당에서 나온 사람들이 숙소로 향하고 있었다. 배정받은 방으로 돌아가자 대식은 이미 침대에 누워 유튜브를 들여다보고 있었다. 소영도 대식 곁에 마련된 간이침대에 누웠다. 대식은 볼륨을 줄이지 않았다. 내용은 뻔했다. 건강과 연예인에 대한 가십들. 홀로 지내는 시간이 늘면서 대식은 연예인들의 소식을 마치 이웃이나 친구의 근황을 전하듯 소영에게 들려주곤 했다.

소영은 이어폰을 끼고 인스타그램을 열어 릴스를 보았다. 다리를 다친 뒤부터 휴대폰을 붙들고 살았다. 이런저런 릴스를 넘겨 보다가 미니어처의 세계에 빠져들었다. 완두콩만한 양파를 지우개 크기의 도마 위에 올려놓고 엄지와 검지로 간신히 쥐어지는 칼로 잘라낸 뒤, 백원짜리 동전만한 프라이팬에 올려 볶는 모습을 보고 있으면 마음이 평화로워졌다. 삼시세끼를 챙겨 먹는 지겨운 일도 축소해서 보니 귀엽게 느껴졌다. 세상을 작은 미니어처로 생각하는 일은 기분전환에 꽤 도움이 되었다. 사람이 저만한 크기가 된다면 이동도 쉽고 식비도 절약되겠지. 그런 생각을 하다보면 소영도 한없이 작아지고 싶었다. 바람과는 달리 운동 부족과 호르몬의 영향으로 소영은 갈수록 비대해지는 중이었다.

2

방은 꽤 넓었다. 소파와 TV, 작은 옷장과 테이블이 있는 원룸이었다. 민재가 아침에 일어났을 때 해숙은 리모컨으로 채널을 이리저리 돌려보며 만족해하고 있었다.

"이 정도면 됐다. 더 필요한 게 뭐 있겠니. 세끼 다 주고. 성당도 바로 옆에 있고."

해숙은 침대 옆 협탁 위에 십자고상과 초를 꺼내놓았다. 그리고 민재와 누나가 어릴 때 제주도에서 찍은 네 식구의 가족사진이 담긴 액자도. 금세 새로운 장소에 적응한 듯 보였.

촛불을 켜고 기도하는 해숙을 뒤로하고 민재는 방을 나섰다. 해숙은 사람들에게 민재를 소개할 때 대학에서 학생들을 가르친다고 했다. 강사라는 말은 하지 않았다. 민재는 해숙의 화법이 낯 뜨거웠지만 굳이 바로잡지는 않았다. 대신 선뜻 조장을 맡겠다고 나섰다. 다른 보호자들은 고령이었고 소영은 다리가 불편해 보였다. 조장의 역할이란 아침 식사 전 301호부터 305호까지 차례로 방문해 밤사이 안녕을 묻는 일이었다. 문을 두드리고 보호자가 나오길 기다렸다가 컨디션은 어떤지 묻고 오늘의 일정과 챙겨 나올 것들을 알려주어야 했다.

소영과 대식이 머무는 302호 앞에서 민재는 살짝 긴장했다. 어제 자기소개 시간에 둘 다 미혼인 것을 알게 된 사람들이 노골적으로 소영과 민재를 맺어주고 싶어했던 게 떠올랐다.

"운명이네, 운명. 그냥 여기서 상견례를 하자고."

대식과 해숙도 사람들 말에 따라 웃었다. 민재도 어쩔 수 없이 웃었지만, 소영은 웃지 않았다. 그렇다고 기분이 나쁜 것 같지도 않았다. 민재는 소영이 이런 상황에 익숙하다는 것을 깨달았다. 문을 두드리자 소영이 잠이 덜 깬 얼굴로 나왔다. 밤사이 별일 없었는지를 묻자, 공기가 건조해서인지 대식의 기침이 조금 심해졌다는 답이 돌아왔다.

개인 샤워실과 화장실이 없어 복도에 있는 공용 시설을 사용해야 했다. 민재는 세면도구를 챙겨 나서는 해숙을 뒤따라갔다. 얼마 전 무릎 관절 수술을 받은 터라 걸음이 불안했다. 해숙이 샤워실로 들어서는 모습을 민재는 조마조마한 마음으로 지켜보았다. 마침 샤워실에서 막 나오던 소영이 민재의 표정만으로 상황을 짐작한 듯 말했다.

"제가 같이 들어가볼게요."

뜻밖의 호의에 민재는 감사하다는 말을 연발했다. 소영이 해숙을 부축해 샤워실로 들어가고, 민재는 복도 저편에서 이쪽을 흐뭇하게 바라보고 있는 루시아와 눈이 마주쳤다. 인사를 건네자 루시아가 웃으며 다가와 민재에게 종이 한 장을 건넸다.

"보호자들이 꼭 모든 프로그램에 참여할 필요는 없어요. 어디 다녀와도 좋겠네요. 젊은 사람들끼리."

종이에는 주변의 맛집과 관광지가 적혀 있었다. '젊은 사람들끼리'를 특히 강조해 말하는 루시아가 부담스러웠지만 민재는 공손히 받아들었다. 잠시 뒤 해숙이 샤워를 마치고 나왔다. 도와준 소영에게 다시금 고맙다는 말을 건넨 민재는 괜히 어색해져 주머니에 종이를 숨기듯 구겨 넣었다.

식사 후 미사까지 마친 뒤, 산책로에 있는 커다란 나무 아래 긴 벤치에 해숙과 나란히 앉아 있던 민재는 소영과 대식이 걸어가는 모습을 보았다. 걸음이 불편해서인지 소영이 대식보다 한참 뒤처져 있었다.

"다리가 원래 그런 건 아니래."

불쑥 그 말을 꺼낸 해숙의 의도를 민재는 알아차렸다. 해숙을 통해 소영이 자신과 동갑이며 결혼한 오빠가 있다는 것도 알게 된 참이었다. "나이는 좀 많지." 해숙은 그렇게 말하면서도, 소영이 마음에 든 듯했다. 민재는 기시감과 피로감을 동시에 느꼈다. 정식으로 소개한 적이 없어도 민재 주변의 여자들에게 해숙은 늘 관심을 가졌다. 해숙은 역시 딸이 좋다는 말을 덧붙였다. 마치 자신에게도 딸이 있다는 걸 잊은 듯이.

이곳을 찾아낸 사람도, 신청한 사람도, 돈을 낸 사람도 누나였다.

"그것만 부탁할게."

돈을 보내면서 누나가 항상 덧붙이는 말이었다. 민재는 돈이 없는 대신 시간을 써야 했다. 누나에게는 돌봐야 하는 가족이 있었다. 무엇보다 해숙과 일 분 이상 대화를 이어가지 못하고 번번이 부딪쳤다. 누나는 해숙이 말하지 않은 것까지 짐작해서 챙기려 애썼고 해숙은 매번 마음에 차지 않는 듯 타박했다. 반면에 민재는 해숙이 무엇을 필요로 하는지 미리 생각하지 않았다. 다만 그저 시키는 것을 했다.

"누나는 너무 신경을 써."

그 말에 누나가 왜 그렇게까지 섭섭해했는지 민재는 종종 생각했지만, 여전히 이해할 순 없었다.

민재가 자판기에서 밀크커피를 뽑아 오는 사이 해숙은 그새 누군가와 나란히 앉아 대화중이었다. 항암 치료로 휑해진 머리를 가리기 위해 카키색 비니를 눌러쓴 낯선 이와 해숙은 서로를 자매님이라고 불렀다. 민재는 해숙에게 커피를 건네고 근처 벤치에 앉아 둘이 나누는 대화를 들었다.

"자매님, 아들이 함께 와서 참 든든하겠어요. 우리 애는 워낙 바빠서."

두 달 전 먼저 입소했다는 그에게 해숙은 "어디?"라고 물었다. 암의 부위를 묻는 것이었다. 알고 보니 해숙과 같은 위치여서, 둘의 대화는 병의 정보를 주고받는 것으로 이어졌다. 그는 해숙과 얘기하던 도중 민재를 넘겨다보며 말했다.

"이제 걱정할 거 하나도 없어요. 여기 있으면 주님께서 보호해주시니까."

뭐라고 대답해야 할지 몰라 민재는 웃으며 고개를 끄덕였다.

영원한 우리의 보호자이신…… 너희를 고아처럼 내버려두지 않겠다.

해숙이 필사해놓은 성경 구절에 자주 등장하는 말이었다. 보호자. 누군가를 돕기 위해 불려와 그 옆에 서 있는 사람. 해숙은 자식이 그 역할을 해주길 바랐으나 기대에 못 미치자 신에게 더 의지하게 된 건지도 몰랐다. 근래 들어 가장 생기에 찬 모습이었다. 도무지 끝날 것 같지 않은 둘의 대화를 흘려들으며 민재는 소영의 자기소개를 떠올렸다.

"안녕하세요. 박소영이라고 합니다. 어머니도 암이었는데 그때도 이런 곳이 있었다면 좋았을걸 싶네요."

민재도 비슷한 생각을 하고 있었다. 요양원에서 지냈다면 아버지가 수술 뒤에 술을 끊지 못하는 일은 없었을지도 모르겠다고. 민재는 대식을 볼 때마다 그와 체형이 비슷했던 아버지를 떠올렸다. 어쩌면 소영도 해숙을 보며 그녀의 어머니를 떠올렸을지도 몰랐다. 우리 애가 글을 쓴다고 말하는 대식의 목소리에는 자랑스러움이 묻어났다. 그 옆에서 소영이 어정쩡한 미소를 지을 때 동질감을 느꼈고 눈이 마주쳤을 때는 긴 대화를 하고 싶어졌다.

이 요양원은 지어진 지 오 년이 채 되지 않았다고 했다. 민재는 지도 앱에 주소를 입력해 십 년 전에는 이곳에 무엇이 있었는지 위성지도로 살펴봤다. 구 년 전, 팔 년 전으로 거슬러 내려오며 어떤 변화를 거쳤는지도. 본래 그 자리에 무엇이 있는지를 확인하면 안심이 되는 것은 민재의 오래된 버릇이었다. 공터였던 곳이면 마음이 놓였다. 밭과 논인 경우는 어쩔 수 없다 여겼지만, 집이나 묘지가 있던 자리라는 걸 알게 되면 마음이 불편해졌다. 이곳은 다행히 공터였다. 외따로 있는 집 하나가 맘에 걸렸지만, 보상을 받고 이주했을 거라 생각하고 곧 잊어버렸다.

루시아가 다가와 일정이 바뀌었다며, 강당에서 입소자 모두를 대상으로 특강이 열릴 거라고 말했다. 보호자가 같이 들으면 더 좋다는 말에 민재도 따라나섰다. 두 사람은 걸으면서도 대화를 멈추지 않았다. 민재는 갈증을 느꼈다. 시원한 맥주를 마시고 싶었다. 요양원 안에도 매점이 있었지만 당연히 술은 팔지 않았다. 내일은 학교 강의가 있으니 다녀오는 길에 편의점에라도 들러야겠다고 마음먹었다.

3

"이건 제가 사고 싶어요."

소영은 키오스크 앞에 나란히 선 민재에게 말했다.

밤 열시쯤, 소영은 라디오를 들으며 산책로를 걷다가 주차장으로 들어서는 차를 보았다. 차에서 민재가 내렸다. 묵례만 하고 지나치나 싶더니, 소영 가까이로 다가왔다. 야식이라도 먹지 않겠냐는 민재의 말에 선뜻 고개를 끄덕인 건 지난번에 가습기를 구해다 준 일이 고마워서였다. 그는 저녁마다 소영이 족욕기에 뜨거운 물을 담아 방으로 나르는 것도 도와주었다.

민재의 차로 십 분쯤 달려 도착한 곳은 맥도날드였다.

"너무 건강해진 것 같아서요."

의외의 선택이었지만 소영은 민재의 말에 수긍했다. 사흘째 나물 반찬과 간이 세지 않은 국과 잡곡밥을 먹었다. 간식은 비스킷 정도가 전부라 슬슬 지겨워지던 참이었다. 민재는 근처 대학에서 야간 강의를 마치고 오는 길이라고 했다.

"그래도 이번 학기는 강의가 그리 많지 않은 편이에요."

환한 불빛 아래의 민재는 요양원에서 볼 때보다 나이들어 보였다. 소영은 창에 비친 자신의 모습을 힐긋거리며 안경이나 모자라도 쓰고 올걸 하고 잠시 후회했다. 맥도날드 안에는 대학생으로 보이는 남녀 한 무리가 노트북을 펴놓고 앉아 있었다. 요양원을 나오니 더이상 젊지 않구나. 소영은 피식 웃음이 났다. 대식은 언젠가부터 소영과 마주보기를 꺼리는 듯했다. 정기적으로 염색해야 할 만큼 흰머리가 늘어난 때부터였을까. 화장을 해도 피곤해 보이기 시작한 즈음부터일까. 절룩이며 걸을 때면 노골적으로 외면하는 게 느껴졌다. 자신이 늙는 만큼 딸이 늙어가는 모습을 보기 싫은 듯했다. 차마 볼 수 없는 건지도. 소영이 발목을 핑계로 대식에게서 멀리 떨어져 뒤따라 걷듯이.

주문한 음식이 나오길 기다리며 두 사람은 마주앉았다. 민재가 먼저 말을 꺼냈다.

"생각보다 시설이 좋아요. 지내시기 편할 것 같아요."

소영도 선뜻 동조했다.

"혼자 계신 것보다는 말동무할 사람이 있는 게 좋겠죠. 저도 암에 걸리면 이곳에서 지낼까봐요."

소영은 민재의 표정을 보고는 마지막 말은 하지 말았어야 했다고 뒤늦게 생각했다. 민재는 해숙을 살뜰히 보살피는 것처럼 보였다. 언제나 곁에서 떨어지지 않았다. 그에 비해 소영은 대식과 멀찌감치 떨어져 다녔고 틈틈이 원고를 써야 한다는 핑계로 다 같이 모이는 자리도 빠지기 일쑤였다. 선뜻 조장을 맡았다는 점에서도, 민재는 믿음직스럽다는 평가를 받았다. 특히 루시아는 소영에게 틈만 나면 민재가 얼마나 살가운지 모른다며 칭찬을 늘어놓았다. 소영은 민재의 효심이 어디서 기인한 건지 궁금했다.

"너무 비교돼요. 우리 부녀는 서로 대화도 없는데."

마침 그들의 주문 번호가 전광판에 떴고 민재가 일어서며 자조하듯 말했다.

"제가 가진 게 시간밖에 없어서요."

햄버거와 음료를 받으러 가는 민재를 보면서 소영은 '돈을 벌려면 시간이 없고 시간이 많으면 돈이 없다'며 프리랜서 동료들과 한탄했던 일을 떠올렸다. 그런데 요즘은 시간도 없고 돈도 없다. 소영은 음식을 탁자에 내려놓는 민재에게 그런 얘기를 하려다 그만뒀다. 민재가 갑자기 생각났다는 듯 물었다.

"낮에 통화하는 걸 들었어요. 잘 해결됐나요?"

소영은 민재가 그 모습을 봤다는 사실에 낯을 붉혔다. 보험사에서 걸려온 전화였다. 방에서 작업하려니 답답해 노트북을 챙겨서 야외 테이블 쪽으로 가는 길이었다. 마침 비행기가 지나가고 있어서 소리를 지르듯 통화해야 했다.

"저는 프리랜서라니까요. 산재보험이 적용 안 돼요!"

보험사 직원은 반문했다.

"하지만 직장에서 넘어지셨다면서요?"

애초에 일터에서 다쳤다고 대답한 게 화근이었다. 같은 말을 되풀이할 수밖에 없었다.

"저는 프리랜서라고요!"

그뒤로도 비슷한 설전이 오갔다. 산재보험금과 실비보험금을 중복으로 타 가는 경우가 있어 정확히 확인해야 한다는 거였다. 분명 이십 년 가까이 일했는데, 어디에도 속해 있지 않음을 증명해야 보험금을 받을 수 있다고 했다. 소영의 푸념을 들은 민재가 자신의 경우엔 반대로 강사로 일하며 교직원임을 증명해야 한다고 이야기했다. 그러던 둘은 어느새 자정을 넘겼음을 깨달았다.

요양원으로 돌아오니 대식은 휴대폰을 쥔 채 잠들어 있었다. 소영은 대식의 손에서 휴대폰을 조심스레 빼냈다. 채팅창이 열려 있었다. 자기 전 오늘 있었던 일 중 감사한 일 세 가지를 매일매일 적어 올리는 입소자 단톡방이었다. 암환자들이란 시간이 있으면 생각이 많아지고 우울해지기만 하니 그 틈을 없애기 위해 주어진 여러 일과 중 하나였다.

딸이 함께 있어 감사하다.

세끼를 먹을 수 있음에 감사하다.

오늘도

대식은 미처 마지막 감사를 채우지 못하고 잠들었다. 오늘도, 그다음에는 어떤 말을 쓰려고 했을까. 소영은 휴대폰을 협탁에 올려두었다. 요양원에 입소하기 전, 대식이 세례를 받겠다고 했을 때 소영은 놀랐다. 엄마의 권유에도 의지를 굽히지 않더니 이제 와서 뭐가 두려워진 걸까. 소영은 소파에 길게 누워 쿠션 위에 왼다리를 올려놓았다. 검붉은 양말을 신은 것처럼 발목 부근까지 피가 몰리고 부어 있었다. 평소보다 오래 걸은 탓이었다.

방으로 들어오기 전, 자신을 불러세운 민재가 머뭇거리며 건넨 말이 떠올랐다.

"세종대왕이 안질에 걸렸을 때 머물렀다는 행궁이 주변에 있어요. 유명한 온천도 있고 약수에서는 후추맛이 난대요. 정말 후추맛이 나는지 같이 가볼래요?"

그 순간 소영은 119를 홀로 기다리던 날의 캄캄한 어둠과 계단의 냉기를 떠올렸다. 그래서였을 것이다. 민재의 제안에 고개를 쉽게 끄덕인 것은.

방송을 끝내고 스튜디오에 남아서 글을 쓰던 날이었다. 새벽 세시가 훌쩍 넘은 것을 보고 서둘러 짐을 챙겨 계단을 내려가다 발을 헛디뎠다. 일어서려다 도로 주저앉았다. 비명을 질렀지만 올 사람이 아무도 없다는 걸 깨닫고 119를 불렀다.

"보호자가 있어야 하지 않겠습니까?"

수술 전 간호사가 물었지만 소영은 고개를 흔들곤 동의서에 사인을 했다. 수술을 마치자마자 간병인을 구했다. 육 인실 안의 환자들은 전부 소영처럼 거동이 불편했고, 보호자로 상주하는 간병인들은 모두 중국 교포였다. 소영의 간병인은 엄마가 살아 있었다면 비슷했겠다 싶은 연배로 보였다. 처음에는 내심 불편했지만, 간병인은 소영을 살갑게 대하며 결혼한 딸과 손주 사진을 보여주는가 하면 자기 간식까지 나눠줬다. 청하지도 않았는데 머리를 감겨주고 몸을 씻겨주며 말했다.

"아직 살이 단단합니다."

간병인이 곤하게 자는 동안엔 소영은 목이 말라도, 요의가 느껴져도 참았다. 퇴원하는 날 간병비를 이체하려는 소영에게 간병인은 하루치인 십삼만원을 더 요구해 왔다. 원래 관행이 그렇다며, 경험이 없어서 잘 모르는 거라며 정색하는 그의 앞에서 목소리를 높이고 싶지 않아 소영은 순순히 십삼만원을 추가로 송금해주었다. 화가 나지는 않았다. 다만 다시는 만날 일도 없는 사람에게 서운함을 느끼는 자신이 의아했다. 이제는 그 답을 알 것 같았다. 간병인은 하루 십삼만원어치의 돌봄을 제공했을 뿐이지만, 소영은 마음까지도 원했다는 것을.

　대식이 코를 고는 소리가 들려왔다. 자면서도 고집스레 꽉 다물린 그의 입매를 바라봤다. 대식은 자신을 돌봐줄 곳을 찾아냈다. 대식이 스스로 선택한 곳이다. 그렇게 생각하면서도 소영은 어딘가 편치 않았다. 운전 문제로 대식과 말다툼을 벌였던 일이 생각났다. 몇 번이나 접촉사고를 냈으면서도 운전대를 놓지 않겠다고 우기는 대식과 말다툼을 하다 지쳤고, 어느 순간 포기했다. 자식 이기는 부모 없다지만 늙은 부모의 고집을 이길 수 있는 자식도 없을 것이다. 그러나 소영은 대식이 정작 운전을 그만두고 나면 자신이 지게 될 무게가 짐스러웠다. 그래서 묵인한 것이다. 그때와 지금의 불편함은 닮아 있었다.

　이제 요양원에서의 밤이 사흘 남았다.

4

　302호 문을 노크한 뒤 기다렸지만 인기척이 느껴지지 않았다. 어젯밤 혹시 내가 실수라도 한 걸까. 민재는 걱정스러웠다. 305호에 이르러서야 그는 소영에게서 온 메시지를 발견하고 안도했다.

아버지가 일찍 일어나셔서 식당으로 바로 왔어요.

어젯밤 행궁에 가보자는 약속을 하며 소영과 전화번호를 교환한 이후 첫 연락이었다. 민재는 해숙을 재촉해 식당으로 향했다. 식판에 밥과 나물을 담은 뒤 빈자리를 찾는데 소영이 반갑게 손을 들었다. 해숙과 민재는 자연스레 그 앞에 마주앉았다.

루시아가 네 사람을 의미심장하게 쳐다보고 지나갔다. 그들은 마치 한 가족처럼 식사하는 중이었다. 둘의 밤 외출에 대해 대식과 해숙은 물론 요양원의 모두가 알고 있는 듯했지만, 아무도 언급하지 않았다. 민재는 지난밤 소영과 나란히 요양원으로 들어설 때 몇몇 창에 불이 켜져 있던 것을 떠올렸다.

식사하는 동안 작은 소동이 일었다. 오래 머무는 입소자들 사이의 흔한 다툼이었다. 호전된 병세를 시샘하기도 했고, 가족들의 방문 빈도가 비교와 질투의 대상이 되기도 했다. 계속해서 일 인실에서 지내는 사람이 있는 반면 형편에 따라 다인실로 옮기는 사람도 있어 경제적인 상황으로 인한 갈등도 벌어졌다.

"그래서 그 귀한 자식이 몇 번이나 오실까."

"자주 오면 뭐하나. 자네 아들은 간식 한번 사 오기를 해?"

다투는 소리로 싸움의 원인을 짐작할 수 있었다. 주위에서 말려도 거친 고성이 오고갔다. 그러다 얼굴이 벌겋게 달아오른 한 사람이 벌떡 일어나 밖으로 나가버리자, 루시아가 그 뒤를 따라나섰다.

식사하는 내내 소영은 평소보다 자주 웃었다. 민재는 대식이 금세 비운 고사리나물을 더 채워주기 위해 일어섰다. 식사를 마친 네 명은 성당에서 미사를 볼 때도 나란히 앉았다.

위령성월이었으므로 죽은 이들을 위한 기도가 이어졌다. 민재는 아버지를 떠올렸다. 아버지는 이른 퇴직 후 아파트 경비원으로 일했다. 이맘때쯤이면 낙엽을 쓸러 나갔다. 장화를 신고 분수대 안으로 들어가 낙엽을 건지는 아버지 모습을 민재는 좋아했다. 그러고 나면 아버지에게서 술냄새 대신 낙엽 냄새가 났기 때문이었다. 민재는 술을 멀리하려고 애썼다. 비틀거리다가 욕을 뱉으며 굴러다니는 캔을 걷어차던 아버지를 닮지 않으려고. 아버지가 술에 취한 밤이면 식구들 모두 잠을 이룰 수 없었다. 그럼에도 민재는 종종 홀로된 해숙이 하는 "지금이 평화롭지, 예전엔 어떻게 살았는지 몰라" 같은 말에 서운함을 느꼈다. 긴 간병 끝에 아버지가 죽은 뒤 해숙은 더이상 음식을 하지 않았다. 대신 기도하는 데 시간을 썼다. 민재는 아버지가 술을 마신 다음날이면 항상 밥상에 올랐던 북엇국이 때때로 그리웠다.

성체를 모시기 위해 사람들이 줄지어 제대 앞으로 나갔다. 민재는 자리에 앉은 채로 줄을 선 소영과 대식, 해숙을 바라봤다. 민재는 신을 믿지 않는다고, 효도하는 기분으로 성당에 나간다고 소영에게 고백했다. 소영 또한 신을 믿지는 않지만, 그저 몇천 년 동안 되풀이해온 의식을 행하는 것만으로 마음이 편해질 때가 있다고 했다. 어젯밤 소영에게 즉흥적으로 야식을 먹으러 가자고 해놓고, 민재는 실은 당황했다. 소영이 선뜻 조수석에 올라탔을 때, 그제야 자신이 누군가를 태울 준비가 전혀 되어 있지 않다는 걸 깨달았다. 좌석 아래 아무렇게나 던져놓은 빈 맥주캔과 빵 봉지 같은 것들을 보고도 소영은 말없이 옆자리에 앉았다. 그러더니 허리를 굽혀 캔을 하나하나 주웠다. 이 대학 저 대학 다니며 강의를 뛰는 민재에게 차는 또 하나의 집이었다. 강의 시간이 애매할 때는 차 안에서 숙식을 해결하곤 했다. 민망해진 민재가 그냥 두라고 몇 번이나 말했지만 듣지 않았다. 늦은 시각에 마땅한 곳이 없어 맥도날드에 간 것도, 소영이 가파른 계단을 올라 화장실에 다녀와야 했던 것도 미안했다. 조심조심 올라가는 모습을 보고 뒤늦게 아픈 다리를 미처 배려하지 못했다는 생각이 들어서였다. 민재는 마지막 성가를 부를 때쯤에야 자신이 한 시간 남짓한 시간 동안 돌아가신 아버지 대신 소영을 떠올렸음을 깨닫고 머쓱해졌다.

미사가 끝난 뒤 넷은 숙소로 가는 대신 자판기에서 밀크커피를 뽑아 들고 야외 테이블 앞에 둘러앉았다. 햇빛이 좋아 날이 따뜻했다.

"몸에 안 좋다지만 참 달아요."

해숙이 만족스러운 표정으로 커피를 한 모금씩 아껴 마셨다. 대식은 민재에게 어쩌다 혼기를 놓쳤는지를 조심스레 물었다. 민재 대신 해숙이 대답했다.

"공부하느라 바빴죠. 공부밖에 몰라요."

"우리 애도 그래요. 일만 하느라."

기다렸다는 듯 대식도 맞장구를 쳤고 겸양을 포장한 이야기가 오고갔다.

"그래도 아플 때 물이라도 떠다 줄 사람이 필요한 법인데."

대식의 말에 해숙은 깊이 공감한 듯 고개를 주억거리며 말을 이어갔다.

"여긴 정말 편하죠. 우리는 열심히 기도해서 특별히 선택된 거예요."

민재는 해숙이 그런 이야기를 할 때면 거부감을 느꼈다. 해숙은 과연 자신이 다른 이들보다 특별하다고 여겼다. 주님이 자신을 얼마나 사랑하시는지 다 느껴진다고. 그건 종교 안에서조차 만인이 평등하지 않다는 반증이었다. 이 안에서마저 경쟁하고 남을 의식해야 하는 걸까. 민재는 오랜만에 옛 연인을 떠올렸다. 그녀가 하느님이 아닌 하나님을 믿는다는 이유로, 모음 하나 차이로 헤어져야 했던 일을. 그때 해숙의 입에서 '교수'라는 단어가 나왔다. 민재는 가만히 있지 않고 바로 잡았다.

"아닙니다. 시간강사인걸요."

민재의 말에 해숙의 얼굴이 굳었다.

"우리 애는 글을 쓰니 어디서든 일할 수 있어요."

대식은 화제를 돌리면서 자랑스러운 듯 말했다. 그러자 소영이 끼어들었다.

"개편 때마다 어떻게 될지 모르는데요. 언제 갑자기 잘릴지 몰라요."

대식의 얼굴도 굳어지고 침묵이 흘렀다.

"둘 중 하나는 회사에 다녔다면 좋았을 텐데."

해숙이 한숨을 내쉬곤 혼잣말처럼 말했다. 때마침 비행기가 지나갔다. 민재는 아무도 그 말을 듣지 못했길 바랐지만 자신이 들은 걸 대식과 소영이 못 들었을 리 없었다.

낮부터 강의가 있는 날이라 곧 출발해야 했다. 민재는 수업이 있다며 자리에서 일어섰다. 소영이 따라 일어났고 해숙과 대식은 그대로 앉아 잘 다녀오라고 인사를 건넸다. 순간 아내와 부모님의 배웅을 받는 듯한 기분이 들었다.

강의를 마치고 요양원으로 돌아가는 길, 민재는 소영이 작가로 있다는 라디오 방송 주파수를 찾았다. 사연을 받고 신청

곡을 틀어주는 조용한 프로그램이었다. 오프닝 멘트는 소영이 민재에게 들려줬던 이야기였다. 의사가 다친 다리를 심장보다 높이 올리고 있어야 한다고 했다던. 그래야 멍이 점점 위로 올라와서 심장으로 빠져나간다고. 두 달 가까이 거의 누워 지내느라 지겨워서 혼났다던 이야기는 감성적으로 변해 있었다. 디제이는 나직한 음성으로 말했다.

"어떤 상처든 회복되기 위해서는 마지막으로 마음을 통과해야 하는 게 아닐까요. 아마도 그때가 제일 아프겠죠. 보이지 않는다고 상처가 다 나은 건 아니니까요."

소영은 원고를 쓰고 나면 지난 시간이 공기 중으로 휘발되는 것 같다고 말했다. 남는 것 없이 헛헛한 기분이라고. 민재가 지금 그랬다. 강의한 뒤 돌아가는 길의 허탈함에 대해서 소영과 좀더 이야기를 나누고 싶었다. 민재는 비어 있는 조수석을 힐긋 쳐다봤다. 조금 전, 학교 근처 편의점에서 캔맥주 묶음을 집어들었다가 내려놓았던 것을 떠올렸다. 이제 겨울이 시작된다는 디제이의 끝인사를 듣고 나서 민재는 내일이 입동인 것을 알았다.

5

 해숙과 대식이 저녁 식사를 하러 간 뒤, 소영과 민재는 요양원을 나섰다. 교육이 끝나고 내일부터는 정식으로 입소하여 선배 입소자들과 담소를 나누는 시간을 갖는다고 했다. 두 사람은 저녁으로 메밀국수를 먹기로 했다. 루시아가 건네준 종이에 적혀 있는 행궁 근처 맛집이었다.
 소영의 발걸음이 무거웠다. 루시아의 암이 재발했다는 소식으로 오전부터 요양원 전체가 침울했기 때문이었다. 대식과 해숙도 덩달아 우울해졌다. 정작 루시아만이 여전히 환한 미소로 요양원을 오고가며 환영의 밤을 준비했다. 아마도 루시아를 위로하는 자리가 될 터였다.
 조수석에 오르던 소영은 조금 웃었다. 좌석 밑이 깨끗하게 치워져 있었다. 행궁까지는 삼십 분 정도 걸렸다. 주차장에 차를 세우고 건너편에 있는 메밀국숫집으로 갔으나 문이 닫혀 있었다. 하는 수 없이 바로 옆에 있는 순대국밥집으로 들어갔다. 뜨끈한 국물에 밥을 말아 먹고 나와 행궁 쪽으로 향했다.
 궁 안으로 들어서자 널찍한 잔디밭이 펼쳐졌다. 측우기와 해시계 모형이 먼저 보였다. 풀밭 한가운데 놓인 달 모양의 커다란 조명을 토끼 모양 조명 여러 개가 둘러싸고 있었다. 늦은 시간인데다 가을 축제도 끝난 뒤여서, 행궁 안 한옥 숙소에 머무는 숙박객들만 주변을 오고갔다. 소영은 커다란 달 조명 앞에서 걸음을 멈췄다. 초등학교 운동회 때 함께 힘을 모아 굴리던 공만한 크기였다. 촬영음이 들려 돌아보니 민재가 휴대폰 카메라로 소영을 찍고 있었다. 웃어요, 라는 말에 소영은 어색하게 웃으며 포즈를 취했다.

"어제 오프닝 곡 좋았어요."

민재가 말했다. 그건 소영의 엄마가 좋아하던 노래였다. 암으로 투병중이던 엄마는 라디오를 들으면 딸이 그곳에서 일하고 있다는 생각에 안심이 된다고 했다. 그러더니 어느 날 라디오에서 〈Wake Me Up When September Ends〉라는 제목의 노래를 들었다며 컬러링을 그 노래로 바꿔달라고 부탁했다. 귀찮았던 소영은 물었다.

"엄마가 듣지도 못하잖아?"

"다른 사람이 듣잖아."

구월이 끝나기 전에 소영의 엄마는 죽었다. 소영은 바꿔주지 못한 컬러링이 계속 마음에 걸렸다. 그러나 민재에게는 한때 엄마의 컬러링이었다고만 대꾸하고는 행궁의 소개가 적힌 안내문을 가리키며 화제를 돌렸다. 세종대왕이 안질 치료를 위해 백이십일 일 동안 머물렀다는 설명이 쓰여 있었다.

"백이십일 일이면 그냥 시간이 지나 나은 걸 수도 있어요. 약수 때문이 아니라."

날짜가 약이다. 입원해 있는 동안 한국말이 서툰 간병인이 하루도 빠짐없이 그렇게 말했다. 동료나 친구들에게도 비슷한 위로를 들었다. 소영은 그 말에 완전히 동의하지 않았다. 물론 소영도 시간의 위력을 알고 있었다. 통깁스를 제거하고 발끝이 땅에 닿던 순간을 기억했다. 두 달도 채 안 되는 시간 동안 발은 그새 걷는 법을 잊은 듯 땅을 거부했다. 민재와 자신도 머지 않아 오늘 있었던 일을 잊어버릴지도 몰랐다.

　하지만 시간이 지난다고 모든 것이 회복되거나 해결되는 것은 아니다. 엄마의 경우는 갈수록 나빠지기만 했다. 루시아처럼 암이 재발했다는 소식을 전하면서도 웃는 이들을 보면 엄마가 떠올랐다. 엄마의 고통을 덜어준 것은 묵주가 아니었다. 꼬깔콘을 열 손가락에 꽂고 우유와 함께 먹는 순간이었다. 소영은 몸에 좋지 않다는 걸 알면서도 꼬깔콘과 우유를 사다 주고는 했다. 그때만은 엄마가 아이처럼 근심 없이 웃었으니까. 대식이 요양원 입소 전에 세례를 받은 건 실제로 믿음에 기인해서가 아니었다. 가짜 뉴스가 나오는 유튜브에 의지한 결과였다. 대식이 건넨 요양원 안내서에는 호스피스 병동 또한 운영중이라고 적혀 있었다. 소영은 요양원 부지 한편에 자리잡은 그 건물을 부러 외면했다. 대식이 이곳에서 여생을 보내기로 마음먹었다는 사실은 묻지 않고도 짐작할 수 있었다.

　오프닝 원고를 쓰기 위해서는 매일매일 긍정과 희망이 되어

줄 법한 소재가 필요했다. 한밤중 라디오에서 흘러나오는 노래와 멘트에 위로받는 이들이 꽤 많다는 걸 알고 있었다. 소영의 엄마도 그중 한 사람이었으니까. 그러나 소영은 이제 겁이 났다. 끝났다고 생각했던 계단이 하나 더 남아 있었듯, 어디인지 모를 곳에 발을 내디딜까봐. 스스로 믿지 않는 것을 원고로 쓰는 일이 소영은 괴로웠다.

민재는 말이 없어진 소영이 마음에 걸렸다. 블로그에서 봤던 모습과 달리 행궁이 을씨년스러운데다, 기대했던 야외 족욕 체험장은 동절기라 운영을 중단한 상태였다. 조급한 마음으로 둘러보다 실내에서 족욕을 할 수 있다는 안내문을 발견했다. 다행히 마감까지 한 시간 정도가 남아 있었다.

체험장을 찾아 들어간 민재와 소영은 나란히 앉아 족욕탕에 발을 담갔다. 기포가 보글거리며 톡톡 터졌다. 맨발을 같은 물에 담그고 있자니 왠지 어색해 민재는 장난스럽게 말을 건넸다.

"발목이 싹 나을 수도 있어요."

"온천이라길래 뜨거울 줄 알았는데 차갑군요. 정신이 번쩍 들어요."

웃으며 대답하는 소영이 밝아 보여 민재는 한시름 놓았다. 소영의 왼쪽 복숭아뼈 안팎에 세로로 꿰맨 자국이 보였다. 불과 몇 달 전만 해도 이 상처를 가지고 있지 않았을 것이다. 민재는 문득 소영의 십 년 전 얼굴이 궁금해졌다.

"사람들은 상처를 가진 사람에게 자기 상처를 보여주는 법인가봐요."

소영은 집 근처 공원에서 걷기 연습을 하다 도중에 벤치에 앉아서 쉬고 있으면, 사람들이 다가와 물어보지도 않았는데 저마다 다친 경험을 털어놨다고 했다. 정말 그래서일까. 민재도 털어놓고 싶어졌다. 아버지와의 마지막 대화 같은 것들을.

"자고 갈래?"

병원에 입원중이던 아버지가 물었을 때, 민재는 바쁘다고 했다. 거짓말은 아니었다. 박사 논문을 쓰는 중이었고 강의도 준비해야 했다. 사실 그다음날 모처럼 일이 없어 늦잠을 자고 싶었다. 아버지가 곁에 있어달라는 그런 나약한 말을 할 사람이 아니라는 것을 알면서도. 푹 자고 일어난 민재에게 아버지의 임종을 알려준 이는 간병인이었다.

"인간의 생과 사를 지켜보는 것보다 더 중요한 일이 있나, 라는 생각을 하게 됐어요."

소영에게 그렇게 말했지만, 해숙과 같이 지내는 시간이 민재는 지금도 종종 아까웠다.

족욕을 마치고 나오니 비가 내리고 있었다. 민재는 소영에게 기다리라고 하고 차 트렁크에서 우산을 꺼내 왔다.

"젖은 낙엽은 특히 더 미끄러워요. 조심하세요."

민재는 자신도 모르게 내뱉고 나서야 언젠가 아버지로부터 들은 당부를 그대로 소영에게 건넸다는 것을 깨달았다. 두 사람은 우산 하나를 함께 쓰고 천천히 보폭을 맞춰 걸었다. 곳곳에 고인 물웅덩이를 피해 지나가야 했다. 소영이 다친 발목을 삐끗해 미끄러지려는 순간, 민재의 팔을 잡았다. 균형을 찾고서 이내 놓으려는데 민재가 소영의 손을 꽉 쥐며 말했다.

"또 넘어지면 안 되잖아요."

서로 의지해서 걷던 두 사람은 '초수椒水'라고 적힌 음수대 앞에 이르렀다. 표주박과 우물을 상상했는데 버튼식 수도꼭지가 달려 있었다. 기대와 다르다며 둘은 마주보고 웃었다.

"신증동국여지승람에 초수는 고을 동쪽 39리에 있는데 그 맛이 후추 같으면서 차고……"

민재가 비춰주는 휴대폰 불빛 아래 소영은 음수대 옆에 세워진 안내문을 꼼꼼하게 읽었다. 수도꼭지 버튼을 눌러 번갈아 입을 대고 물맛을 본 뒤에 민재가 물었다.

"어때요? 후추맛이 나요?"

소영은 갸우뚱거리다 대답했다.

"실은 잘 모르겠어요."

차가운 비가 내리는 밤에 찬물까지 마시니 속이 시렸다. 민재는 소영의 손을 자연스레 가져가 다시 잡았다.

소영은 손으로 전해지는 온기를 느끼면서 가골이라는 단어를 떠올렸다. 엑스레이 사진을 보던 의사가 소영의 발목에 가골이 형성됐다고 설명했었다. 뼈가 부러지면 연결 부위에 뼈와 흡사한 조직이 생기는데, 그러다 시간이 지나면 진짜 뼈로 굳는다고 했다. 남녀 사이도 비슷하지 않을까. 사랑 비슷한 감정이 생겨났다가, 시간이 지나면 그게 정말 끈끈하고 단단한 사랑이 되는 건 아닐까. 소영은 보호자란에 '정민재'라고 적는 자신을 떠올렸고 대식과 해숙이 있는 요양원을 민재와 함께 찾아가는 어느 날을 상상해보았다.

"복원이 아니라 재현이라고 하네요."

안내 문구를 읽던 민재가 탄성처럼 내뱉은 말에 소영의 상상이 멈췄다. 주춧돌이나 기단석 같은 유구가 발견되지 않아서, 아마도 이쪽에 있었으리라 짐작되는 곳에 행궁을 재현했다는 거였다.

"원래 있던 자리가 여기가 아닐 수도 있는 거군요."

소영은 고개를 끄덕이며 조금 전 맛본 초수를 떠올렸다. 배수관을 거쳐 이곳에 당도한 물은 과연 그 물이었을까.

찻집에 들어선 뒤에야 민재와 소영은 손을 놓았다. 민재가 차를 주문하러 간 사이 소영은 주먹을 쥐었다 폈다. 아직은 어색했다. 이 온기에 점차 익숙해지면 놓기 싫어질 것이다. 목발을 짚는 일에 처음에는 서툴렀지만, 편해지자 의지하기 시작한 것처럼. 그러나 홀로 걸을 수 있게 되자 목발은 오히려 짐이 되었다. 이 온기도 거추장스러워지는 때가 올까.

민재는 보여줄 게 있다며 지난 이삼 년간 업데이트하지 않은 SNS에 접속해 어린 시절 사진을 찾아냈다. 같은 화면을 보기 위해 둘은 더 가까이 다가앉았다. 벚꽃나무 아래서 네 식구가 찍은 사진이었다. 소영이 반가워하며 말했다.

"여기 과천이죠? 우리도 비슷한 사진이 있어요."

소영도 가족사진을 찾았다. 그들의 모습은 당시 국가에서 장려하던, 그야말로 이상적인 4인 가족의 형태에 부합했다. 같은 장소에서 비슷한 나이에 찍은 것 같았다. 어린 민재는 풍선을 들고 해숙 품에 안겨 있었고, 어린 소영은 솜사탕을 들고 대식의 목말을 탔다. 민재의 누나는 아버지의 손을 잡았고, 소영의 오빠는 엄마의 팔을 잡고 기대어 있었다. 그 외에도 비슷한 장소에서 비슷한 모습으로 찍은 사진들이 많았다. 풀밭에 돗자리를 펴놓고 모여 앉아 김밥을 먹거나 성당에서 세례를 받거나 해수욕장에서 모래성을 쌓거나 졸업식장에서 꽃다발을 들고 있거나 돌하르방 옆에서 한껏 폼을 잡고 있거나. 소영의 엄마는 소영이 여덟 살이 되던 해 식구들을 데리고 성당에 다니기 시작했다. 민재도 해숙이 그즈음 신앙을 가졌던 걸로 기억했다. 그들은 어쩌면 가족만으론 부족하다고 여겨서 신을 끌어들였을지도 모른다. 사진 속, 지금의 두 사람과 비슷한 나이일 대식과 해숙은 환하게 웃고 있기도 했고 때로 지쳐 보이기도 했다. 수천만 년 전 가족의 모습도 이랬을까. 가족이라면 으레 이런 모습이어야 한다고 언제부터 정해진 걸까. 사진 속 그들은 이상적인 가족의 모습을 최대한 따라 하기 위해 애쓰고 있는 것처럼 보였다. 그 노력은 수백 년 전 불에 타 소실된 행궁을 재현하는 일과 어쩌면 유사한 건지도 모르겠다고, 소영은 생각했다.

민재가 곧 교수로 임용될 것 같다고 털어놓은 것은 어떤 충동에 의해서였다. 민재는 자신이 소영에게 왜 그런 이야기를 하는 건지를 말하던 도중에 깨달았다. 누군가를 보호할 능력이 충분함을 보여주고 싶어서라는 걸. 낯을 붉히며 흥분된 어조로 미래를 말하는 민재를 멈추게 한 것은 휴대폰의 진동음이었다.

양해를 구하고 전화를 받기 위해 밖으로 나간 민재를 기다리며 소영은 부어오른 발목을 주물렀다. 완전히 회복하기는 어렵지만 일상생활에는 지장이 없을 거라고 했는데. 소영이 사는 곳에서 요양원까지는 두 시간 남짓 걸렸다. 왕복 네 시간. 한 달에 한 번쯤 들르면 될까. 부담스럽지 않으려면 어느 정도가 적당할까. 대식은 매일 밤 감사할 세 가지로 무엇을 적게 될까. 답을 찾지 못하고 한숨을 내쉬던 소영은 문득 민재가 달 모양 조명 앞에서 찍어준 사진을 찾았다. 밤하늘의 달도 함께 찍혀 있었다. 진짜 달은 너무도 작은데 가짜 달은 소영보다도 컸다.

다음 학기에는 강의가 없다는 이야기를 들은 뒤 민재는 허탈하게 전화를 끊었다. 굴러다니는 빈 캔을 힘껏 걷어차고 욕을 뱉었다. 이런 모습이 누군가의 눈에는 예전의 아버지처럼 비치겠구나, 하는 생각이 들었지만 술을 마시고 싶었다. 민재는 조금 전까지 소영 앞에서 확신에 차 떠들어댄 자신을 책망했다. 입동이라더니 한층 스산해진 바람에 저절로 어깨가 움츠러들었다. 찻집 창문 너머에서 소영이 고개를 숙이고 차를 마시고 있었다. 따듯해 보였다. 그러나 안으로 들어가지 못하고 민재는 행궁 쪽을 돌아보았다. 원래 여기는 무엇이 있던 자리였을까. 민재는 여전히 그런 게 궁금했다.

소영은 고개를 들어 창문 밖으로 민재의 모습을 찾았다. 그는 돌아오지 않고 한자리를 맴돌며 서성이고 있었다. 거리가 먼 탓에 아직 통화중인지, 무얼 하는 건지 알 수 없었다. 소영은 세로로 긴 창문 밖으로 보이는 민재의 모습이 마치 휴대폰 화면 속 릴스 같다고 생각했다. 스멀거리는 불안을 다독이듯.

십일월이 지나면 겨울이 온다. 그들이 자신할 수 있는 미래란 그것뿐이었다.

사라지지 않는다, 사라지지 않겠다

해설 — 전청림 (문학평론가)

정선임이 돌아왔다. 요카타— 하고 기다란 숨을 뽑아내던 이름 없는 할머니의 비밀을, 눈에 보이지 않는 고양이의 흔적을 포착해냈던 우리 삶의 다정한 투시자. 살을 에는 차가움마저도 귓속말의 온기로 풀어낼 줄 아는 작가는 이제 팬데믹이라는 모진 상황을 통과해 더욱 끈질기게 세상을 바라본다. 적당한 비관까지도 능숙하게 표출하는, 한층 성숙해진 문장 속에서 희망의 의지가 더욱 결연하게 빛난다. 말하자면 수동태에서 능동태로의 전환인 것이다. 작가의 지난 소설집 표제작인 「고양이는 사라지지 않는다」의 주인공은 보이지 않는 고양이 '양이'를 끝까지 혼자서 기다리던 인물이었다. 또다른 수록작 「몰려오는 것들」의 인물들 역시 무언가를 겪고 고요히 뒤

돌아보던 이들이었다. 그러나 이번 소설집에서 정선임의 인물들은 보다 적극적으로 행동하기 시작한다. 광장으로 직접 나가 고양이 유령을 만나거나, 아예 고양이로 변하기까지 한다. 실체를 보진 못하더라도 감각하려는 노력, 혹은 그 대상이 되어버리려는 시도. 손에 잡히지 않는 허상을 좇느라 허덕일지라도, 희망을 향한 의지는 꺾이지 않고 도리어 단단해진다. '밤'이라는 위기를 겪어낸 자의 투지가, 그리고 그 삶을 당당히 살아냈다는 증거가 글에 묻어난다. 그 밤은 어떤 밤이었나. 그리고 그뒤로 그가 그리워해온 고양이는 어떤 고양이인가. 정선임의 소설들을 함께 읽어온 당신과 나에게 이건 더이상 단순한 질문이 아니다.

그래도 아직은 고양이

고백하건대, 나는 한때 한국 소설에 등장하는 고양이를 경계한 적이 있다. 귀엽고 도도한, 동시에 무해한 존재로서 고양이가 다소 관용적인 방식으로 소모되고 있지는 않은지 의심스러웠다. 고양이가 단지 거부할 수 없을 만큼 귀엽다는 사실만으로 문학에 등장하는 건 곤란하다. 소설이라면 응당 작가의 장악 아래 쓰여야 할 텐데, 부러 귀여움에 무너진 구조적 허술함을 내보일 필요는 없지 않은가.

정선임의 소설에서 고양이는 어떤 위치를 차지하고 있을까. 오래도록 고양이를 소설에 출연시켜온 그답게, 이번 소설집도 예외는 아니다. 여러 작품 속에서 때로는 발랄하게 때로는 처연하게 거리를 떠도는 고양이들이 등장한다. 깨끗하고 예민한, 행동거지가 조심스럽거나 자신만의 영역을 중요시하는 인물들을 두고 '고양이 같다'고 표현하는 수식어도 곳곳에서 왕왕 등장한다. 이쯤 되니 궁금해지는 것은 빈도나 용례가 아닌, 신념이다. 고양이가 습관적으로 쓰이고 있다는 사실은 아마 작가 자신도 인지하고 있을 테고, 그런 습관이 부끄럽지 않을 만큼 고양이는 작가에게 익숙한 동물일 것이다. 그렇다면 정선임은 얼마나 더 고양이를 공들여 쓰고 어떻게 더 신선하게 등장시키고 있을까?

이런 질문에 답을 하기 위해서는 고양이가 밀도 있게 등장하는 글을 살펴보아야 한다. 마침 두 편의 마땅한 작품이 있다. 우선 「속삭이는 깃발들」이다. 서사적으로도, 시기적으로도 우리에게 가장 가까운 이 소설은 광장에서 벌어지는 이야기를 다룬다. 주인공 '형지'는 광장에서 "고양이 유령과 함께 사는 사람들"(205쪽)이라고 적힌 깃발을 발견하고, 죽은 엄마의 만둣집 단골이었던 '예나'를 만나 '삐삐'라는 고양이를 소개받게 된다. 삐삐는 죽은 고양이고, 눈에 보일 수 없는데도 예나는 삐삐의 꼬리를 밟지 않게 조심하라거나 삐삐에게 뚱뚱하다는 말을 삼가라며 형지에게 주의를 준다. 마치 삐삐가 여전히 살아 있고 모두의 눈에 보인다는 듯이.

고양이에 대한 이 소설의 기초적인 밑그림은 이쯤에서 판가름이 난다. 우리가 믿을 수 있고 믿고 싶어하는 것. 보고 싶고 듣고 싶지만 사라졌고, 결코 다른 것으로 대체하고 싶지 않은 것. 그래서 그 누구도 함부로 대하지 못하게 광장에 세워둔 그것. 즉, 고양이는 소망의 다른 이름이다. 문제는 형지가 광장에서 마주친 다른 이들의 소망이 '고양이 유령'처럼 가변적이고 의심스럽다는 점에 있다. 누구나 각자의 소망을 위해 광장에 설 수 있지만, 그것이 꼭 죽음을 각오한 선교사들의 숭고한 신념에 비견될 정도인 것은 아니다. 왜 여기로 오게 되는 건지, 어디에 속해 있는 건지 모르겠는 마음, 의심하고 두려워하는 마음이 바로 그 소망에 걸림돌처럼 박혀 있기 때문이다. 있다고는 하나 믿을 수 없고, 같은 걸 보고 있는 게 맞는지 의심하게 되는 유령스러움. 형지와 예나 사이에 있는 삐삐는 바로 그런 유령스러운 존재다.

광장을 빽빽하게 메운 깃발은 각자의 소망이 취향과 정체성에 따라 무수히 분화되어 있다는 사실을 보여준다. 그런데 그 소망이 몸무게 십 킬로그램 내외의 털 짐승으로 유추되고 묘사될 때, 존재의 고유함과는 별개로 가벼운 인상을 주고 있지는 않은가. 한편으로 어떠한 정치적 신념이 문학 속에서 '고양이 유령'으로 상상된다는 사실은 그 자체로 현재의 우리가 마주하고 있는 정치의 난점을 보여주는 대목이기도 하다. 미시적 정치는 공공성과 교차되는 사적 욕구를 표현해내기에 적합하지만, 여러 이해관계 속에서 분화될 때는 '귀여울' 만큼 가볍고 작은 힘에만 집중한다고 오해되기 쉽다. 작가는 이 지점에 있어서 영리하게도 죽음과 믿음의 문제를 함께 건드린다. '마이라'라는 한 축으로 등장하는 이야기 속 내화가 그렇다. 엄마와 형지가 페루의 성지순례에서 만난 현지 가이드 마이라는 선뜻 자신의 집을 내어주면서까지 타인을 거리낌없이 환대한다. 그러나 훗날 형지는 마이라가 엄마에게 여러 번 돈을 받아냈고, 후에 사고로 죽음을 맞았다는 사실을 알게 된다.

형지가 마이라에게 느낀 감정은 무엇이었을까. "마이라, 나는 당신을 항상 의심했습니다"(216쪽)라는 문장이 말해주듯, 형지는 마이라와 연을 이어가면서도 한 번도 마음속 깊이 그를 믿어본 적이 없다. 이때 소설이 형지의 속내를 통해 누설하는 사실은 이런 것이다. 타인이 건넨 호의를 진심으로 믿어본 적도 없는 사람이 어떻게 온전한 희망을 품을 수 있겠는가. 만둣가게에서 만났던 무례한 손님들과 집주인, 술만 마시면 폭력을 휘두르던 약혼자와 야근을 강요하던 상사는 형지가 세상의 선함을 믿을 수 없게 만들었고, 상처는 삶을 비관과 염세의 구렁텅이로 몰아넣었다. 때문에 형지에게 엄마는 영원히 불가사의한 인물이다. 엄마는 자신을 괴롭힌 사람을 위해 진심으로 기도하고, 모아온 돈을 서슴없이 기부할 줄 아는 신념을 가진 사람이었기에. 그것이 현실과 유리된 종교적 신실함에서 비롯된 행동이었을까? 그렇지 않다. 엄마는 "자신이 지켜야 하는 것이 무엇인지 정확하게 알고 있는 이"(210쪽)로서 차분한 현실감각을 가졌고, 그 덕에 쉽게 지치거나 세계를 비관하지 않을 수 있었다. 그 강인하고 아름다운 신념이야말로 인간이 가져야 할 최소한의 생존 본능이라고 해석해보고 싶다. 그러니까, 삶이 있으므로 무언가를 믿는 것이 아니라 무언가를 믿음으로써 지탱될 수 있는 것이 삶이라면.

이렇게도 말해볼 수 있겠다. "한 번도 제대로 믿은 적이 없다는 것. 그것이 나의 죄"(229쪽)라면, 차라리 실체 없는 고양이일지언정 그걸 제대로 믿는 것이 속죄의 방법이 될 수도 있지 않겠냐고. 믿는 대상의 경중을 따지기 전에, 믿음의 신실함을 찾는 것이 먼저인 우리에겐 닿지 못할 거창한 대의보다 구체적인 신념의 모양이 중요하다. 광장에서 "마음에 드는 깃발"(205쪽)을 찾고 또렷한 피아 식별을 하길 원하는 형지에게, 그리고 우리에게 지금 필요한 것은 단 하나의 신실함이 아니라 몇 번이고 다시 믿을 수 있는 마음이다. 여러 번 배교했음에도 누구보다 더 많이 전도했다는 순교자처럼. 믿기 위해서, "유배지였고, 그 유배지가 성지가 되는 기적"(228쪽)을 위해서 이 귀엽고 가여운 고양이 유령은 등장했다. 버드나무의 솜털을 거룩한 성물처럼 나풀나풀 떨어뜨리는 고양이 유령의 존재는 그러므로 정선임의 소설 안에서 지금의 민주주의를 보여주는 필연적인 알레고리로 자리한다. "FROM. 유형지"(219쪽)로 끝나는 편지처럼, 늘 고해소에 들렀다가 광장으로 들어서는 형지의 모습을 통해 소설은 우리가 속한 자리를 보여준 뒤 그다음 향해야 할 곳이 있다는 걸 상기시킨다. 그리고 그것이 '속삭이는 깃발들'처럼 작은 목소리여야 했던 건, 사람들이 흔히 말하고 듣는 일상적인 이야기야말로 가벼운 동시에 거룩한 이 믿음의 작용을 보여주기에 제격이기 때문이다. "나는 늘 여기 있었어요"(208쪽)라는 예나의 고백이 의심스러운 목소리에서 신실한 증언으로 뒤바뀌는 순간을 놓쳐버렸더라면, 깃발의 목소리는 단지 지직거리는 잡음에 불과했을 것이다.

 남자친구가 고양이로 변한 것 같다고 선언하는 이야기, 「아직은 고양이」를 그냥 지나치기 어려운 이유도 이와 같다. '나'는 독립 서점 운영을 위해 "'책방과 고양이'라는 무해하고도 귀여운 조합"(98쪽)을 적극적으로 활용하면서도 정작 인간이 고양이로 변했다는 말을 믿지 않는다. "소중한 사람의 말에 언제나 귀 기울여주고 어디든지 동행할 수 있는 사람"(103쪽)

이 되고 싶다는 꿈은 온데간데없이 사라진 지 오래. '나'는 남자친구인 '은재'가 고양이로 변했다는 '수진'의 말을 경청하지 않고, 급기야 수진마저 고양이로 변해버리려는 찰나에 "친구가 좀 아파요"(114쪽)라는 말로 상황을 갈무리한다. 수진이 털을 잔뜩 세운 고양이처럼 날카롭게 '나'에게 일갈하는 말은 이렇다. "너는 한 번도 내 말을 믿은 적이 없어."(115쪽)

소설이 진행됨에 따라, 주목해야 할 건 인간이 고양이로 변해 훌쩍 나무를 올라타는 흥미로운 장면이 아니라 수진을 의심하던 '나'가 갖추었어야 할 태도라는 걸 독자들도 알아챌 것이다. '나'가 사람들에게 수진의 사라짐을 말하기 위해 고양이 실종 신고 이야기를 꺼내고, 끝내 여름날 부쩍 잠이 많아진 고양이 같은 모습으로 변해갈 때 '아직은 고양이'란 말의 의미는 두 가지로 나뉜다. 그래도 우리가 아직은 고양이의 형상을 믿어주어야 한다는 것, 그러나 주머니 속의 '순응'을 만지작거리는 인간으로서 아직은 고양이가 되지는 않겠다는 마음 또한 가지고 있어야만 한다는 것. 같아짐은 적절한 대안이 될 수 없다. 동질감과 연대감을 갖는다고 해서 대상과 같아지는 건 아니다. 소설은 끝끝내 갈라설 수밖에 없었던 이들을 통해, 우리가 기민하게 판단해야 할 정치적 가치를 우정의 삽화로 능숙하게 그려낸다.

밤의 디오라마

이토록 가볍게 나풀거리는 것에 신념을 걸기까지, 속삭이는 깃발을 손에 쥐고 광장에 나서기까지 우리가 함께 건너온 밤은 어떤 모양이었나. 「이후, 우리」는 팬데믹으로 멈춰버렸던 과거의 시간을 거울처럼 비춘다. 소설의 배경은 코로나19 이후의 일상. 병명도 원인도 증상도 알 수 없는 새로운 바이러스가 등장하고, '승희'는 감염자로 분류되어 치료 센터로 지정된 오래된 호텔 객실에 일주일간 격리된다. 이때 승희를 당황시키는 건 감염병이 아니라 공동체의 소속감이 선사하는 안도감이다. 승희는 병원체를 지닌 감염자로서 추적당하는 동안, 어딘가에 귀속되어 있다는 실감을 나쁘지 않게 받아들인다. 관리되고 기록되는 경험을 통해 자신이 "공동체의 구성원"(10쪽)이었다는 사실을 마침내 느끼게 되었기 때문이다. 그건 다시 말해 승희가 '공동체'라는 단어를 오래전 놓쳐버렸고 또 오래도록 염원해왔다는 뜻이기도 하다.

승희는 외롭고, 혼자였다. 그로 인한 연쇄적인 불행 또한 승희 홀로 감당해야 했다. 콜센터 계약직과 프리랜서를 전전하는 동안 무례와 멸시를 자주 경험했고 타인의 분노와 근심을 가까이에서 겪었다. 마흔이 넘은 싱글 여성으로서, 승희는 그런 것을 혼자 감내해야 한다는 것쯤은 알고 있는 어른이다. 비

해설 | 사라지지 않는다, 사라지지 않겠다

정규직의 소득 불안정과 고용 취약성도, 감정 노동으로 인한 정신적 건강 문제도 "각자도생"(31쪽)으로 해결해야 한다는 걸 말이다. 혼자서 고통을 감내하는 그 삶은 그나마 받던 처우마저 박탈당할지 모른다는 위기의식과 맞닿아 있다. "어쩌면 내가 보이지 않게 된 건 아닐까"(30쪽)라는 말이 암시하는 것처럼, 경제적 곤궁과 사회적 외면을 오롯이 감당하려는 어른스러움은 개인이 겪는 모든 불평등이 비가시화되는 소외 속에서 빠르게 희미해진다.

그러한 소외는 때로 혼자인 여성이 가지는 시간적 여유로 잘못 번역된다. 그러나 돌봄의 의무가 가족들 사이에서 떠넘겨지던 끝에 승희에게로 흐르고 고여버리는 상황은 어떤가. 가정이 있는 오빠와 동생 대신 아픈 엄마를 돌보는 일이 "승희의 선택"(27쪽)으로 남겨진 이유는, 스스로를 헌신해야만 가족이라는 울타리에 가까스로 합류될 수 있는 현실 때문이었다. 격리로 인해 일주일간 엄마를 돌볼 수 없는 상황에 부닥쳤을 때 오빠가 던진 "짐만 되지"(같은 쪽)라는 차가운 말은 그러므로 승희에게 유독 상처로 다가온다. 그 말은 승희가 그간 가까스로 잠재워두었던 숨막히는 외로움을 송곳처럼 튀어나오게 만든다. "순식간에 우리에서 배제되고 짐으로 전락"(27~28쪽)할 수 있는 승인과 제거의 아슬한 경계 위에서 늘 '우리'에 속하기를 갈망하며 살아왔다는 것, 그것이 오래

참아온 "나도 모를 아픔"(42쪽)이라는 것을 승희는 알고 있다.

감염병으로 인한 격리는 승희가 스스로 속한 삶의 울타리를 다시 생각해보게 만든다. 관리되고, 추적당하는 생명 정치마저도 달갑게 느껴질 만큼의 외로움 속에서 승희는 살아왔지만, 타인과 이 인실에 갇히는 식의 밀도만은 거부하고 싶다. "그 어디에도 속하고 싶지 않"(33쪽)은 마음이 도망치는 것과 다름없다는 걸 알고 있는 승희이지만, 그간 너무나 많은 삶의 무게를 홀로 감당해야 했기에 이제는 그 도망을 마음 깊이 갈망하게 된 것인지도 모른다. 그러니 승희의 마음을 편하게 만들어주는 건 같은 병을 앓으며 바로 옆에서 말을 붙여오는 '유정'이 아니라, 홀로 떠도는 AI 방역 로봇과 매일 블로그에 기록하는 식단 일지다.

소설은 사회에서 소외된 두 인물의 만남이 새로운 연대의 모색이 될 수 있다고 말하지 않는다. 다만 승희와 유정 사이에서 진동하던 파열음이 튀르키예 유학생인 '하산'을 만나 느슨하게 묶일 때, 마침내 '우리'라는 관계의 새로운 국면이 등장한다. 매일 영상을 찍고 블로그를 올리고 시를 쓰는 이들의 공통점은 "돈도 안 되는 일을 매일 열심히"(40쪽) 한다는 것이다. 그저 "살아 있다는 것을 확인하는 행위"(같은 쪽)일 뿐일지라도, 그건 생존에 대한 확신을 거머쥐기 위해 세 사람이 개발한 자기만의 인장이기에 일견 숭고한 면이 있다. 그리고 그 개별적이고 특수한 숭고함의 발견 속에서 단지 감내하고 기록할 뿐이었던 삶은 질문하는 삶으로 바뀐다. 기나긴 어둠과 같았던 팬데믹 '이후, 우리'의 삶이 계속해서 질문 속에 있으리라는 걸 승희가 직감했듯 말이다. 유정의 브이로그를 보며 자연스레 떠올린 "언니, 지금 이게 맞아요?"(28쪽)라는 질문이 자신을 계속해서 따라다니리라는 걸, 승희는 안다.

기약할 수 있는 것이라곤 이 단절이 계속해서 이어지리라는 미래뿐이던 기나긴 밤, 그 어두운 시절을 우리는 어떻게 기억하게 될까. 팬데믹의 흉터는 공통장 안에서 발화될 수 없을 만큼 개인적이고 내밀한 사건들로 남겨질 것이다. 집집마다 사정이 다르듯, 칩거와 격리는 모두에게 각기 다른 형태의 삶을 안겨주었으니까. 우리가 공유할 수 있는 것은 마스크와 손 소독제에서 느끼는 익숙함, 비어버린 공항과 인적 드문 거리의 외벽 같은 풍경 정도일 것이고, 그것은 "미니어처의 세계"(272쪽)처럼 고요하게 축소된 풍경으로 기억 속에 자리잡을 것이다. 줄지어 선 텅 빈 건물들, 사람이 없어 마치 가짜인 것처럼 보였던 그 세계는 현실을 모형으로 재현해놓은 디오라마처럼 익숙하면서도 낯설다. 다만 짧은 기간 밀도 높게 접촉했던 존재들과의 기억만큼은 생생하게 남아 있을 테다. 가족과 연인, 동거인, 혹은 더 나아가 반려동물에 이르기까지 우리는 그 어떤 때보다 주변 존재와 살을 부대끼며 공존하고 때로는 경계해야 했다. 그건 가까운 이와의 친밀함이 때로는 서로를 옥죄는 환멸을 불러일으키기도 한다는 걸 다시 확인케 되는 잔인한 시간이었다.

그러한 환멸을 할머니와 엄마, 그리고 딸까지 삼대에 걸쳐 다루는 소설이 바로 「바다 가는 날」이다. 세 여자가 바다를 보러 떠나는 길은 따뜻하거나 유쾌하기는커녕 다소 침체되어 있다. 폐암 말기인데다가 섬망 증세를 보이는 '연분', 요의를 조절하지 못하는 몸을 가진 '명애', 운전도 결혼도 하지 않기로 결심한 '단'. 초점이 교차하는 이야기 속에서 오해가 쌓이고 미움은 짙어진다. 명애는 "유일하게 내가 잘했다고 여기는 일을 부정하는 단의 얼굴"(243쪽)이 서운하고, 단은 요구가 많고 말이 많은 명애가 부담스럽다. 모녀간의 앙금이 유독 안타깝게 느껴지는 건 이들이 결코 서로를 떠날 수 없는 사람들이기 때문이다. 그 사실을 너무 잘 알아서, 이들은 갈수록 모질어지는 말을 솔직함으로 포장한다. 실은 무슨 짓을 하더라도 당신은 나를 떠나지 않을 거라는 안도감이 그 안에 숨어 있으므로, 그저 독한 말로 서로에게 응석을 부리고 있는 것일지도 모른다.

밤낮으로 운전해서 가족들을 나르고 병간호까지 도맡으며 돌봄의 책무를 착실히도 이행했던 명애는 이제 무릎에 물이 차고 귀도 잘 들리지 않는다. 그는 "왜 나는 아무도 돌봐주지 않지"(260쪽)라는 쓸쓸함 속에서 연분과 요양원으로 향한다. 단은 평소 명애가 틀어놓는 유튜브 영상 소리가 거슬려 작업실로 도피해왔건만, "엄마와 할머니를 버리러 가는 듯한 기분을"(258쪽) 지우지 못한다. 서로가 징그러워 피할 때조차 이들은 각자의 방식으로 괴로움을 느끼지만, 같이 있는 순간을 견뎌야 하는 진절머리 나는 현실은 더욱 견딜 수가 없다. 이 소설은 왜 이런 방식으로 흘러가야만 했을까?

돌봄을 주고받는 여성 삼대의 서사는 주목받아야 마땅한 의제이지만, 그보다 중요한 건 문자화되는 순간 그들의 이야기가 취약한 존재들이 겪는 삶의 연속으로 쉽게 변해버린다는 점에 있다. 돌봄의 외주화인 '요양원'이 끼어들어야만 이들에겐 서로를 존중할 수 있을 만큼의 거리가 생성되고, 한편으론 시종일관 부정 출혈과 요의, 섬망과도 같은 허물어진 몸의 징후가 이어진다. 남성 삼대의 건실한 이야기가 지금까지 어떤 '내조'에 기대어 이어져온 것과는 반대로, 여성 삼대의 이야기가 상대적으로 먹는 것과 아픈 것에 집중할 수밖에 없는 이유를 이 소설은 또렷하게 보여준다. 지나간 이야기, 꾹꾹 눌러 담은 이야기, 그림자 같은 이야기. 바로 그런 징그러운 이야기가 여기에 있다.

이 소설 속에는 피의 유전이 있고 닮음이 있다. 거울에 아주 가까이 다가서면 내 모습을 제대로 볼 수 없듯, 소설은 명애와 단 사이의 지나치게 가까운 간격이 상대를 얼마나 오해하게 만들었는지를 보여준다. 그렇지만 명애와 단은 이야기하기를 좋아한다는 면에서 서로 닮아 있는 인물들이다. 단의 픽션이 타인의 이야기하길 좋아하는 명애의 습관과 겹쳐질 때, 소설은 그 두 이야기의 종류와 방식에 우위를 부여할 수 없다는 겸손한 깨달음으로 안착한다. "말하다보면 이해가 돼서 그래"(240쪽)라는 명애의 말을 소설 쓰기와 연관시키면서, 단은 자신이 써온 작업물이 내부에 고인 "엄마의 유령"(252쪽)과의 사투였다는 사실을 알게 된다.

미로처럼 복잡하게 꼬인 삶의 진실은 그렇게 너무 가까워서 보이지 않는 곳에 있다가 때때로 모습을 드러낸다. 미로 같은 길 위에 엉뚱하게 주저앉은 연분의 모습을 통해, 벗어나고 싶었던 이 길의 끝에 놓인 가족의 얼굴을 본 단은 마침내 텁텁한 땅콩을 껍질째 입에 털어 넣으며 환한 햇살 아래에서 명애와 연분을 자세히 살핀다. "너무 멀어지면 안 되니까."(252쪽)

남아 있는 문장, 그 희박함을 위해서

이미 잘 알고 있다고 생각했던 세계, 미로 같은 앎의 기억에서 벗어나 거리를 둘 때 비로소 해답이 등장한다. 그렇다면 적당한 거리를 유지하고 있는 가족은 우리에게 그만큼 명징한 일갈을 줄 수 있을까? 「해저로월」은 가족 내에서 '나'와 그다지 가깝지도 멀지도 않은 고모 '미경'의 이야기를 통해 곧장 그 질문에 천착한다.

'나'의 가족들에게 미경의 평판은 그리 좋지 않다. 이상한 종교에 빠지고 도박에 미쳤으며, 외국의 길거리에서 객사한 것으로 알려진 여자. 가족 중 꼭 한 명 있는 으레 '그런 사람'. 포르투갈에서 사망했다는 고모의 유골함을 한국으로 가져오라는 아버지의 부탁으로, '나'는 미경의 생전 삶을 가까이에서 추적하기 시작한다. 숱한 오해 속에서 지내온 그녀가 어쩌면 보란듯이 떳떳한 삶을 살았을지도 모른다는 일말의 기대를 가지고. 그러나 바람과는 달리, 실제로 미경의 삶은 실망스러운 소문과 다를 바 없었다. 가짜 기적에 현혹되어 의문스러운 숙소에 눌러앉고, 강가의 돌을 주워 와 거짓으로 값을 붙여 팔고, 마작과 술로 헛세월을 보낸 인생. '나'는 직장을 가지고 결혼을 하고 아이를 낳는 것을 보통의 삶으로 여기는 속물의 세계를 떠나 자기만의 삶을 멋지게 영위했으리라 믿었던 미경이, 결국 자신만의 "신화"(191쪽) 속에서 만들어진 인물임을 깨닫는다.

그러나 미경이 정해진 선로 위에서 이탈한 것이 아니라 "자신의 길에서 달리는 사람"(같은 쪽)이었음을, 즉 괴담의 주인공도 신화 속 인물도 아닌 단지 한 명의 인간이었음을 '나'가 이해하면서 이야기의 흐름이 달라진다. "*Crente*, 즉 '믿는 사람'"(165쪽)이었던 미경은 행운과 불행, 그리고 우연이 계속해서 얽혀드는 불가해한 삶 그 자체를 믿었고, '진짜 기적'과 '가짜 기적'이라는 구분 자체에도 연연하지 않는 호방함과 유쾌함을 타고난 사람이었다. 기적마저도 사고파는 세계에서 "잘 버리는 게임"(195쪽)인 마작에 마음을 쏟고, 불어오는 바람을 타고 삶을 긍정할 수 있었던 사람. 특별한 기적보다는 자신이 믿는 사람들의 눈빛을 가슴에 새기고 누군가는 헛수고라고 치부할 만한 시간 속에서도 의미를 발견해낼 줄 알았던 사람. 「속삭이는 깃발들」과 「해저로월」을 통해, 작가는 희박한 기적을 향한 근거 없는 긍정성에 '마이라'라는 이름을 붙인다. '나'는 마이라가 남긴 삶 위에 채색을 입히듯 글을 쓴다. 그녀를 스친 바람이 수없이 불다 간 낡은 마작 책을 손에 쥐고.

이때 '나'가 쓰는 글은 어디까지 신뢰해야 할까. 그 글은 가족에게서 이해받지 못했던 고모를 새로운 모습으로 되살려놓았지만, 실제 미경의 냄새조차도 정직하게 담아낼 수 없는 허구에 불과할 뿐이다. 이 의문을 그대로 가지고 「우리가 사랑했던 정원에서」를 읽어보자. '나'와 '정아'는 한때 함께 글을 쓰는 사이였다. 그러나 '나'는 점점 정아가 쓰는 글이 마음에 들지 않고, 심지어 정아에게 "내 이야기를 뺏겼다고 생각"(71쪽)하기에 이른다. 이는 '나'의 남편인 '민재'가 둘만의 공간이었던 빌라 옥상에 사람들이 찾아드는 것을 두고 "점점 점령당하는 것 같"(70쪽)다고 불평하는 것과 맥락을 같이한다. 한때 아늑한 휴식 공간이었던 옥상이 정아의 정원으로 탈바꿈된 것처럼, "함께 공유한 기억과 감정들"(71쪽)이 정아의 이야기가 되는 것을 보며 과거의 '나'는 "내 지분"(72쪽)이 점점 사라지는 것 같다고 생각했다. 이렇게 본다면 '나'와 민재 부부에게 정아는 영역을 침범한 방해꾼이자 친구를 "소작농"(69쪽) 신세로 전락하게 만든 이기적인 철부지에 가깝다.

글쓰기가 이루어지는 한 바닥의 지면도, 좁다란 빌라의 옥상도 모두 여러 사람이 드나드는 '공간'이라는 사실을 염두에 두고 보면, 정아는 한 개인이 타인을 위해 얼마만큼의 파이를 할애할 수 있는가를 생각해보게 만드는 인물이다. 그는 거슬리고, 경계에 아슬아슬하게 걸쳐 있으며, 때론 죄책감을 불러일으키는 타인이다. '나'는 정아와 함께 쓰는 글을 매번 지우고, 고치고, 결국에는 일방적으로 중단시키는데, 실은 그 모든 과정은 실제의 삶 속에서 정아를 추방시키는 일이었다. 이는 정아가 "안에서 누군가 열어줘야만 열리는 문"(82쪽) 너머에 스스로를 가두는 장면으로 드러난다. 카프카의 「법 앞에서」 속 시골 사람을 막아선 문지기의 가혹함이 그랬듯, 이 소설은 정아를 가둔 문에 적힌 "출입 금지"(같은 쪽) 문구를 통해 타인에 의해 무한히 지연되는 '승인'의 문제를 건드린다. 이 문은 일차적으로 소통의 거부라는 의미를 가지는 동시에, 처분을 기다려야 하는 수동성, 문 뒤에 숨어 있는 자가 느끼는 무력감과 소외감, 공포까지 포괄한다. 상대의 적극적인 '출입'을 유도해 반향을 일으키고자 했던 정아의 계획은 '나'에 도달하지 못한 채 실패하고 만다. 이는 정아가 '나'를 공유 문서의 공통 주체로 삼음으로써 상상했던 모든 가능성들이 사라지는 것을 의미한다.

"모든 것은 흙에서 시작"된다는 기조 아래, 정아가 "건강한 흙"(55쪽)으로 틔워낸 옥상은 어떨까. 정아는 무한한 잠재력이 깃들어 있는 흙에 모종을 심고 거름을 주며 온갖 허브와 채소, 열매를 영글게 만든다. 정아에게는 글쓰기도, 옥상을 가꾸는 일도 모두 어떤 형태로 발아할지 모르는 희망을 심고 가꾸는 일과 다르지 않다. "마당의 지저귀는 새 울음소리에서 시작해 세상의 모든 소리를 기보했다는 음악가"(62쪽)는 파스칼 키냐르의 동명의 희곡 속 주인공이자 실존 인물인 '시미언 피즈 체니'를 상기시킨다. 그는 주변의 소리를 경직된 일상으로 맥락화하지 않고 취향과 주관, 순수한 의지와 행위의 영역으로 가져온 창작자였다. 수십 종의 새가 노래하는 가운데 또렷한 음정과 리듬을 포착해 채보했다는 그는 이런 기록을 남긴 적이 있다. "그들은 우리를 알지 못하지만, 그들을 알게 된 것은 우리의 기쁨이다. 다른 어떤 생명체에게도 인간의 생각과 마음이 그렇게 큰 은혜를 입고 있지 않다."* 마찬가지로 정아는 우리가 매일 듣고 보고 겪는 일상적인 소음이 실은 낯선 언어와 개념, 사고방식을 받아들이는 섬세한 청취로 이어진다는 걸 알고 있는 인물이다. 정아에게 작은 플랜터 박스는 자신만의 의미를 발견해내는 창작의 밭이 된다. 소박하지만 광대하며, 얕지만 늘 전투적인 그런 공간 말이다. 때로 그런 순수하고 절대적인 믿음은 갑갑한 이상주의로 비춰지며, "이건 너무 동화 같"(71쪽)다는 오해마저도 들게 만든다. 그런 면에서 마침내 굳게 잠긴 옥상을 뒤로하고, 빌라를 떠나 캠핑카에서 머무르기로 결정했을 때 '나'에게 민재가 건넨 말은 의미심장하다.

송희야, 멸종 위기종을 지키는 가장 좋은 방법이 뭔지 알아?
내 대답을 기다리지 않고 민재는 말을 이어갔다.
사람이 가까이에 살지 않는 거야.(84쪽)

송희는 빌라를 떠나는 날 쓰레기장에서 발견한 '멸종 위기

---

* 시미언 피즈 체니, 『야생 숲의 노트』, 남궁서희 옮김, 프란츠, 2022, 25쪽.

종' 구근을 품에 꼭 끌어안는다. "남아 있는 문장이 어딘가에 있을" 수도 있다는 기대와 "어떤 꽃을 피울지 모를 구근"(85쪽)에 대한 설렘이 희망이란 이름으로 단단해질 때, 우리는 작가가 남긴 가볍지만 거룩한 신념의 의미를 다시 생각해보게 된다. 멸종 위기종처럼 희박한 존재, 고양이 유령의 작고 보송보송한 털, 침묵 속에 던져진 질문 같은 건 곧바로 발견해내기 어렵다. 하지만 정선임의 소설 속에서 그것들은 사라지지 않겠다는 모종의 의지를 품은 채 우리에게 각자의 의미심장한 실체를 한 번씩 흘리고 가주었다. 구근이 담긴 컵라면 용기와 버드나무 솜털, 숨소리만 가득한 브이로그는 희망의 모든 소리가 기보된 악보와도 같다. 매일 뱉어내는 그 숨소리마저도, 물론 늘 같지는 않을 테다. 살기 위해 내뱉는 숨, 요카타— 하고 안도했던 숨, 한껏 부풀었다가 줄어드는 숨, 고여 있다가 팍 터지는 숨, 가슴이 꽉 막혀 겨우 쉬는 숨, 살고 싶어서 가빠지는 숨. 하루에 내뱉고 들이쉬는 이만 번의 호흡에 새겨진 각각의 사정과 아름다움을 수집하기 위해, 그리고 각기 다른 그 숨이 전부 어렵게 내뱉어졌다는 걸 기록하기 위해 이 소설집은 생겨났다. 정선임은 그렇게 모든 일상의 면면을 세계의 희망으로 받아들여 채록한다. 작은 생명이 군집되어 우글거리는 미니어처와 디오라마, 그리고 옥상 정원의 풍경 속에서 멸망 직전의 우주를 구해내는 역설로 말이다.

작가의 말

 실은 기대했다. 두번째 소설집을 엮을 때쯤엔 알게 될 거라고 생각했으니까. 정확히 무엇을 쓰고 싶었는지 말이다. 이전과는 완전히 다른 이야기를 쓸 수 있기를 바랐다. 짧고 쿨한 작가의 말을 덧붙이리라 마음먹었다. 그런데 막상 닥치니 무엇을 적을지 몰라 몇 번을 고치는 중이다. 아니, 사실은 최대한 미루고 있는 건지도 모른다.

 첫 소설집도 이즈음 나왔다. 그전에 냈던 동화책도. 십일월과 인연이 깊은 걸까. 실은 십일월을, 이 계절을 좋아한다. 〈11월 그 저녁에〉라는 노래도, 가을도 겨울도 아닌 어중간함도. 또 십일월은 위령성월이기도 하다. 죽은 이들을 기억하는 달. 지난주에는 미사를 드리지 못하고 노란 초만 다섯 개 사서 바치고 왔다. 손가락으로 하나하나 꼽아보니 초 다섯 개로는 부족했다. 언젠가 헤아릴 수조차 없는 날이 오겠지.

십 년 전, 소설을 쓰리라 마음먹었을 즈음에 한소공의 『마교 사전』을 읽었다. 책 속 마교 마을 사람들은 누군가 '죽었다'고 말하는 대신 '흩어져버렸다'고 표현한다. 물과 흙으로, 혹은 바람으로, 구름과 안개와 공기로 흩어져버린 사람들의 이야기를 쓰고 싶다고 막연하게 생각했었다. 소설을 쓰는 건 정말로 세상에 흩어진 것들을 모으는 일인 것 같다. 슬프고 무섭고 귀엽고 이상한 사람들의 이야기를 모아 반들반들 윤이 나게 닦고 이어서 엮어본다. 모아서 잇다보면 원래 그 자리에 있었던 것처럼 딱 들어맞는 순간이 찾아온다. 우연이 만들어낸 기적처럼.

소설을 쓰면서 난 이 세계가 조금 더 좋아졌다.

이 책에 실린 소설을 쓰고 모으는 삼 년 동안 여러 가지 일들이 있었다. 그중 하나는 넘어져서 두 번의 발목 수술을 받은 일이다. 재활 치료를 받으러 다녀야 했는데, 평소라면 오 분이면 갈 병원을 이십 분 넘게 땀을 뻘뻘 흘리며 걸어가야 했다. 틈틈이 벤치에 앉아서 쉴 때마다 고양이들이 다가와주었다. 그러고 있으면 사람들이 말을 걸어왔다. 어쩌다 다쳤는지를 묻고 자신이 다치고 회복한 이야기를 들려주었다. 그게 그때는 싫었다. 이제 와 생각해보면 그들은 나에게 시간이 지나면 낫는다는 사실을 알려주고 싶었던 것 같다. 그리고 그 사이 여덟 편의 소설이 모였다. 거짓말처럼.

맨 끝에 놓인 「십일월이 지나면」의 마지막 문장을 쓸 때 고민이 많았다. "그들이 자신할 수 있는 미래란 겨울이 오는 것뿐"이라고 적어놓고 너무 비관적인 건 아닌가, 겨울 다음에는 봄이 오리라는 믿음도 담고 싶었는데 그게 느껴질까, 언젠가 십일월이 지나도 겨울이 오지 않는 세상이 되는 건 아닐까 하고 불안해했다. 찬 공기와 뽀얀 입김과 하늘에서 나풀나풀 떨어져 쌓이는 하얀 눈이 더이상 당연하지 않은 미래도 올 수 있겠구나, 걱정했다.

나는 이 세계가 망가지지 않았으면 좋겠다.

그러나 결국 나를 위해 쓴 소설들이다. 소설 쓰기는 나에게 있어 사소한 구원이므로. 그래서 이 일이 좋고 계속하고 싶다. 흩어진 것들을 모아서 잇고 거짓에 거짓을 더해 그 안에서 사랑과 믿음을 발견하고 이 세계를 매번 새롭고 신기하게 바라보게 되는 이 일을.

여덟 편의 소설들은 연희문학창작촌, 소전서림, 한국문화예술위원회에서 내어준 방에서 썼다. 첫 책에 이어 두번째 소설집 작업을 함께하게 된 임고운 편집자님과 꼼꼼하게 살펴주신

정은진 팀장님, 정민교 편집자님을 비롯한 문학동네 관계자분들과 바쁜 일정 중에도 흔쾌히 추천사를 써주신 정이현 작가님, 다정한 해설을 덧붙여주신 전청림 평론가님께 진심을 꾹꾹 눌러 담아 감사의 마음을 전한다. 그리고 믿음을 알려준 엄마와 자수정, 잔치국수, 청바지를 비롯해 소설로 얽힌 인연들과 고양이 못지않게 사람도 신기하고 귀여울 수 있다는 걸 알려준 나의 학생들에게도.

두 계절 동안 교정지가 담긴 봉투를 끌어안고 다녔다. 그렇게 품고 다녔으니, 김이 모락모락 나는 호빵만큼은 아니어도 읽는 사람을 조금은 따뜻하게 해주면 좋겠다. 그리고 이 소설들을 쓸 수 있어서 괜찮았던 시간이 전해지면 좋겠다.
  무엇보다 건강해야겠다고 생각한다. 건강해야 삶 여기저기 흩어져 있는 우연과 기적을 열심히 모을 수 있으니까.

문득 오늘 고양이를 한 마리도 못 봤다는 걸 깨달았다. 집으로 돌아가는 길에 만날 수 있으면 좋겠다고 생각하며 다짐한다.
  내일도 꼭 써야지.

2025년 11월의 어느 밤
정선임

| 수록 작품 발표 지면 |

이후, 우리 …… 『문학사상』 2023년 7월호

우리가 사랑했던 정원에서 …… 『문학동네』 2023년 봄호

아직은 고양이 …… 『여름기담』(읻다, 2023)

인디언 돌 …… 『작가들』 2024년 가을호

해저로월 …… 『우리에게는 적당한 말이 없어』(해냄, 2025)

속삭이는 깃발들 …… 주간문학동네 2025년 3월

바다 가는 날 …… 『현대문학』 2024년 7월호

십일월이 지나면 …… 문장웹진 2024년 2월호

문학동네 소설집
그 밤의 우리는
ⓒ 정선임 2025

초판 인쇄 2025년 11월 12일
초판 발행 2025년 11월 25일

지은이 정선임
책임편집 임고운 | **편집** 정은진
디자인 조아름 | **저작권** 박지영 형소진 주은수 오서영 조경은
마케팅 정민호 서지화 한민아 이민경 왕지경 정유진 정경주 김혜원 김예진 이서진
브랜딩 함유지 박민재 이송이 박다솔 조다현 김하연 이준희
제작 강신은 김동욱 이순호 | **제작처** 영신사

펴낸곳 (주)문학동네 | **펴낸이** 김소영
출판등록 1993년 10월 22일 제2003-000045호
주소 10881 경기도 파주시 회동길 210
전자우편 editor@munhak.com | **대표전화** 031) 955-8888 | **팩스** 031) 955-8855
문학동네카페 http://cafe.naver.com/mhdn
인스타그램 @munhakdongne | **트위터** @munhakdongne
북클럽문학동네 http://bookclubmunhak.com

ISBN 979-11-416-0303-8 03810

* 이 책의 판권은 지은이와 문학동네에 있습니다.
* 이 책 내용의 전부 또는 일부를 재사용하려면 반드시 양측의 서면 동의를 받아야 합니다.
* 이 책은 서울특별시, 서울문화재단 '2024년 창작집 발간지원사업'의 지원을 받아 발간되었습니다.

잘못된 책은 구입하신 서점에서 교환해드립니다.
기타 교환 문의 031) 955-2661, 3580

www.munhak.com